美麗鬥雞

Beautiful Gamecock

方敏◎著

Contents

Contents

著第一縷陽光射向人類的石頭堤壩，忙碌辛勞了整整一個夜晚的河狸們，開始大聲歡呼，開始盡情戲水，等待著九曲河水重新給牠們安寧和溫馨。

當女孩尖嗓子終於快要睡著時，男孩大眼睛突然叫喊著掙脫了她的懷抱。當女孩尖嗓子終於看清了河面上的雌狸香團子時，男孩大眼睛突然跳進了滾滾滔滔的河水中。在女孩尖嗓子的哭訴中，男人長腿和女人胖子終於明白發生了什麼事情。

大拼搏

大拼搏

1

這是一脈神秘莫測的大山。崇山峻嶺隱現在雲霧之上，四季寒暑變幻著五光十色，時時處處透露出撲朔迷離。於是，它得名爲雲頂山。

三月的雲頂山，時而雲翻霧湧，似已將大山化爲烏有，擁上天庭。時而山風頻吹，又見得一壁斷崖，一坡雪野，一樹枝椏，證明它是地球上的實體，迷茫的雲霧成了翻雲覆雨的屏障。莽蒼的大山成了造物主手中的玩具。千年萬年，重複著一個似是而非的遊戲。不時，從大山的深處，傳出一陣陣虎嘯、豹吼、鳥鳴、鴉啼……雲頂山便顯得更加神奇。原來，那千年萬年重複的遊戲並不單調，即使是置於股掌的玩具，也還藏匿著大大小小、強強弱弱的眾多生靈，在依照大自然的旨意物競天擇，生生息息……

太陽當頂的時候，山腳的雲霧變得稀薄起來，彷彿虹霓化作的彩羽，從迷茫的雲霧中，緩緩現出來一隊翩翩多姿的褐馬雞，這些美麗的雉類，體形頗似雄孔雀，卻不五彩絢麗，而且雌雄難分。細長的頭頸和緊縮在兩肋的翅膀，是黑褐色的，閃著烏油油的光澤，襯托矯健的步態；修長的尾羽彷彿雪白的銀絲縷縷，垂下似紗裙，豎起似旗幡，張開更像盛開怒放的雪蓮；一綹雪白的鬍鬚，繞頷上朝腦後翹上去，形成兩個尖尖的角羽；而在白色尾羽的頂端，又鑲以褐色的翎子，使兩種色彩搭配得協調別致，渾然一體。紫紅的臉面像玫瑰花，鮮紅的腳爪像珊瑚，粉紅的長喙像玉石，都起著畫龍點睛的作用，把牠們裝扮得典雅華貴。

雄雞長角走在隊伍的最前面，那壯實的個頭，勁健的腳爪，堅硬的長喙，特別是桀驁不馴的長長角羽，不容侵犯的凜凜威風，處處顯示出牠的不可取代的頭雞地位。在長達六個月大雪封山的日子裏，雲頂山上沒有綠樹鮮花，沒有小草山溪，頭雞必須憑著超群的智慧和勇氣，帶領雞群去找尋秋日裏剩下的沙棘或別的什麼漿果，去熬過漫長艱苦的塞冬。而在這些天寒地凍的日子裏，幾百隻老老少少的褐馬雞則始終跟隨頭雞，形影不離。日落隨牠上樹夜宿，日出隨牠漫山覓食，把一行行濃墨重彩的「个」字腳印，甩在身後的雪野上，將一個個生的希望寄予春天的來臨。在這漫長的行程中，餓死的倒下，凍死的僵立，剩下那些活著的，便從死者的身上跨過去，仍然緊跟著頭雞。

雄雞歪嘴走在隊伍的最後，這是隻萎靡不振的懶雞。夜晚，牠總是棲在最低的枝頭，甚至不願多向上跳兩步；白天，牠總是落在隊伍後頭，甚至當死去的夥伴倒在面前時，都懶得抬腿，而是繞著過去。所以，牠常常受到聞風而來搶奪死屍的烏鴉的驚嚇，而只有在被驚嚇時，牠才會放快腳步追上雞群。

現在，當雄雞歪嘴又一次因爲驚嚇而趕上隊伍時，雞群卻突然站住了。於是，牠又懶得停住腳步，繼續朝前走。然而，待這隻懶惰的雄雞難得地站到隊伍的最前面時，牠也愣住了：向

陽的山坡上，一片鐵灰色的沙棘枝光禿禿地參差錯落著，竟再也見不到半顆黃澄澄的果實！

這裏曾是雲頂山上最大最豐盛的一片沙棘灌叢，這裏也是長角雞群一冬天的覓食基地。它們怎麼會不復存在了呢？因爲鳥類還是別的褐馬雞群？因爲狂風還是暴雪襲擊？抑或在長角雞群日復一日的擇食之後，早已經所剩無幾？塞風呼呼，饑腸轆轆，跟著隊伍奔波了大半天的雄雞歪嘴，一屁股坐在冰冷的雪地上，不再站起。

前途渺茫，垂頭喪氣，十幾隻瘦弱的褐馬雞也一起歪倒在冰冷的雪地上，只是用眼睛望著頭雞。

此刻，頭雞長角也怔住了，眼睛裏流露出迷茫的神色。假如牠不能及時找到新的覓食途徑，假如其餘的褐馬雞繼續自暴自棄，這雲頂山上最大的一支褐馬雞群將毀於一旦。

「呱！呱！呱！」大叫三聲，頭雞長角躍上了光禿禿的沙棘樹叢，焦慮地左顧右盼，暴躁地跳來跳去。可是，天蒼蒼，地茫茫，竟找不到一粒救苦救難的果實。

「呱！呱！呱！」又是三聲更加尖厲的大叫，頭雞長角一鼓作氣飛上了八米高的山丁子大樹，於是，奇蹟出現了，在橫七豎八的枝椏間，一串串紫紅色的山丁子果，竟像天降仙果一般，半藏半露地躲在厚厚的積雪中，閃著迷人的光彩。大喜過望，頭雞長角立刻撲上去，隨著叮叮噹噹一陣緊啄，一粒粒救命的山丁子果，便像雨點似的，撒向它的子民。

頓時，像大海漲潮一般，黑壓壓的雞群，一起向山丁子樹下蜂擁。一隻隻烏油油的伸長的脖頸，牽動著一個個尖利饑餓的長喙，要麼幸運地啄中一顆果實，要麼就去與幸運者爭奪。每一粒果子的落下，都會招來十幾隻褐馬雞扭成一團，每一團雞群的滾動，又會攪得雪花飄舞，雞毛翻飛。很快，黑壓壓的雞群便分裂成許多褐色的毛團，向著廣闊的山地擴散、蔓延。白皚皚的雪野上，到處是智和力的較量，是喧囂和躁動，是得的當仁不讓和失的死不甘心。

高高的山丁子樹上，頭雞長角一直在不停地啄著扔著，直到最後一顆紫紅色的果實銜在嘴裏時，牠才突然意識到自己的饑餓。於是，牠猶豫著朝樹下望去。

樹蔭裏，靜靜地臥著雄雞歪嘴，儘管牠也像別的褐馬雞一樣饑寒交迫，可是要牠爲一顆小小的果實去拼去搶，牠卻懶得動。所以，當頭雞長角終於將那最後一顆山丁子果向雄雞歪嘴扔來時，便正好應了懶有懶福一說。

即使如此，雄雞歪嘴也懶得站起來，只是原地不動，伸長了脖子去啄，一下，兩下，等不到第三下，那顆寶貴的果實就被另一隻長喙啄去了。

得便宜者也是一隻雄雞，有一個出類拔萃的大頭，牠之所以沒有參與山坡上的爭奪，不是因爲懶，而是膽子太小。風吹草動尚且令牠發抖，何況是拼命地撕擄呢？現在，既是得來全不費功夫，牠何必謙讓呢？可是，就在牠仰起頭，準備吞咽時，頭頂卻被狠狠地一啄，隨著一聲慘叫，那到嘴的美味便骨碌碌地滾跑了。

攻擊者是一隻美麗的雌雞，身材瘦小，尾巴很長，特別是中間兩根尾羽挑起褐色的翎子，

遠遠拖在身後，就像鳳尾一般，顯得儀態萬千。不過，當牠爲爭奪食物而戰時，卻一點也不嘴軟。可就在雌雞鳳尾剛剛站在那棵沙棘樹下時，那銜在嘴裏的山丁子果卻不翼而飛了。而在牠身後緊追不捨的十幾隻褐馬雞卻撲了上來，和牠扭在一起，滾作一團。

誰也想不到，沙棘樹上，一隻脖頸長長的雄雞，正在美美地享用那幾經爭奪的最後一顆果實。這隻聰明機敏的雄雞，憑著牠的長脖子虎口奪食，又巧使金蟬脫殼之計，避開雞群。現在，牠一邊看著那些餓昏了頭的夥伴，爲一顆果實滾來滾去，一邊伸長了脖子，得意洋洋地高唱低吟。

「呱！呱！呱！」山丁子樹上，傳來頭雞長角的晴天霹靂。立刻，漫山遍野的搏鬥停止了，一隻隻羽毛紛亂、遍體鱗傷的褐馬雞，迅速回到山丁子樹下，仰起烏油油的頭頸，注視著牠們的首領，渴望著更多的賜予。

居高臨下，頭雞長角檢閱著自己的隊伍，牠不停地轉動頭頸，看了一遍又一遍，令牠疑惑不解的是，秋天裏跟隨牠的幾百隻雄雞和雌雞，眼下只剩了不到一半！更令牠迷惘不解的是，在救急的山丁子果被搶食一空之後，牠將去哪裡尋找食物、拯救自己所剩不多的子民？

遠方，在迷茫的雲霧背後，一團陰影，一團看不見摸不著，卻令人恐怖的陰影，正向著雲頂山逼近！

六千萬年前，褐馬雞曾是一個蓬勃發展的種族，牠們典雅矯健的身影，頻繁出沒在高山密林，牠們重重疊疊的腳印灑遍廣袤的黃土高原。乃至當人類出現在這個世界上時，也不能不對之刮目相看。單是中國人給牠們起的名字，就有長長的一串：鶡、鳴鴿、鶴雞、耳雉、角雞、山鵝、青風、鶡雞、黑雉、鴈……

曾幾何時，環境變得險惡，世事變得艱辛，褐馬雞的領地被迫一縮再縮，只剩下一個孤孤零零的雲頂山：褐馬雞的數量也越來越少，只剩下可憐巴巴的幾千隻。儘管如此，那團恐怖的陰影卻還在緊逼，企圖使這個古老悠久的種族陷入絕境。

「呱！呱！呱！」桀驁不馴的頭雞長角放聲大叫。

「呱！呱！呱！」黑壓壓的雞群對天齊鳴。

「呱——呱——呱——」山山嶺嶺的褐馬雞群遙相呼應。

這是所有倖存者的吶喊，似山呼海嘯，地裂天崩，震蕩群山；如泣如訴，如怨如怒，長久不息。這是一個瀕危的種族，對生存的留戀，對滅絕的抗拒，對春天的呼喚，對繁衍的急需！

於是，積雪融化，冰河開裂，和風送暖，草木綻綠。死氣沈沈的雲頂山，在褐馬雞的喊叫聲中開始甦醒。

2

金色的陽光射在舒緩的山坡上，灰白色的殘雪中間，已鋪出綠茸茸的草坪。一群褐馬雞黑壓壓地臥在草坪上，有意無意地啄食青草，心不在焉地望著頭雞。

頭雞長角臥在一塊白色的大石頭上，牠一掃平日的威風，低聲咕咕著，似乎在重複一個古老的道理。

聰明的雄雞長脖首先站起，牠筆直地挺著長脖，輕捷地邁開步子，離開了雞群。那趾高氣揚不可一世的樣子十分惹眼，引得一隻傲氣十足的雌雞追了上去，並且轉動著一副黃燦燦的長喙，彷彿要和雄雞長脖比比神氣。一隻瘸腿的雄雞不緊不慢跟隨其後，一年前，牠在和雄雞長角爭當頭雞時摔傷了左腿，卻不曾摔掉豪氣，所以在分久必合、合久必分的時刻，牠當然表現得深明大義。膽小的雄雞大頭緊跟在雄雞瘸腿身後，是因爲每逢危難關頭，英武的瘸腿總會挺身而出。而那隻黑褐色翅膀上，各有一枚花翎的小巧玲瓏的雌雞，緊跟在雄雞大頭身後，則是因爲那個出類拔萃的「大頭」的吸引。

雄雞長脖一行的出走，引起了雞群的騷動，草坪上的黑褐色海洋，開始喧騰，分散。三五成群的雄雞和雌雞互相呼喚著，組合著，離開了頭雞，離開了集體，向著另一面山坡走去。不一會兒，像大海退潮似的，舒緩的坡地上，重新露出了綠草茵茵。

然而，在那塊白色的大石頭旁，還剩下十幾隻褐馬雞。剛才，牠們也曾振翅、起步，但不是遠離，而是向頭雞靠攏。現在，牠們就一動不動地臥在那裏，任憑頭雞長角去高唱低吟。

稍頃，頭雞長角站起來，晃著威風凜凜的角羽，發出憤怒的叫聲。於是，那十幾隻雄雞和雌雞也站起來，伸著脖子，瞪著眼睛，依然寸步不離。

隨著撲稜稜一陣巨響，頭雞長角從大石頭上飛落下來，伸出尖利的長喙，照著一隻雄雞頭上狠狠一啄，接著又去啄另一隻雌雞。草坪上再次騷動起來，十幾個戀群的傢伙被頭雞追著、啄著，發出驚憤的叫喊，不得不離開了山坡。

但是，就在頭雞長角低下頭去，用長喙整理羽毛的工夫，這些冥頑不化的東西，卻又一隻一隻地溜了回來，難捨難分地望著頭雞，可憐巴巴地訴著委屈。尤其是那隻懶惰的雄雞歪嘴。居然擺出一副死皮賴臉的架勢，臥在地上，半睜半閉地瞇起了眼睛。

這一回，頭雞長角不再大叫，而是伸出長喙，沒頭沒臉地朝雄雞歪嘴啄去，起初，懶惰的歪嘴只是拼命地把頭往翅膀裏面縮，後來，實在招架不住，只好一竄而起，奪路而逃。不料頭雞長角卻不放過牠，仍然窮追不捨，痛啄不已。這一來，雄雞歪嘴被逼急了，便也梗起脖子，伸出歪嘴開始反擊。

然而，一向萎靡不振的歪嘴，哪裡是頭雞的對手？何況牠的嘴本來就歪，加上眼睛已被淋漓的鮮血糊住，所以，牠的每一次引頸伸嘴，都無異於以卵擊石。

實力懸殊的戰鬥很快便結束了。當懶惰的雄雞歪嘴第一次不是因懶惰而躺倒在草地上時，草坪周圍，那十幾隻戀群的雌雞和雄雞，在發出一連串的尖叫之後，早已飛快地鑽進了樹林，消失了蹤影。

如釋重負，頭雞長角開始用粉紅色的長喙，精心地梳理著褐色的翅膀，白色的尾羽，準備迎接新生活的到來。

密密的樹林中，一陣嘩嘩的響動，一隻年輕的雌雞，邁著沈靜的步子走上草坪，雪白的長尾飄逸迷人，嬌美的儀態典雅華貴，特別是那顧盼生輝的眼睛朝著頭雞頻送秋波的時候，幾乎整個草坪上，都漾滿了柔情蜜意。牠，便是雞群中最最美麗溫柔的雌雞鳳尾。

誰能經得住美的誘惑呢？即使是威懾三軍的將領。頭雞長角立刻挺胸昂首，一邊晃動著神氣的角羽迎上前去，一邊含情脈脈地唱起了春歌。

「咕——咕——呱——啦——嘰，呱——啦——嘰……」

這是褐馬雞族特有的春歌，像高山流水，似大海揚波。在這抑揚頓挫的歌聲中，雄雞長角卸去了頭雞的使命，無拘無束，無牽無掛，和雌雞鳳尾一起，雙雙對對鑽進了高山密林。

綠茵茵的草坪上，孤零零地只剩下躺在地上的雄雞歪嘴，汩汩地流著鮮血。一隻巨大的暗褐色的金雕，尖嘯著，在高空中盤旋，隨即便像箭一般俯衝下來……

3

高山融雪從冰簾似的瀑布底下，打著漩渦衝出來，在黃褐色的土地上，闢出一條清澈湍急的小溪。溪邊的沃土上，茂盛的山韭菜、花蔥、蒲公英，在料峭的春風裏搖晃嫩綠，散發清香，招惹著漫步而來的雞群。

雄雞長脖曲頸低頭，啄下一根肥厚的山韭菜葉。可是，還沒等牠抬起頭來，一副黃燦燦的長喙便閃電般伸過來，飛快地奪了過去。好在草地上可食的美味很多，長脖便掉過去，又去啄另一片嬌嫩的花蔥。不料，那副黃燦燦的長喙立刻丟掉山韭菜，又來搶花蔥。這一次，雄雞長脖抬起頭來，看看那隻傲氣十足的雌雞，仍然大度地走開。

豈知，雌雞黃嘴意猶未盡，繼續跟在後頭，見食便搶，搶了又扔，彷彿在跟長脖賭氣。這結果是便宜了機靈的雌雞花翎，不用挑不用揀，隨走隨吃，又香又美又省力氣。所以，當雌雞花翎吃飽了肚皮時，雄雞長脖卻還根草未進。

大度的長脖終於發怒了，瞪起眼睛，豎起角羽，打算給黃嘴一點教訓，恰巧這時，早已水足草飽的雄雞瘸腿走了過來，並且慢吞吞地臥在長脖和黃嘴之間，抬頭望望天，低頭看看地，咕咕地叫著，彷彿在嘲笑什麼，又彷彿在自言自語。於是，雄雞長脖感受到天空的高遠，怒氣漸消；雌雞黃嘴發現了水草的甜美，也不再賭氣。吃飽了肚皮的雌雞花翎便朝溪邊走去，雄雞大頭正在那裏飲水，那個出類拔萃的大頭，正一起一落，俯仰自如，實在讓雌雞花翎入迷。

「咕——咕——呱——啦——嘰，呱——啦——嘰……」遠處，是雄雞長角的春歌。

「咕——咕——呱——啦——嘰，呱——啦——嘰……」四面八方，是無數雄雞的回應。

機敏的雄雞長脖立即停止覓食，一股原始的衝動，在牠的全身奔竄，兩片玫瑰花的臉面，變得更大更紅，牠挺起胸，抬起頭，豎起尾，健步來到雌雞黃嘴面前，雄赳赳地唱起了春歌。

誰知，傲氣十足的黃嘴根本不把牠的春歌當回事，反而不屑地轉過臉，朝雄雞瘸腿走去。瘸腿受寵若驚，臉面立刻變大變紅，並且放開歌喉，把那支褐馬雞族久唱不衰的春歌唱得更加委婉動聽。不料，雌雞黃嘴仍不動心，又一次不屑地轉過臉，悠哉遊哉地走開了。只剩下一對面紅耳赤的雄雞，臉對臉，頭碰頭，怒氣難平。

於是，兩隻烏油油的頭頸像一對鐵鉤似的彎起，怒目圓睜，角羽豎立，一起「呱！呱！呱！」大叫三聲，一起惡狠狠發起進攻。長脖機智靈活，一啄一個準，瘸腿臉上頓時鮮血淋淋；瘸腿勇猛頑強，一嘴一綹毛，疼得長脖吱哇怪叫。兩隻雄雞忽而衝鋒，忽而後撤，在草地上轉著圈子。幾個回合下來，只見一地雞毛，一圈血跡，二者竟不分勝負。

雌雞黃嘴跟在兩隻雄雞身邊，觀看這場由牠引起的決鬥，黃燦燦的長喙隨著烏油油的頭頸，忽左忽右，忽高忽低，像個一絲不苟的裁判，不時還發出咕咕的鼓勵聲。

於是，決鬥開始升級。兩隻雄雞怒目對視，轉著圈子，同時架起厚實的翅膀，張開雪白的尾羽。隨著撲稜稜的響聲，兩團褐色的雲霧騰空而起，碰撞，落地，分開；再騰空，再碰撞，再落地，再分開……從青草地到灌木叢到小溪邊，殺得難解難分，不見高低。

終於，隨著一聲慘叫，一團雲霧落下便不再騰起，而另一團騰起的則就勢騎上，雨點般地啄了下去。幸虧雌雞黃嘴及時大叫三聲，才制止了你死我活的悲劇。

雖然羽毛凌亂，這裏那裏還露著滲血的肉皮，可雄雞長脖仍然神采飛揚。當牠帶著勝利者的自豪，一邊高唱春歌，一邊朝黃嘴走過去時，後者不但不再走開，反而咕咕咕地應和著迎上來，彷彿是對強者的首肯和讚許。

雄雞瘸腿艱難地站起來，牠的瘸腿出賣了牠的頑強和勇猛。透過眼簾上的血流，牠默默地注視著雄雞長脖和雌雞黃嘴一起鑽進了灌木樹林。牠不追，不叫，不怨，不怒——雌雞永遠選擇勝者，這是褐馬雞族天經地義的規矩。牠慢慢地走到小溪邊，將血肉模糊的頭顱，一次又一次插進冰冷的溪水，一次又一次搖晃擺動，彷彿要將這新傷舊痛沖洗個乾乾淨淨。

當雄雞瘸腿終於抬起頭時，一眼看見了正在向著雌雞花翎高唱春歌的雄雞大頭。一股本能的衝動，驅使著牠毫不猶豫地衝了上去。

破天荒第一次，膽小的大頭沒有望風而逃，是因爲雌雞花翎的深情厚誼？還是因爲受了傷的瘸腿已不堪一擊？於是，小溪邊的草地上，又有了一場你死我活的遭遇戰。瘸腿雖然行動不便，卻絕不嘴軟；大頭雖然生性膽怯，卻有強壯的體力。終於，瘸腿漸漸不支，大頭就要獲

勝，而雌雞花翎也將作出公平的選擇。

突然，在一千米的高空，掠過一個黑影，金雕的尖嘯聲，像驚天動地的霹靂。眨眼之間，膽小的大頭就鑽進了灌木林，比雌雞花翎跑得還快，小溪邊只剩下行動不便的瘸腿，一邊仰頭注視天空，一邊呱呱大叫，準備著決一死戰。幸而這隻金雕剛剛飽餐了雄雞歪嘴，只是在空中耍耍威風，便銷聲匿跡了。

不過短短的幾分鐘，雄雞瘸腿便戲劇般地成了英雄。當小巧玲瓏的雌雞花翎，撇下那個曾經使牠迷戀的出類拔萃的大頭，徑直向雄雞瘸腿走去時，灌木林中的雄雞，悲哀地低下了頭。

「咕——咕——呱——啦——嘰，呱——啦——嘰……」雄雞大頭一邊淒涼地叫著，一邊踽踽地走了。這隻膽小的雄雞，不缺強健的身體，不少澎湃的春情，可牠到哪裡去尋找自己的伴侶呢？當一對對的雄雞和雌雞，從牠面前親親密密地走過時，牠只是沒完沒了地唱著那支世代相傳的春歌，而這春歌在牠的嘴裏，也漸漸變成了絕望的哀歌，伴著牠的形隻影單，翻山越嶺……

4

五月的驕陽，終於使高原變得絢麗。

雲杉樹搖著紫鈴鐺，落葉松晃著花繡球，雪白的鼠尾草在草叢裏躲躲藏藏，火紅的毛榛子花在枝頭閃閃爍爍，漫山遍野的山桃花、山杏花、毛櫻桃花、山丹丹花盛開怒放，晶亮清澈的小溪水叮叮咚咚，春意盎然的雲頂山，釋放著生命的活力，褐馬雞們的蜜月就在這大好春光裏度過。

在雙雙對對形影相隨的日子裏，雄雞們總是表現得格外優秀。白天，牠們不辭辛苦，積極地尋覓最最肥美可口的食物，是爲了雌雞們享用；傍晚，牠們不避艱險，精心地選擇最最安全舒適的樹枝，也是爲了雌雞們棲宿；即使在夜間，雌雞們沈沈熟睡之後，牠們也時時驚醒，一旦發現敵情，便呱呱大叫，掩護雌雞逃跑。

在雙雙對對悠閒漫步的日子裏，這一對和那一對在叢林中相遇了，兩隻雄雞就會彬彬有禮地對唱一支春歌，然後分道揚鑣。一個家族佔領一道山坡，這也是褐馬雞族的規矩，誰敢冒犯別人的領地，只能遭到迎頭痛擊，甚至丟掉生命。當然，在這一年一度最最甜蜜的日子裏，誰又會去自討沒趣呢？

當浪漫的蜜月匆匆流逝之後，雌雞胖了，格外富態雍容，開始築窩產卵；雄雞瘦了，更加精悍靈敏，開始警戒巡邏。像天公和地母各司其職，共有一個世界那樣，雄雞和雌雞也在依照造物主的安排，同心協力，營造自己的家園。

每年這時，就像攔不住的節令一樣，便會有一群群渾身漆黑的烏鴉，鋪天蓋地而來。這些

不祥的禽類，哇哇地怪叫著，或成群結隊地示威，飛翔可遮蔽天空，降落使綠樹變色；或單槍匹馬，四處騷擾，像無數顆子彈在呼嘯穿梭。

於是，凡是有烏鴉起落的地方，又會響起雄褐馬雞的呱呱大叫。特別是在群鴉噪林的時候，雲頂山上又會響起山呼海應的群雞齊鳴。不過，這叫聲不再是柔情蕩漾的春歌，而是尖厲刺耳的警報，通知隱蔽處的雌雞們，保護好自己的雞卵和窩巢。

當雄雞長角發出警報時，雌雞鳳尾正在一條清亮的小溪旁飲水，牠那豐滿的身子變得瘦削，美麗的尾羽更加修長。產卵的損耗，抱窩的艱辛，迅速消蝕著牠的體力，而這一天一次匆匆忙忙的出外覓食，又怎麼能夠彌補萬一？何況就連這倉促的進食，也常常被頻繁的警報聲所打斷呢？

雌雞鳳尾不敢怠慢，馬上飛奔回窩。然而，當牠來到那片落葉松和櫟樹的混交林，鑽進那個藏在繡線菊和胡枝子柴棚下的窩巢時，裏面已是空空蕩蕩，四枚淡青色的雞卵不翼而飛。幾堆空空的蛋殼，點綴在綠色的草叢裏，特別醒目。兩隻烏鴉並立在落葉松的枝幹上，哇哇地引吭高歌，漆黑的嘴角邊掛著一絲蛋黃，好像得意的微笑。

憤怒的鳳尾騰空而起，朝烏鴉撲去。可是，等牠拖著長長的尾巴落到樹枝上時，兩個狡黠的竊賊早已逃得無影無蹤，連叫聲都聽不見了。

「呱！呱！呱！」悲痛欲絕的雌雞鳳尾大叫三聲從樹上飛落，又鑽進了那個由繡線菊和胡枝子搭起的柴棚，用尖尖的長喙在窩裏窩外，仔仔細細地翻翻揀揀。當牠終於確信自己的後代已無一倖免時，這隻美麗溫順的雌雞竟像瘋了一般，一口氣將那個還帶著自己體溫的窩巢撕了個粉碎，隨即便昏死在淩亂的柴棚邊。

下雨了。淅淅瀝瀝的春雨滋潤著焦躁的靈魂。

起風了，徐徐吹來的春風撫摸著痛苦的肉體。

當雌雞鳳尾醒來的時候，雄雞長角正站在牠的身邊，咕咕地叫著，彷彿是體貼的安慰。不是嗎？山還在，樹還在，春天還在，牠們爲什麼不能重新建築一個窩巢，重新生育自己的後代呢？

於是，迎著風，冒著雨，兩隻含悲忍痛的褐馬雞，一個豎起桀驁不馴的長角，一個拖著美麗溫順的鳳尾，雙雙對對，走進了更深更密的樹林。

5

一棵如傘如蓋的古樹下，一凹淺淺的石洞，像張開的嘴巴，含著一個盛著八枚雞卵的窩巢。洞前堆積著參差的枯木，既可遮風擋雨，又能不露痕跡。洞內，雌雞花翎安臥巢中，既無後顧之憂，又可洞察敵情。既然有這麼個得天獨厚的居處，雌雞花翎的行動也就比鳳尾們自由

得多。牠可以一天兩次出外補給營養，而且不必匆匆忙忙。

現在，當雄雞瘸腿發出尖長的警報聲時，花翎正在附近的草地上伸懶腰。牠立即發現一隻烏鴉像黑箭似的落在洞前的枯枝上，賊頭賊腦地窺探著。機靈的花翎並不聲張，只是悄無聲息地走過去，趁著那個黑腦袋伸進枯枝中的一瞬，照著烏鴉的屁股就是狠狠一啄。隨著「哇」的一聲慘叫，烏鴉在枯枝上撲騰了幾下，倉惶逃走了。

花翎吐掉嘴裏的一綹黑毛，從容不迫地跳上枯枝堆。牠用紅玉般的長喙一個又一個地翻撿著淡青色的雞卵——一個不少，一個不破。牠滿意地咕咕著，將八隻卵全部置於溫軟的腹下，眯起了眼睛。

就在這時，密林中又一次傳來雄雞瘸腿的警報聲。花翎立刻瞪圓雙眼，抖擻脖頸，警惕地環顧四周。

前方，一團深黃色的毛球在茂密的黃刺玫叢中晃動，接著便露出兩隻毛茸茸的耳朵，一對骨碌碌的眼睛，還有一個濕漉漉的長嘴。是狐狸！雌雞花翎渾身一震，要想以牠孱弱的身軀去戰勝狐狸，保護雞卵，根本不可能。逃吧？只能暴露目標。躲呢？三面石壁毫無退路。絕望的花翎，只是緊緊摟定那八枚雞卵，等待著同歸於盡的時刻。

就在這時，彷彿天兵天將，一團褐色的雲霧飛落在山洞前，隨著「呱！呱！呱！」三聲大叫，雄雞瘸腿昂首挺胸，赫然站立，擋住了狐狸的去路。於是，貪嘴的狐狸不再尋尋覓覓，毫不猶豫地朝雄雞撲去。而雄雞瘸腿則呱呱大叫著，時而健步如飛，時而騰空而起，漸漸將狐狸引向遠離山洞的密林。

化險爲夷，雌雞花翎小心翼翼地站起身，再次用紅玉般的長喙翻動淡青色的雞卵。一個不少，一個不破。牠又咕咕地叫著，重新臥下，等待雄雞瘸腿的歸來。

月亮上來了，冷冷地，將高大的落葉松鑄成千萬把陰森森的利劍，將洞前的枯枝、洞中的花翎凍成一組冰雕，卻唯獨不見雄雞瘸腿的身影。

太陽上來了，暖暖的，百鳥歡歌，群鴉噪林，一坡又一坡巡邏警戒的雄褐馬雞頻頻發出警報，可雌雞花翎的山洞周圍卻是靜悄悄的，唯獨不聞雄雞瘸腿的聲音。

當太陽快要下山的時候，雌雞花翎不再安靜地等待，牠輕靈地跳到山洞前的枯枝堆上，用尖尖的長喙揀來細長的枯枝，一根一根蓋在橢圓形的雞卵上，直到雞巢和枯枝堆混爲一體。然後，牠從枯枝堆上飛下來，急急忙忙地朝著前一天雄雞瘸腿消失的方向走去。

花翎走得很快，因爲牠不用尋路，在雄雞瘸腿經過的地方，起初是一片片一團團褐色和白色的雞毛，後來便有了紫紅紫紅的血滴。終於，在一棵蒼翠的雲杉樹下，花翎站住了。那裏有一灘血跡，黏著一堆長長短短、軟軟硬硬的雞毛。一個雙目圓睜的雞頭，閉緊的長喙叼著一團深黃色的狐狸毛。兩隻珊瑚色的曾經寫過無數「个」字的腳爪蜷著，其中一隻還攥著一顆血淋淋的狐狸眼珠。

花翎咕咕地哀鳴了幾聲，隨即用尖尖的長喙將那些凌亂的雞毛，一根根理順堆好，又將那個雞頭和兩隻腳爪一起放在雞毛堆上，牠自己則安詳地臥在一邊，眼巴巴地望著這堆殘骸，彷彿在等待雄雞瘸腿的再生。

過了很久，奇蹟沒有出現，反倒招來一群烏鴉雲集空中，貪婪地哇哇大叫。這叫聲驚醒了花翎，牠猛地站起身，迅疾朝自己的窩巢飛奔。

山洞前的草地上，已經有了兩個破碎的蛋殼，兩隻漆黑的烏鴉正站在山洞邊，擷取第三枚戰利品。氣急敗壞的雌雞花翎在十米之外便張開翅膀，呱呱大叫著撲過來。一隻烏鴉慌忙用長嘴夾起一枚雞卵便逃，結果是鴉飛蛋打，一敗塗地。另一隻烏鴉急中生智，將尖嘴穿進蛋中，挑起來，一邊暢飲，一邊高飛。

花翎已經顧不上和烏鴉計較，一頭撲進窩巢，急忙翻翻撿撿，可憐那八枚雞卵只剩下一半！牠又用長喙反反覆覆地查檢，幾乎把窩巢啄穿，仍然是只有四枚。

「呱！呱！呱！」像鳳尾一樣，花翎發出了母性的悲鳴，但回答牠的卻沒有風聲，沒有雨滴，更沒有雄雞的寬慰。只有沈重的暮色漫過死寂的枯枝堆，只有淡青色的雞卵躺在窩巢中聽天由命。

於是，孤苦伶仃的花翎不再悲鳴，也不再等待，而是默默地將四枚雞卵攏在一起，端端正正地臥了上去。

三天五天，晝夜更替，雌雞花翎守著自己的後代寸步不離。乾渴難忍，牠把尖尖的長喙插進石縫中，吸吮泥土的濕氣；把短短的舌尖貼在石壁上，舔食陰涼的地衣。牠那紅玉般的嘴殼已傷痕累累，嬌嫩的舌頭佈滿血絲，牠卻繼續吮著舔著，爲了保全性命。

十天八天，物換星移，雌雞花翎守著自己的後代寸步不離。饑餓難熬，牠就啄食枯枝上白色的黴菌，而當這黴菌被吃光後，牠又剝食枯枝的樹皮。黴菌的氣味令牠作嘔，乾硬的樹皮卡住喉嚨，牠卻拼命地吞著咽著，爲了塡飽肚皮。

漫長的二十天裏，有多少次，花翎昏死在自己的窩巢裏，而每次醒來的唯一舉動就是察看雞卵的好壞得失。對於此刻的花翎來說，除了自己的後代之外，便沒有天，沒有地，也沒有了自己。

終於，雌雞花翎的翅膀下鑽出一團毛茸茸的小東西，接著是第二團、第三團、第四團。這些醜陋的小生命絕不像牠們的父母，沒有修長的尾巴，沒有神氣的角羽，短短的嘴，鈍鈍的腳，連身上的毛色也是黃一塊、白一塊亂七八糟。不過，這並不影響牠們的機靈。四隻小雞一齊來到花翎面前，站在窩邊上，一邊蹦蹦跳跳，一邊「嘰嘰嘰」地歌唱。

於是，又一次昏死過去的花翎被這稚嫩美妙的聲音喚醒了。牠眨眨眼睛，輕輕咕咕兩聲，便顫顫巍巍地從窩巢裏爬出來。悠悠忽忽地從枯枝上滾下去。肥美鮮嫩的青草就在腳下，叮咚作響的溪水就在近旁。牠先是伸出殘破的長喙，歇斯底里地啄食，直到嗉子鼓起來歪倒一邊；

接著，又走到溪水邊，俯仰著細弱的脖頸，沒完沒了地暢飲，直到喉嚨裏發出咕嚕嚕的響聲。

於是，心滿意足的雌雞花翎抖擻脖子，振動翅膀，咕咕咕地呼喚自己的子女。於是，小茸團聞聲而來，歡呼雀躍，圍住了牠們的老母親。於是，「嘰嘰嘰」，「咕咕咕」，藍天下，密林邊，一老四少載歌載舞慶賀著一個新的褐馬雞家族的誕生。

突然，像一根繃斷的琴弦，雞群中發出一個尖厲的不和諧音。接著，雌雞花翎像一堆茅草似的倒在地上，牠那個剛剛鼓脹起來的嗉子裂開了。一團尚未消化的青草，一汪尚未暖熱的清水，混合著流淌出來，重新回到青青的草地，重新滲入清涼的小溪。而那四個剛剛出世的小生命，也便成了無依無靠的孤兒。

6

一場昏天黑地的暴雨，挾著驚雷閃電，送來了咄咄逼人的夏季。繽紛的鮮花被撕光扯淨，撒落在地上化作爛泥。暴漲的溪水攜泥沙俱下，將溪邊的灌木、草叢連根拔起。被雷電攔腰劈斷的大樹，屍橫遍野，恰似禱告上蒼的香燭。從此，太陽變成一個火球，無盡無休地噴吐炎熱。強烈的紫外線無處不在，很快就使雲頂山變得蓊鬱蔥蘢。

爲了躲避酷暑，一個個褐馬雞家族開始向海拔兩千米的山頂遷移。在此起彼落的咕咕、呱呱聲中，又加進了嘰嘰嘰的童音，給悶熱的夏日山林，增添了許多樂趣。

在樹影斑駁的林間空地上，一個一米高的紅色土堆赫然矗立，一個個白色的螞蟻卵，芝麻粒般遍綴其間，似一堆天賜美味，吸引了雌雞黃嘴。這隻勞苦功高的雌雞，居然養育出八隻小雞，這在所有的褐馬雞家族中，是絕無僅有的。難怪牠的胸脯挺得更高，脖子伸得更長，黃燦燦的長喙也更加閃閃發亮。

在雌雞黃嘴的帶領下，八隻小雞一擁而上，圍著紅土堆搶食白色的蟻卵。

這突如其來的襲擊，驚動了黑色的大螞蟻，牠們紛紛從土堆裏爬出來，卻並不嘗試保護自己的後代，而是驚慌失措，倉惶逃竄。不過，儘管牠們有八條腿，又哪裡跑得掉？於是，活潑天真的小雞們不再滿足於啄食靜止的蟻卵，反而四處奔跑，去追那些逃竄的黑螞蟻。每啄中一隻，便嘰嘰嘰地歡呼，振一振短小的翅膀，表示出無比的得意和新奇。

雌雞黃嘴始終照應這些小東西。誰跑得太遠，牠會大聲警告喚其歸來；誰啄得又快又準，牠又會輕聲發出鼓勵。那隻最小的才出殼幾天，跟在別個後頭跑來跑去竟一無所獲，牠就將一隻啄得半死的黑螞蟻，放到小傢伙面前，供牠練習。那兩隻最大的嘴巴已變得尖長，羽毛也變得堅硬，正爲爭食打鬥，牠就走過去，用黃燦燦的長喙，將牠們分開隔離。

在這個熱熱鬧鬧的大家族裏，唯獨不見了雄雞長脖。在幾天的遷移途中，雄雞長脖總是脫離集體。天濛濛亮，牠就一團雲霧似的從樹上飛下來，咕咕地叫上幾聲，一會兒就沒了蹤影。

天擦黑，不論自己的家族走到哪裡，牠又會突然出現在牠們身邊，還是咕咕地叫上幾聲，便上樹棲息。

對於這位流浪漢似的伴侶，雌雞黃嘴毫不介意，牠只是全心全意保護著自己的小雞。偶爾，放浪形骸的雄雞長脖從遠處唱出幾聲莫名其妙的春歌，雌雞黃嘴便不屑地扭扭頭擺擺嘴，決不理睬。

熾熱的陽光，把林間空地變成一個烤爐，追逐奔跑的小雞們，終於歪著嗉子跑了回來，沒頭沒腦地往雌雞黃嘴翅膀底下鑽。牠們認爲那個溫軟的地方，不但安全舒適，還能避暑驅寒。

黃嘴盡力張開翅膀，要攏住八個日漸長大的小東西可真不容易。於是，翅膀下就有了一陣陣的騷動。屁股露在外邊的拚命往裏擠，悶得喘不過氣來的又使勁向外拱。十六隻翅膀推推搡搡，十六隻腳爪八下八上，大大小小的雞娃亂成了一鍋粥。雌雞黃嘴任腹部被突突的腳爪抓著搔著，卻不動彈，彷彿熟睡似的閉著眼睛，不時還發出舒坦的哼哼。

一條一米長的蝮蛇，像一股濁流，無聲無息地從草叢中滑出來，灰褐色的身上閃著黑白相間的斑點，彷彿粼粼的波光。牠繞到紅色的土堆背後，稍停片刻，便抬起三角腦袋，吐出細長的舌頭，準備偷襲。

就在這時，雌雞黃嘴突然驚醒，大聲發出警報。八隻不安分的小雞同時從老母雞的腹下鑽出來，跌跌撞撞地藏進了牠身後的灌木林。

蝮蛇豈肯罷休？但就在牠迤逶著身子追上去時，尾部被一隻尖利的東西狠狠地啄中了。蝮蛇痛苦地蜷縮起來，同時掉轉腦袋向雌雞黃嘴撲去。

這是一場艱苦卓絕的拼搏。起初，黃嘴居高臨下，對準蝮蛇頸部，閃電般地猛啄。接著，蝮蛇甩動身子，一繞兩繞便像繩索似的纏住了黃嘴的頭頸。至此，搏鬥演變爲惡性循環的掙扎。纏頸的窒息使黃嘴更加拼命地去啄蝮蛇；而被啄的巨痛又使蝮蛇將雞頸纏得更狠更緊。沒過多久，雌雞黃嘴便撲倒在地上，可牠那隻黃燦燦的長喙卻仍然一刻不停地啄著啄著，直到蝮蛇終於放鬆了糾纏，一根草繩似的癱軟下來。

三隻烏鴉飛落枝頭，覬視著，準備分食屍體。八隻小雞在灌木林中擠作一團，哭喊著，孤苦伶仃。

忽然，雌雞黃嘴顫顫悠悠、顫顫悠悠，居然站了起來。牠挺起胸，伸直頸，昂起頭，仍然一副傲氣十足的樣子。只是精緻的頭頸像充氣似的膨脹起來，挑著條灰褐色的死蛇。白色和褐色的毛羽混在一起，根根豎立。遠遠看去，就像一個兇神惡煞的怪物。

三隻烏鴉嚇跑了，哇哇地尖叫。八隻小雞鑽出灌木林，又擠進了那個溫軟的腹下。

雄雞長脖終於踏著暮色歸來了。牠圍著那個怪物轉著。咕咕地叫著，然後，伸出長喙去拽那條死蛇。不料，這一拽，那怪物也隨之倒地，變成了僵死的雌雞黃嘴。

一群失去庇護的小雞，嘰嘰地叫著，又爭先恐後朝雄雞長脖腹下鑽。起初，長脖只是呆若

木雞，不知所措。接著，牠便像雌雞黃嘴一樣張開了翅膀。

從此，雄雞長脖那自由自在、放浪形骸的生活便結束了。也就是說，面對著八隻嗷嗷待哺的小雞，牠已經別無選擇。

7

這是個晴朗的好天氣，夏日的小溪難得的溫柔和恬靜，清亮的水花在圓溜溜的鵝卵石上吻出一串酒窩；三三兩兩的落葉，在水流中忽上忽下盡情嬉戲。

溪邊，雌雞花翎的四個遺孤正站成一排飲水。不到十天的時間，這些小東西就變得認不出來了。牠們不再是毛茸茸的一團，腳桿長高，身子拉長，短短的小嘴變成堅硬的長喙。當牠們用這長喙梳理翎羽時，又會摩擦出響聲。不過，牠們仍然沒有修長的尾巴、神氣的角羽和白褐兩種協調的色彩，仍然是些棕色和黃色隨意塗抹的醜小雞。不但醜陋，和其他家族的小雞相比，牠們還顯得愚笨無比，牠們喝水時，嘴巴插進水中，倒是吸了滿滿的一口，可仰起頭來，那甘甜的溪水就從兩邊的嘴叉流了出去。別的小雞十次八次就能飲足喝夠，可牠們一連俯仰幾十次也只能潤濕喉嚨。

牠們覓食的方式也很可笑。除了青草，竟不懂得螞蟻卵才是最最甜美的食物。而就是啄食青草時，也不懂得選擇。碰上肥美的天蒜、名蔥或野韭菜，自然大吃一頓。可碰上乏味的花蔥、梅花草或繡線菊，也依然津津有味，決不嫌棄。

幾天來，牠們也像別的家族一樣，一步步朝高山上遷移。但這決不是因爲牠們知道山上比山下更加涼爽舒適。牠們唯一的目的就是逆流而上，走到小溪盡頭，以便繞到對岸，去尋那不時發出「呱呱呱」或「咕咕咕」叫聲的成雞。可誰又知道，這源源不斷的溪流，竟像通天的長河，總也走不到盡頭呢！

現在，當四隻小雞又在水邊做著無盡無休的俯仰運動時，小溪對面的密林中，又傳來咕咕的叫聲。小花翎們立刻停止喝水，瞪起圓溜溜的眼睛。當牠們看到一個雪白飄逸的長尾在綠色的灌木叢中閃動時，便拼命地發出嘰嘰嘰嘰的呼叫。

也許是溪水太響，也許是距離太遠，那閃動的尾巴越來越小，咕咕的叫聲也漸漸遠去。一隻小花翎終於按捺不住，急切地將細長的腿伸進小溪。立刻，牠就被湍急的水流扯了個大跟頭。牠急忙站起來，抖掉身上的水珠，又架起兩隻短小的翅膀，拼命朝前一衝，一眨眼，就落在了溪流中一塊突起的大石頭上。

岸上的小花翎驚呆了，發出尖叫。石頭上的小勇士卻神氣十足地擺擺頭，接著朝前面的大石頭猛衝。這一回，牠還沒到達目的地，就被一團濺起的浪花緊緊裹住了。只見一個棕黃色的漩渦隨飛流直下，一瞬即逝，只留下一縷嘰嘰嘰的餘音，在溫柔恬靜的小溪上久久縈繞。

岸上的小花翎驚呆了，一聲不響地站了很久。然後便一齊順流而下，去追那個棕黃色的旋渦。

天黑了，三隻筋疲力盡的小花翎終於失望地停住腳，鑽進了岸邊的灌木叢。不過，沈沈的黑夜帶給牠們的不是睡眠和休息，而是沒完沒了的恐怖。一陣風，一聲啼鳴，甚至一片落葉，都是一種驚嚇，而牠們卻只能無助地擠成一團，瑟瑟地抖個不停。

天亮了，小溪對面又傳來咕咕聲的誘惑。三隻小花翎立即忘掉了悲傷，忘掉了恐怖，從灌木叢中跳出來，抖掉身上的露珠，逆流而上，繼續趕路。

也許是心誠所致，溪水忽然變得狹窄起來。接著，一塊條形石塊便橫架在小溪上，像一道窄窄的石橋。三隻小花翎歡呼起來，振動著短小的翅膀，連飛帶跑地越過小溪，朝發出咕咕叫聲的方向飛奔。

林間小路上，一隻威武的斑斕猛虎，正邁著四方步去溪邊飲水。牠似乎發現了三個蹦蹦跳跳的活物，可怎麼眨眼間就變成一堆棕色的腐葉了呢？牠來到那堆腐葉上，倒換著四隻腳，轉了幾個圈子。不要說活物，連一點聲音都沒有。萬籟俱寂，表示著對山大王的臣服。於是，猛虎發出一聲得意的長嘯，繼續邁著四方步向溪邊走去。

很久，很久，當小鳥重新婉囀枝頭，當密林裏又傳來咕咕咕的叫聲時，那堆棕色的腐葉發出一陣輕微的響動，鑽出一隻戰戰兢兢的小花翎。接著，在離牠五十釐米處，又鑽出了探頭探腦的第二隻。天下太平，連一隻烏鴉都沒有。兩隻小花翎嘰嘰地叫起來，慶幸自己的死裏逃生。可那第三隻呢？兩隻小花翎開始東一嘴、西一嘴地刨著腐葉，終於找到了牠們的同胞。

很難說牠是活著還是死了。牠側身躺在潮濕的土地上，綿軟的羽毛黯淡無光，細瘦的腿腳筆直僵硬，一團紅、白、黃、黑的腸子，從肛門處擠出來，黏著星星點點的葉片和泥土。只有一雙眼睛在閃光，一副長喙在痙攣，似乎在拼命地忍住痛苦。現在，當牠接受到天下太平的訊息時，終於發出了聲嘶力竭的慘叫。這叫聲震得樹葉簌簌落下，大地微微戰慄，兩隻小雞也忍不住發抖。天知道，當猛虎的腳步踏在身上時，牠是靠了什麼才沒叫出聲來。

受傷的小花翎晃動著腳爪，蠕動著身子，試圖站起來。每一次嘗試都會引起全身的痙攣，牠仍然一次又一次地努力著。終於，牠居然站了起來，而且可以拖著那一團黏著葉片和泥土的腸子，跟在兩隻小花翎身後，去追趕那個咕咕的叫聲了。眼看著不遠的前方，一條雪白飄逸的長尾在晃動，受傷者痛苦的叫聲加大了，並摻進了希望和歡欣鼓舞。

就在這時，兩隻烏鴉從天而降，落在樹枝上，尋找著攻擊的對象。兩隻小花翎迅速鑽進灌木叢，蹤影全無。只可憐那隻負重累累的小花翎，儘管拼盡全力，又哪裡跑得動？當兩副漆黑的尖嘴，將那團血淋淋的腸子扯成一根長繩時，一個執著的生的渴求，才隨著一聲撕心裂肺的哀號，消失在夏日的天空。

8

秋天是攜著果實來的。野刺玫結果了，掛一樹紅色的小葫蘆；野山楂熟透了，壓一頂沈沈的天棚。深藍色的栒子果是瀲灩的小湖，紫紅的山丁子果是瑪瑙的小丘。還有那向陽坡上，一片片、一坨坨、黃燦燦、光閃閃的沙棘果，給蓊鬱蔥翠的雲頂山注滿了豐收的喜悅、成熟的歡樂。

在這收穫的季節裏，小雞終於長成了大雞。醜陋的服飾變得典雅華貴，蹣跚的步態變得沈著從容，嘰嘰的叫聲也變成了咕咕咕或呱呱呱。從早到晚跟在老雞身後，四處遊蕩，好不神氣。

在所有的褐馬雞家族中，長角一家恐怕是最幸福美滿的了。雄雞長角有統領三軍之威風，雌雞鳳尾有百鳥朝鳳之風采，而那四隻已經長成的小雞，既有長長的桀驁不馴的角羽，又有長長的儀態萬千的鳳尾，集父母之大成，顯造物之神功。

一棵矮小的果實累累的野刺玫樹下，雄雞長角正在教三隻小鳳尾跳躍啄食。只見牠昂首引頸，雙目凝神，再屈膝、伸腿、展翅、跳起。落地時，那堅硬的長喙間便含了一顆鮮紅晶亮的野刺玫。於是，三隻小鳳尾騷動起來，學著雄雞長角的樣子，直撲樹上誘人的果實。

然而，這些性急的小傢伙，上上下下，撲撲騰騰地跳了好半天，累得東倒西歪，仍是一無

所獲。這時，雄雞長角又開始示範，牠一連跳躍了三次，那雄健的身姿，優美的弧線，特別是三顆滾地而來的野刺玫，給三隻小鳳尾鼓了勁，提了神。

終於，一隻小鳳尾啄中了一顆果實，而另外兩隻便毫不猶豫地撲過來爭搶。三個小傢伙你爭我奪滾成一團，決不亞於父輩的水準。不過，那顆紅色的果實滾來滾去，最終滾到了按兵不動的長角身邊。

三隻小鳳尾眼巴巴看著雄雞長角吞食了那個美味，卻只是發呆。直到雄雞長角又一次以健美的姿勢去啄取樹上的果子時，三個小傢伙才恍然大悟：樹上有的是美味佳果，又何需去搶去爭呢？於是，紅彤彤的野刺玫樹下，四隻矯健美麗的褐馬雞，頻頻跳躍，此起彼落，跳起了歡快的豐收之舞。

離這棵野刺玫樹不遠，一棵青翠欲滴的雲杉樹下，安詳寧靜地臥著一老一小兩隻鳳尾。曾經被分娩和抱窩折磨得憔悴不堪的雌雞鳳尾，如今在豐富多汁的漿果滋補下，重新變得毛色鮮亮，綽約多姿。而牠身旁那隻最小的小鳳尾，則色彩更加明麗，體態更加俊美，特別是那兩根高高挑起的尾羽，像兩條繫著褐色翎子的絲綢飄帶，遠遠地拖在身後，飄逸，透迤，小小年紀便以其超凡脫俗，勝過了牠的母親。

不過，這長長的尾巴雖然給最小鳳尾帶來了出類拔萃的驕傲，卻也帶來了意想不到的煩惱。一個星期前，那三隻小鳳尾就學會了飛到樹上棲息過夜。而牠呢，總是因爲那條長長的尾

巴，沈甸甸地墜著牠飛不起來，上不了樹。爲此，牠只能繼續在樹下過夜，而樹下的危險比樹上大得多。爲此，在小鳳尾們開始享受跳躍啄食的刺激和美味時，牠卻還在重複這乏味的動作，失敗的結果。

也許是對最美麗的小鳳尾的溺愛，也許是普天下母親具有的共性，雌雞鳳尾顯得比最小鳳尾更有耐心。這時，牠咕咕地叫了兩聲，站起身，頭頸上伸，尾羽下壓，然後跳起，鼓翼，一團雲霧便定定地落在了雲杉樹一根兩米高的側枝上。接著，牠又拖著長長的鳳尾，繞著雲杉樹漸漸升高的枝幹，半跳半飛地盤旋而上，不一會兒便出現在十米高的樹頂。

那瀟灑的姿勢，那優美的步態，以及居高臨下的神氣，使樹下的小鳳尾看得發呆。於是，牠也學著老鳳尾的樣子，奮力朝那根兩米高的側枝上飛去。結果，又是那太長太重的鳳尾，把牠從空中拽了下來。

洩了氣的最小鳳尾賴在地上不起，恰好被三隻飽餐歸來的小鳳尾看見。於是，牠們挺著脹鼓鼓的嗉子，圍著這隻最小最美又最笨的同胞，又叫又唱，又舞又跳，彷彿是一種幸災樂禍。而當牠們鬧夠了之後，一隻小鳳尾騰空而起，落在雲杉樹上，又與地面的兩隻，忽高忽低、忽慢忽急地對唱起來，又彷彿是一曲嘲諷之歌。

最小鳳尾終於被激怒了，牠一抖身子站了起來，伸出尖尖的長喙就去啄地上的兩隻小鳳尾。

起初，兩隻小鳳尾只是繞來繞去地和牠兜圈子。後來，或許是因爲厭倦了，或許是因爲暮色將臨，兩隻小鳳尾也撲稜稜地扇動翅膀，飛上了雲杉樹枝。接著，三個洋洋得意的傢伙，便一個跟一個地盤旋而上，不一會兒就和安詳的老鳳尾齊頭並肩，站在了十米高的樹頂。

開始，被戲弄耍笑一通的最小鳳尾，只是一動不動地呆站著。接著，只見牠爆炸似的騰空而起，一下就抓住了那根兩米高的雲杉枝。這意外的成功引得樹上的雌雞鳳尾、樹下的雄雞長角，一起大聲歡呼起來。遺憾的是，牠們的叫聲未落，小鳳尾便在樹枝上前仰後合地晃了幾下，一頭栽回了地面。有什麼辦法呢？又是那條確實漂亮又實在太長的尾巴，破壞了牠的平衡。

但不論怎樣，這總是一個良好的開端，所以地上的雄雞長角就以十分迅速、準確和雄健的姿勢，飛上了雲杉樹，再次給小鳳尾示範。而小鳳尾呢，也信心十足，一而再、再而三地起飛。然而，不管怎樣努力，牠還是失敗了。不是因爲長尾，而是因爲青翠的雲杉樹融進了淡藍色的暮靄，那根兩米高的樹枝已經模糊不清了。不幸的小鳳尾，看來牠又得在地面上過夜了。這時，樹上的雌雞鳳尾便撲稜稜地飛了下來。有什麼辦法呢？只要還有一隻小雞不上樹，牠就得相跟相隨地陪伴到底，這也是褐馬雞族千百年沿襲下來的規矩。蒼天保佑，但願這是最後的一夜。

黑暗降臨了，沒有星沒有月，沒有天沒有地，沒有大樹也沒有小溪，整個宇宙模糊一團，彷彿回到了混沌時期。

黑夜漫無盡頭，在這萬物昏睡的寂靜中，潛行著死亡、瘟疫、寒冷，以及一切自然和超自

然的恐怖。

黑夜終於過去，就在林中飄來第一縷晨霧，天邊出現第一抹晨曦時，天地再現，萬物復甦。

高高的雲杉樹上，雄雞長角醒了，咕咕地叫著。三隻小鳳尾也醒了，咕咕地應著。接著，便撲稜稜地飛落到地面上。

「呱！呱！呱！」雄雞長角亮開歌喉，大聲宣告新的一天來臨。在新的一天裏，最小鳳尾將學會上樹。從新的一天開始，長角的家族將會日日廝守，夜夜團聚，永不分離。

誰知，這美好的祝願和憧憬，竟得不到一點回響。雄雞長角只好帶著三隻小鳳尾，去尋找那兩個貪睡的傢伙。

在茂密的灌木旁，乳白的濃霧中，側臥著一大一小兩隻美麗絕倫的褐馬雞。長長的尾羽迤地而去，似飄緲的白雲；紅珊瑚的腳爪伸得筆直，似著意的採取；黑褐色的翅膀打開，是酣睡時的舒展；紅玉般的長喙微張，是睡夢中的囈語。特別是那繞頸而過的雪白的角羽，竟變成了鮮紅的項鏈，在飄來蕩去的霧氣中，顯得迷離神奇。

經驗豐富的雄雞長角立刻警覺起來，直奔那條鮮紅的項鏈。果然，在項鏈的下方，是一地凝固了的斑斑血跡。毫無疑問，是一隻趁著黑夜潛行的豹貓，在吸光喝淨了兩隻褐馬雞的鮮血之後，早已揚長而去。

面對突如其來的打擊，雄雞長角伸了長長的頭頸，仰天呼號。然而，只見牠的嘴不停地張合，卻發不出一丁點聲音。誰能相信，那個曾以驚天動地的叫聲號令三軍的頭雞，竟會在轉眼之間變成了啞雞！

三隻小鳳尾用長喙溫柔地撥動著最小鳳尾的屍體，彷彿忘記了昨晚的嘲弄和戲耍。過了很久，直到牠們確信，那個可憐的小同胞，再也不會站起，再也不會生氣時，才咕咕地叫著，向雄雞長角靠攏，訴說著無盡的悲哀和恐懼。

雄雞長角默默地立在雌雞鳳尾身邊，直到三隻小雞圍過來時，牠才如夢方醒。而就在牠扭頭面對兒女的一瞬，牠頭上那對桀驁不馴的長角，突然像折斷的利劍，耷拉在耳邊，從此不再豎起。

9

天涼了。天空變得明淨高遠，山風變得清冷侵膚。櫟樹葉變紅，樺樹葉變紫，楊樹葉金黃，落葉松黃綠，一起飄飄蕩蕩地落下來，攪起一個個五光十色的漩渦，去尋牠們的歸宿地。

黑鸛、藍翡翠、夜鷺、紅尾水鴝飛走了，去尋求南方的溫暖。大鵟、獵隼、赤頸鶇、白頭鵐飛來了，來尋雲頂山的刺激。

在嚴峻的冬季到來之前，芸芸眾生都在重新調節自己的節奏。

當初，爲躲避酷暑而遷往高山的褐馬雞們，也開始向低山陽坡轉移。密林深處，一個個家族互相呼喚；路邊灌木叢，一隊隊身影行色匆匆。

在四隻小花翎曾逆流而上的小溪旁，順流而下走來了一支長長的隊伍。打頭的一隻老雞，昂首挺胸，烏油油的脖子特別修長。十隻生氣勃勃的小雞，緊隨其後，其中八隻長著黃燦燦的長喙，另外兩隻的翅膀上各有一對花翎。不用問，這正是雄雞長脖的龐大家族。誰肯信，曾經放浪形骸的雄雞長脖，居然撫養大了十隻小雞！

那是些多麼難熬的日子啊！白天，牠爲小黃嘴們選擇的活動場地，既要水草豐盛，又要便於隱蔽。而牠自己則一刻不敢放鬆地抖擻著烏油油的長脖，警惕著天上地下的走獸飛禽。夜裏，又要爲選擇安全的宿處煞費苦心。有時是一凹崖壁，崖前掛一道瀑布；有時是一個樹洞，洞口有枯枝隱蔽。

不過，最使雄雞長脖爲難的，還是那兩隻小花翎的到來。不難想見，兩個歷盡艱辛的遺孤，是帶著怎樣的歡欣和熱情撲向長脖的。然而，八張尖利的黃嘴卻像一排尖刀，擋住了牠們的去路。不難理解，八隻小黃嘴既然繼承了雌雞黃嘴的傲氣，又怎麼能允許隨便加入牠們的集體？於是，八個虎視眈眈地圍成一圈，準備攻擊兩個；而兩個則屁股對屁股，被迫迎戰八個。眼看就是一場力量懸殊的惡戰。這時，雄雞長脖忽然伸出長喙，照著八個中最大的一個不輕不重就是一啄。立刻，八個解體了，委屈地擠在一邊，嘰嘰嘰地叫著。而兩個卻得救了，亦悲亦喜地鑽進了雄雞長脖的翅膀。

從此，雲頂山上最大的褐馬雞家族更加壯大了，而含辛茹苦的雄雞長脖也更加操勞了。八隻小黃嘴常常欺負外來戶，雄雞長脖就得時時留心。特別是當長脖發現，兩個可憐的小傢伙，既不會喝水，又不會擇食，甚至見了爬動的黑螞蟻就逃跑時，牠也只能耐下心來，一樣一樣地從頭教起。而這些本領，八隻小黃嘴早就從雌雞黃嘴那兒學會了，自然就擠在一旁嘰嘰嘰地嘲笑，或者跑上來爭吃搶喝。不過，這樣一刺激，兩隻小花翎反倒學得更快了。當然，也是因爲牠們本來就不笨。

在一天天逝去的日子裏，小雞們脫下一場糊塗的絨毛，換上了典雅華貴的新裝。而在這朝夕相處、耳鬢廝磨的調節中，一個總是磕磕碰碰的新家族，也終於融爲一體，變得和諧親密。

幸虧勇猛的雄雞瘸腿和驕傲的雌雞黃嘴的後代，個個都結實健壯。幸虧機敏的雄雞長脖和機靈的雌雞花翎的後代，又個個聰明絕頂。牠們不但小小年紀就會機智地發現和躲避天敵，而且早在翅膀還未豐滿、尾羽還不修長的時候，就學會了飛到樹上棲息。所以，勞苦功高的雄雞長脖才有可能保存並率領這個龐大的家族，直奔低山陽坡，去和別的家族會合。

在小溪拐彎的地方，雄雞長角和三隻小鳳尾正在飲水，當雄雞長脖的大隊來到牠們面前時，兩個家族便隔岸歡呼跳躍起來。在新一代終於長大，而寒冬又將到來的時候，有什麼比集群更重要的準備活動呢？

三隻小鳳尾張開豐滿的翅膀，拖著長長的尾羽，從對岸撲稜稜地飛過來了。那矯健的身姿，那優美的弧線，把岸邊的老老少少看得著了迷。特別是兩隻小花翎，雙雙走到水邊，瞪大了圓圓的眼睛。

奇怪，當初是那樣洶湧可怖、無法逾越的天塹，如今卻變成一條清淺狹窄的彩帶！牠們扭頭看看三隻神采飛揚的小鳳尾，再扭頭看看微波蕩漾的溪水。突然，兩隻小花翎幾乎同時展翅壓尾，撲稜稜地飛過小溪，安安穩穩地站在了雄雞長角身邊。這實在是個重大的發現，兩個小傢伙興奮地叫著，互相啄啄對方的尖嘴，又撲稜稜地飛回來，再撲稜稜地飛過去……

對於小花翎們突發的反常行爲，雄雞長脖困惑地聳動著烏油油的脖子，而八隻小黃嘴則不屑地扭過頭去。只有溪水理解牠們，靜靜地流淌著，清晰地拍攝著牠們的身影。

當兩隻小花翎終於安定下來之後，雄雞長角才穩健地從對岸飛躍過來。牠朝雄雞長脖伸伸脖，張張嘴，卻沒發出一點聲音。這隻剛烈的雄雞，自從雌雞鳳尾牠們慘死之後，不但兩隻折下的角羽不再豎起，就連洪亮的嗓音也失去了。

兩個家族併在一起，在兩隻老雄雞的率領下繼續順流而下。小溪邊，密林中，又不斷有三五成群的褐馬雞家族加入和壯大著牠們的隊伍。所以，當牠們來到當初頭雞長角說服以至強迫大家分群的那片山坡時，草地上又聚起了一片褐色的海洋。

草地中間，當初頭雞長角臥伏的白色大石頭一直空著。不用說，雄雞長角已經失去了威武的形象和嘹亮的喉嚨，再難承擔頭雞的使命。可幾十個家族的烏合之眾，又憑什麼統一行動？

褐色的海洋開始翻滾、喧囂，家族與家族之間開始尋釁、爭鬥。虛位以待，群雞無首，將帶來一場混戰，無數犧牲。

「呱！呱！呱！」三聲驚天動地的大叫，雄雞長脖毅然飛上了大石頭，威風凜凜，昂首挺胸，彷彿在宣告頭雞的誕生。

黑壓壓的雞群先是一愣，接著便氣勢洶洶、憤憤不平地蜂擁過來，大有淹沒雄雞長脖的勢頭。特別是幾隻十分健壯的雄雞，竟擠到了大石頭腳下，伸出尖利的長喙準備發動進攻。

面對這撼天動地的陣勢，大石頭上的雄雞長脖大義凜然，紋絲不動。既然牠敢登頭雞的寶座，又豈能善罷干休？

不過，還等不到短兵相接，十隻勇敢機智的小黃嘴和小花翎，就已將雄雞長脖的寶座團團圍住。牠們一致尾朝裏頭朝外，英姿勃勃，怒目圓睜，恰似一隊赤膽忠心的禁衛軍，捍衛著自己的首領。

於是，幾隻躍躍欲試的雄雞不戰自退，叱吒風雲的雞群也很快馴服。

「呱！呱！呱！」頭雞長脖發出地動山搖的號令。

「呱！呱！呱！」雞群向著大石頭聚攏。

面臨嚴酷的寒冬，面臨絕滅的困境，這些孱弱的雉類，別無選擇，只能靠自己的團結奮鬥。

10

大雪是和黎明一起到來的。鵝毛似的雪片，紛紛揚揚，還閃著亮光。入冬以來，也曾下過幾場雪，但都是絨絨雪花，就像春天裏的楊花柳絮，飄來舞去，柔曼多姿，而且等不到太陽當頂，便融化得乾乾淨淨。但眼下這場雪卻不同。沒有風，也悄無聲息，卻大片大片地紛至沓來，沈甸甸地往下墜，迅速地堆積起來。所以，到天大亮的時候，大樹白了，山坡白了，小溪也白了，整個雲頂山穿上了一件厚厚的雪衣，而太陽卻連點影子都沒有。

一棵巨大的落葉松樹上，頭雞長脖醒了，要在平時，牠會立刻率領群雞下樹。在今天這個異常的天氣裏，牠顯得有些猶豫。而在長脖的周圍，似乎見不到一隻褐馬雞，只有一個個圓鼓鼓的雪包，像是長在樹上的寄生物。

兩隻烏鴉落在對面的樹上，舒展著翅膀，一堆堆雪花簌簌地抖落地上。這些被褐馬雞卵和雞雛餵養得肚飽腸肥的傢伙，雖然大部已經撤離，總還有些散兵遊勇，點綴這冬日的山川。一隻棕色帶兩條槓的松鼠，拖著長長的尾巴，在白皚皚的雪地上蹦蹦跳跳。一隻金雕艱難地扇動著翅膀，從空中掠過。

大雪依然紛紛揚揚，太陽始終不見影子，只是天色漸漸明亮起來。巨大的落葉松上，頭雞長脖抖抖身子，咕咕地呼喚著。於是，樹上一個個臃腫的雪包開始抖動，高高低低的雪條發出吱吱嘎嘎的響聲，忽忽啦啦的雪團攪起飛飛揚揚的白霧。當白霧散盡之後，像變魔術一般，高高低低的雪條變成了棕褐色的松枝，臃腫的雪包變成了典雅華貴的褐馬雞。

頭雞長脖俯身張尾，像一架滑翔機般飛到兩百米處的開闊地上。就在牠剛剛落定的一瞬，恰似山洪爆發一般，一股褐色的瀑布自二十米高的松樹上傾瀉而下，發出呼呼啦啦的巨響，在蒼白的天穹上架起一道壯觀的褐色彩虹。這褐色的瀑布洶湧著、奔瀉著，源源不斷，氣勢洶洶，彷彿要和獨霸天地的大雪比一比威風，彷彿要把這籠統的世界沖出個眉目。

於是，鵝毛大雪在空中游移起來，而素白的雪地上便有了點染山川的靈秀。

「呱！呱！呱！」頭雞長脖發出號令，率領雞群開始了尋覓食物的跋涉。緊跟在牠身旁的是雄雞長角，這隻昔日的頭雞，雖然折了角羽啞了喉嚨，卻昂首挺胸，健步如飛，不減當年雄風。

於是，白茫茫的雪野上，又有了濃墨重彩的「#」字，無數的「#」字又重疊成褐馬雞的軌跡，在深山裏盤旋纏繞。不過，要不了多久，這軌跡就被飄飄揚揚的大雪淹沒了。唯一淹不沒的是坡坡嶺嶺上，不論酷暑嚴寒，不論艱難險阻，仍故土難離的褐馬雞。還有那些此起彼落，遙相呼應的頭雞們呱呱的叫聲。

一片向陽的山坡上，無數小小的雪堆，橫陳在覓食大軍面前，就像一個個寒森森的墳堆。雞群疑惑地站住了，特別是那些當年生的小雞們，甚至緊張地架起翅膀，準備逃跑。

大拼搏

憑著昔日頭雞的經驗，雄雞長角朝前走去。憑了秋日的記憶，機敏的頭雞長脖緊緊跟上。新老兩隻頭雞幾乎同時飛上兩個墳堆，隨著陣陣劇烈的晃動，一團團雪霧攪起一個個白色漩渦。而當這漩渦終於落到地上時，奇蹟出現了：兩隻風度翩翩的褐馬雞，站在金光燦燦的沙棘樹上。金光閃閃的沙棘枝頭，密密麻麻地擠滿了甜美的沙棘果！

墳堆變成食物堆，這對疲憊不堪的雞群來說，實在是個強刺激。在一片沸沸揚揚漫天飛舞的雪霧消失之後，白色的墳堆不見了，上百隻典雅華貴的褐馬雞，臥在上百棵黃燦燦的沙棘上，烏油油的頭頸伸向前後左右，紅玉般的長喙點啄美味金珠。隨著牠們起落有致的顫動，三三兩兩的殘雪從樹上散落，細絲般的尾羽在身後飄舞。那色調，那情韻，那幅度，並襯以蒼茫的天幕、積雪的山坡，簡直就是一幅如醉如癡的群雞雪中臥食圖。

不過，臥食的雞群並不癡迷。當牠們將自己的嗉子餵飽之後，便不那麼安分守己了。特別是那些當年出生的小雞們，誰又能擋得住牠們在新奇和驚訝之後的尋開心呢？開始，牠們只是飛來飛去地交換場地，似乎要在這上百棵沙棘樹上都站一站，以滿足自己的佔領欲。接著，牠們又三五成群擠在一棵樹上，壓得小樹嘎嘎嘎地響。當這些都玩得厭倦之後，不知是誰終於發現了更有趣的遊戲，就是將山坡上剩餘的墳堆全部解放。於是，雞群爭先恐後，不辭辛苦地跳來跳去，搖著晃著，山坡上又騰起一片歡樂的雪霧。

在雞群的周邊，散佈著頭雞長脖、雄雞長角以及幾隻最健壯的雄雞。從爲家族警戒變成爲種群警戒，也是祖先留下的規矩。所以，牠們只能津津有味地欣賞，卻不能置身其中。即使在剛才的覓食當中，牠們也必須關注著頭上地下、四面八方的天敵，絲毫也不敢放鬆。誰讓牠們是頭雞或是最健壯的雄雞呢？

不過，有一次，不論是經驗豐富的長角，還是機智聰敏的長脖，都無法預見，這些樂而忘憂的褐馬雞，馬上就會大難臨頭。

11

下午，天空忽然分成了兩半。山這邊是陰沈沈的黑，山那邊是明晃晃的黃。風不吹，雲不動，雪野黯淡，草木發愣。漆黑的烏鴉幽靈似的掠過樹枝，長尾巴的松鼠一竄便鑽進了樹洞，雪地上匆匆忙忙地奔過豹貓、老虎、金錢豹……在這黑黃兩色僵持不下的時刻，天地萬物都預感到一場劫難的降臨，陷入了恐慌之中。

不用說，機敏的頭雞長脖也及時率領自己的子民，飛上了高大的落葉松。可這稀稀落落的枝幹，到底又有多大的庇護作用呢？上百隻褐馬雞惴惴地倒替著雙腳，焦躁地長吁短歎，攪得松枝上的殘雪顫顫巍巍地往下落。

終於，隨著一陣昏天黑地的颶風，天空大戰開始了。大團大團的白雪夾著密集的雪霰，鋪天蓋地壓將下來。整整三天三夜，源源不斷，無盡無休。在樹枝上横衝直撞，在山坡上堆積如山，在天地間肆虐猖狂。直到山野不再有響動，褐馬雞不再有叫聲。直到這些水分子凝成的無機體，成爲宇宙間唯一的活物。

難道摧毁的力量能使生的死，也能使死的生？

第四天早晨，輝煌的太陽終於出來了。天清氣朗，雲淡風輕。那些在昏暗中猖獗的雪霰，這時正死寂地堆在地上，等待著重新化爲水分子。而這裏那裏的山坡上，又有了烏鴉、松鼠、豹貓、老虎……太陽的光芒使天地萬物還其本來面目。而宇宙間有太陽的日子畢竟占多數。

高大的落葉松上，頭雞長脖動了動，可腳爪像黏住了樹枝，翅膀也像上了綁。牠咕咕地叫著，毫無章法地扭著，好不容易才把凍僵的身子舒展開，撲撲稜稜地飛落到開闊地上。然而，這一次，牠的子民們卻沒有像瀑布似的傾瀉。直到太陽當頂，暖和過來的雞群才三三兩兩地落到頭雞長脖身邊，咕咕地喊著饑餓。

頭雞長脖何嘗不饑寒交迫？不過，當牠清點了自己的隊伍之後，不但不率隊出發，反而一邊呱呱大叫，一邊朝那棵夜宿的落葉松走去。雞群極不情願卻又無可奈何地跟著。不過，當牠們回到樹前，才發現高高的落葉松枝上，這裏那裏，上上下下，居然還有二十幾隻褐馬雞臥在那裏睡大覺，甚至還有兩隻緊緊地摟在一起！

雞群憤怒了，朝著樹上叫喊。頭雞長脖則撲稜稜地飛上樹枝，惡狠狠地朝那兩隻摟在一起的老雞就是一通猛啄。

不料，那兩隻雞竟像塊石頭似的掉了下來，摔成兩半。原來，牠們不是摟在一起，而是被冰雪凍在一起的。而且，樹上那些老老少少的褐馬雞，看上去栩栩如生，實際卻早已魂飛九天，魄散雪野了。

雞群哀哀地低下頭。可就在牠們低頭的一瞬，又發現厚厚的冰雪地上，這裏那裏，一個個奇形怪狀的頭伸著，一隻隻皮破骨折的腳爪舉著，一片片血肉模糊的翅膀張著，彷彿是地獄裏無數個痛苦的靈魂，在掙扎著爬出冰冷的雪窟，要攫住地面上的生靈。

雞群頓時大亂，驚叫著，撲騰著，奔跑著，回到遠遠的開闊地上，擠成一堆，瑟瑟發抖。

頭雞長脖站在樹上，一時看看樹上，一時看看樹下，彷彿在清點死難者的數目。最後，當牠終於從樹上飛下來，向雞群走去時，雪堆下一隻伸出的頭頸又扯住了牠的腳步。那是一顆摔得面目全非的雞頭，雖然看不出年齡大小，可那副黃燦燦的長喙，卻說明牠是雌雞黃嘴的後代，屬於頭雞長脖的家族。於是，頭雞長脖停下來，小心翼翼地用堅硬的長喙刨著。雪地凍得硬梆梆，狠狠一嘴下去，也只是濺起一點點冰屑。但牠不急不躁，堅持不懈地啄著啄著。

就在可憐的小黃嘴快被刨出來時，頭雞長脖的翅膀被狠狠啄了一下。牠迅速轉過頭，看見了角羽折斷卻雙目炯炯的雄雞長角。長脖轉回頭，繼續自己的工作。於是，牠的烏油油的脖子

又被啄了一下。這一次長脖憤怒了，惡狠狠地朝長角啄去。不料，長角並不迎戰，只是一溜煙跑回到開闊地上的雞群旁。

當頭雞長脖追到開闊地上時，這隻機敏的頭雞馬上清醒了。牠的那些子民在極度的驚嚇和長時間的饑寒交迫中，已經成片地臥伏在地上，連站立的力氣都沒有了。死者已經死去，生者還要求生，難道牠還有時間沈浸在家族的悲哀中？

「呱！呱！呱！」頭雞長脖大叫三聲，振奮了奄奄一息的雞群。眼下當務之急是輕車熟路，直奔那一坡黃燦燦密麻麻的沙棘樹叢，只有那些可愛的甜蜜的果實，才能挽救牠們的生命。

12

天公的嚴酷，常常是世間的生物始料不及的。當頭雞長脖率領饑寒交迫的隊伍，滿懷希望地來到陽坡上那片沙棘樹叢邊時，這些雖疲憊不堪，仍精神抖擻的褐馬雞全愣了。白茫茫的雪地上，無數根鐵灰色的枝椏橫豎參差著，彷彿從來就沒結過什麼金黃色的沙棘果。

雞群咕咕地叫起來，發洩著沮喪的失望。頭雞長脖也困惑地轉動頭頸，懷疑自己是否帶錯了路。但是，當牠終於認出沙棘叢邊那棵熟悉的山丁子樹時，牠不再猶豫了，率先走到一棵沙棘樹下，伸出堅硬的長喙，用力刨了起來。

起初，牠的努力似乎是徒勞的。三下五下，是白色的積雪，十下二十下，仍然是積雪的白色。但頭雞長脖並不氣餒，仍然鍥而不捨地奮力刨著。不知刨了多少下，直到雪地上被啄出一個一尺多深的大坑，一粒金燦燦的沙棘果才像地下寶藏似的露了出來。

早已饑餓難熬的雞群立刻蜂擁而上。很快，那一片死寂的白色和猙獰的鐵灰色之間，便有了生動的褐色。無數烏油油的頭頸俯仰起落，無數堅硬的長喙拼命刨啄。顯然，挖掘寶藏要比臥食枝頭艱難得多。

對於身強力壯者，拼力刨個數十上百次，幸運的總有收穫，背運的也能另闢蹊徑。可對於那些老弱病殘者，雪中刨食，不啻於以命換命。有的過於衰弱，刨不了多久，便癱軟下來，望雪長歎。有的孤注一擲，可好不容易刨出來果實，卻已無力消受，一命嗚呼了。

眼看著那些烏油油的頭頸俯仰起落的頻率越來越低，而安臥雪地坐以待斃的數目不斷增多。頭雞長脖沈不住氣了，牠抬起頭，轉動長長的頭頸，彷彿在尋求什麼救苦救難的神明。終於，這隻機敏的頭雞把目光定在了那棵熟悉的山丁子樹上。不錯，初春時分，老頭雞長角正是從這棵大樹上，啄下紫紅色的果實，拯救過恐慌的雞群。

頭雞長脖立刻壓尾展翅，一團雲霧似的飛到山丁子樹上。果然，在那些粗大的枝椏間，一串串紫紅色的山丁子果，正在閃爍著誘惑的光彩。頭雞長脖迫不及待伸出長喙，首先啄下最大

最紅的一串，朝樹下的雞群拋去。

於是，這紫紅色的果實，就像熊熊的烈火，點燃了沙棘叢中那些奄奄一息的生命。首先，是那些坐以待斃者，立即打起精神，朝山丁子樹下飛奔，分食美味的果實。接著，是埋頭挖掘者，也避難就易，朝山丁子樹下聚集。

儘管樹上的頭雞忙得暈頭轉向，還是滿足不了雞群的渴望。結果，又像初春時分一樣，每一棵果實都會引發一場爭奪拼搶的戰鬥。無數場戰鬥攪得雪花翻飛，雞毛飄舞，山野動容。

然而，恰恰是在這你爭我奪的拼搶中，將要熄滅的生命燃燒了，閃爍出耀目的光焰；幾近湮滅的潛力迸發了，顯示出旺盛的活力。也許正是靠著這不息的生命以及不盡的潛力，千百年來，這些八面受敵的孱弱的小生命，才會在這天寒地凍的惡劣環境中，堅持下來，發展下去。

13

很難說是上蒼的考驗，還是厄運的緊逼。一隻巨大的金雕，一片黑雲似的浮現在天空，把恐怖的陰影投向褐馬雞群。

最先發現敵情的是頭雞長脖。牠立即從高高的山丁子樹上飛下來，同時發出呱呱的喊叫。

正在拼搶山丁子果的雞群馬上停止戰鬥，合成一隻浩大的隊伍，迅速向高大濃密的山柳樹叢隱蔽。與此同時，始終處於警戒狀態的長角等七隻剽悍的雄雞，則緊緊跟在頭雞長脖身後，一邊朝著山頂一片開闊地奔跑，一邊引頸朝天大聲叫喊。

巨大的金雕開始向低空盤旋，尋找攻擊的目標。白皚皚的開闊地上，八個拖著長尾、健步如飛的褐色身影，醒目耀眼，彷彿一群肆無忌憚的魂靈。而牠們那昂首挺胸的齊聲吶喊，又彷彿是對強者的挑戰。這情景吸引了金雕。於是，牠放棄正在向山柳樹叢撤退的雞群，猛地一旋，兇惡地直撲喊聲最尖厲、步子最雄健的頭雞長脖。可是，當金雕發現自己的利爪不過抓了兩把白雪時，頭雞長脖已經不見了。

五米遠，一隻烏爪的雄雞正在引頸高歌，彷彿在嘲笑空中猛禽的愚蠢。金雕扇動翅膀，將身子拉向高空。再次向雄雞烏爪俯衝。然而，這一次，牠又撲了個嘴啃泥。雄雞烏爪又不見了，五米遠，佇立著一隻角羽折斷的雄雞。

兩戰失利，難免急躁，加之折斷角羽的雄雞並不顯得威風。金雕改變戰術，撲騰著巨大的翅膀，直接在雪地上追撲起來。遺憾的是，這隻巨大的猛禽儘管能日飛千里，可奔跑的速度和靈活機敏卻遠遠比不上褐馬雞。所以，當雄雞長角又變成了另一隻剽悍的雄雞時，金雕便不再耐心地分辨目標的遠近大小，而是不停地拔地而起，沒頭沒腦地猛撲猛衝。而七隻雄雞在頭雞長脖的率領下，卻越戰越靈活，越戰越主動。

幾十個回合之後，兇惡的金雕筋疲力盡，只好升回高空，像一片烏雲似的浮遊盤旋，無可奈何地俯瞰著這些弱小的生靈。牠猛撲猛衝後的唯一戰利品，就是右爪上一根雪白飄逸的褐馬雞的尾羽。

望著騰空而去的金雕，八隻雄雞並未掉以輕心。牠們尾對尾地圍成一圈，引頸仰視，齊聲吶喊。牠們只有將金雕戲弄得遠走高飛，整個雞群才會重新獲得安寧。

對於雄雞們聲嘶力竭的吶喊，金雕並不在意。由於三天三夜的暴風雪，牠也和可憐的褐馬雞一樣，早已饑腸轆轆。而且在這漫長的大雪封山的日子裏，要想找到一點充饑的食物，對牠也絕非易事。牠在高空中盤桓著，是在恢復體力，以便重新發起進攻。不將這活蹦亂跳的美味吞進肚裏，牠豈肯善罷甘休？

此時，龐大的雞群已全部隱蔽，幾乎和深褐色的山柳樹枝融為一體。雖然偶爾還可以見到褐馬雞長長的尾羽在閃動，但是要想從空中撲食而不受橫豎參差的樹枝阻擋和傷害，幾乎不可能。也就是說，除了開闊地上那八隻圍成一圈的雄雞之外，金雕已別無選擇。況且，就連這八隻雄雞也正在悄悄地向山柳樹叢移動。繼續對峙的結果，金雕將喪失撲食的時機。

儘管尚未完全恢復體力，金雕還是準備孤注一擲了。只見牠突然衝上三千米的高空，遠走高飛似的不見了蹤影，然而，當雪地上的雄雞們以為大功告成，不再圍圈、而是成散兵狀朝山柳樹叢飛奔時，狡猾的金雕又突然從一片白雲中鑽出，閃電般由三千米處直撲下來。

由於措手不及，齊聲的吶喊變成了驚慌的呼叫，有條不紊的車輪戰也再難發揮威力。就在這各自為戰將演變成各個擊破的危急時刻，經驗豐富的老頭雞長角毅然站住了。只看見牠那兩隻長期折下的角羽，寶刀出鞘一般，唰地重新豎起；只聽見牠那啞了幾個月的喉嚨，發出了尖厲洪亮的叫聲。與此同時，牠脖頸長伸，毛羽倒立，猛然跳前幾步，不等金雕落地，就騰空而起，狠狠地朝金雕的左眼猛啄。

同樣是措手不及。金雕一聲淒厲的慘叫，一股紫黑色的濃液，從牠的左眼眶中流淌出來。痛苦不堪的金雕瘋狂地舉起巨爪，照著老頭雞的脊背猛力一擊。長角立刻重重地墜落下來。就在牠掙扎著企圖再次飛起時，金雕卻像泰山壓頂般撲了下來，準備生吞活剝。

然而，就在金雕那雙帶鉤的利爪就要攫住雄雞長角的一刹那，牠的右眼突然一黑，脖子被一隻橫過來的紅玉般的長喙卡住了。不用說，這正是機敏勇敢的頭雞長脖。

金雕不得不放棄已經到手的長角，轉而對付長脖。不過，儘管牠用利爪狠命地抓住了頭雞長脖的胸脯，卡在牠脖子上的長喙卻絲毫沒有放鬆。於是，一隻猛禽和一隻弱雞便如膠似漆地摟抱在一起，糾結成一團。

開闊的雪地上，一個褐色的毛團在滾動，片片羽毛在飛舞。沒有叫喊，沒有退縮。在這生死拼搏的時刻，強大和弱小已融為一體，攻擊者與被攻擊者也再難區分。只有潔白的山川保持肅穆寧靜。只有山柳樹叢中的雞群圍攏過來，卻又無能為力。

無遮無攔的雪地上，褐色的毛團不停地朝前滾著、滾著。越滾越緊，越滾越遠，彷彿要滾向地球的盡頭。所以，當牠滾到懸崖的邊緣時，也沒有停頓，就那樣毫不猶豫地滾了下去。

更加無遮無攔，巨大的毛團在空中捲起一股又一股旋風，而這旋風則一次又一次將毛團推向陡壁上一個又一個尖突的石塊上，重重地撞過去，遠遠地彈回來，每一次都有一聲尖厲的叫喊，每一次都有一陣羽毛的紛飛。儘管如此，兩個執著如怨鬼、糾纏如毒蛇的生命，卻始終緊緊抱成一團，片刻也不曾分離。直到最後，在經歷了漫長而艱難的空中路程，而終於到達山腳時，一塊尖利的大石頭，才借助慣性的震動，將它們一劈爲二。

金雕的身體紮在石尖上，當場斃命。牠的脖子像折斷似的歪在一邊。左眼是一團血肉模糊，右眼卻圓睜著，彷彿不相信也不甘心自己的失敗。

頭雞長脖離金雕不到兩米遠，周身的羽毛幾乎被扯光了，胸脯上的肉白花花地翻著。牠的紅玉般的長喙張開著、痙攣著，說明牠還有一口氣。牠翻翻眼皮，看了看死不瞑目的金雕，喉嚨裏發出輕微的咕咕聲。牠動動爪子，試圖站起來，身子卻像癱了似的，紋絲不動。牠又動了動腦袋，伸長脖頸。

「呱！呱！呱！」頭雞長脖終於發出了牠最後、也是最洪亮的叫喊。這聲音像一道強勁的衝擊波，攜著一個寧死不屈的靈魂，一個死者對生者的告慰，疾速向著懸崖上的天空升騰……

懸崖邊，雪地上，黑壓壓一片雞群，終於得到了暫時的安寧。這些倖存的生命，不叫，不跑，也不動，木雕泥塑般呆立著。是震驚？是悲慟？還是又一次失去頭雞的無所適從？

下雪了，飄飄揚揚的雪花，給死寂的世界帶來了生機。遠處，傳來虎嘯、豹吼、鴉啼……

這時，雞群終於騷動起來，有了咕咕的呼喚，有了翅膀的舒展，也有了步履的移動。

這時，剽悍的雄雞烏爪呼啦啦飛上一塊大石頭，發出「呱！呱！呱！」三聲大叫。於是，面對著饑餓寒冷，面對著艱苦險惡，又一代新的頭雞應運而生。

這一次，不再有憤憤不平的騷動，不再有氣勢洶洶的爭奪，歷經劫難的雞群，恭順地跟在新頭雞的身後，邁著蹣跚而又堅定的步子，去尋找食物，尋找生路。

就在雞群即將轉過山坳的時刻，從懸崖的雪地上，傳來了一陣淒楚的叫聲。這是雄雞長角的聲音。這隻威震一時、功勞赫赫的老頭雞，雖然重新豎起了桀驁不馴的角羽，雖然完全恢復了高亢嘹亮的音喉，可牠的脊梁骨被金雕的巨爪拍斷了。所以，當雞群轉移時，牠只能徒然在雪地上掙扎。而當雞群即將遠去時，牠便發出了絕望的哀鳴。

雞群站住了，回過頭去，再一次久久佇立。那一陣陣淒楚絕望的叫聲，令大地顫慄，令雞

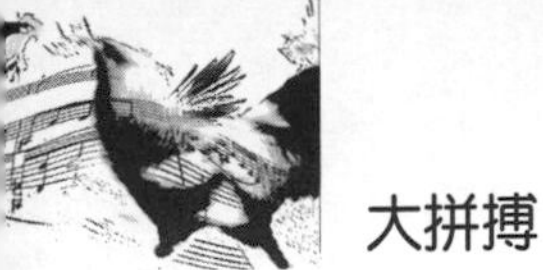

群心驚。可是，沒有誰能拯救這隻不幸的老頭雞，正如沒有誰能改變褐馬雞群的艱辛命運一樣。

遠處，又傳來陣陣虎嘯、豹吼、鴉啼……雞群再次騷動，重新開始了艱難的跋涉。

拋卻聲聲淒楚絕望的哀鳴，甩下重重濃墨重彩的腳印，一隊典雅華貴的褐馬雞，一群渴求生存的小生命，漸漸地消失在迷迷茫茫的雲霧之中。

雲頂山依然雲纏霧繞。雲頂山依然撲朔迷離。雲頂山上的眾多生靈，依然按照大自然的旨意，物競天擇，生生息息……

・褐馬雞（Crossoptilon mantchuricum）

鳥綱，雞形目，雉科，馬雞屬。耳簇發達，白色，成角狀突出於脖頸之上。頭側裸出，有紅色疣突。體羽形長褐色。尾羽披散下垂，白色，末端轉褐色。嘴尖長粉紅色。腳趾珊瑚紅色。喜食植物昆蟲等。目前，僅分佈中國呂梁山及與之相連的小五臺山一帶高寒山區。數量很少，被列為世界《瀕危野生動物國際貿易公約》中的保護對象。屬國家一級重點保護野生動物。

據歷史記載：

褐馬雞又名鶡、鶡雞、耳雉、角雞、山鵝、青風、鶡雞、黑雉、鴓雞等。

《後漢書・輿服志》曰：鶡，鷙鳥之果勁者，每有攫撮，應爪摧碎，鬥不死不止。

《晉書・輿服志》曰：鶡，性果勇，其鬥至死乃止。

宋《爾雅》云：鶡鳥味甘無毒。食肉令人勇健。

明《本草綱目》云：青黑色者曰鴓，性耿介也。性愛儕黨，在被侵者直往赴鬥，雖死不置。

早在兩千年前的戰國時期，就開始以「鶡冠」賜武將以激發其英勇善戰的鬥志。至清代仍用褐馬雞之羽製成藍翎、花翎來標誌為官者的品級高低。

大遷徙

大遷徙

1

漫長的旱季。

從七月初到十一月底，幾乎沒有一滴雨水，也沒有一絲季風，是蟹島上幾十年不遇的苦旱。

莽莽蒼蒼的熱帶雨林，默默承受著這一現實。落葉樹毫不猶豫地把身上大大小小的葉片清除乾淨，連枝條也變成了黑褐色，抵禦著灼熱的威逼。常綠植物中的針葉樹，像雞毛松、竹葉松，也緊緊地把針葉縮成一團，儘量地保存自己殘餘的水分。粗大的藤本植物落光了葉子，枯乾了藤皮，更加拚命地糾纏住高大的樹幹不放。樹蕨，這些棲息在樹杈上，像巨大的盆景一樣裝扮著熱帶雨林的孑遺植物，如今也乾巴巴、亂蓬蓬，像是廢棄的老鴉窩。即使在最陰暗潮濕的山谷中，樹幹上的苔蘚，也如疥癬一般，青一塊、黃一塊地掉下來，令人慘不忍睹。

嚴酷的旱季，熱帶雨林裏死一般靜寂。不見了樹枝上蕩來蕩去的長臂猿，不見了密葉間竄來竄去的小松鼠，甚至連蟹島上的主要居民——紅蟹，也彷彿被一陣風捲走了，蹤影全無。

往日，你只要步入雨林，這種紅色的螃蟹遍地皆是。牠們從甲殼到腿鉗到肚皮，渾身通紅，十分醒目，像火苗一樣明亮。牠們總是爬來爬去地工作著，將遍地的落葉、漿果，拖回自己的洞穴。將蟹島上百餘平方公里的雨林清掃得乾乾淨淨，讓人們得以悠閒地散步。

牠們不怕人，因爲人類不食用也不傷害牠們。牠們也不怕其他動物，因爲有堅硬的甲殼。牠們只是不停地工作，吃進落葉和漿果，排出一粒粒棕褐色的糞便，滋養著密密的雨林。每當旱季將臨，牠們工作得更加忙碌，除了在洞中貯藏鮮肥的食物備用，還要用潮濕的葉子緊緊地堵住洞口，以防洞中的水分被旱季抽走。即使是在往年的旱季，牠們也並不銷聲匿跡。哪怕一片雲彩落下幾滴打不濕地皮的小雨，牠們也會從洞中爬出來，急急忙忙用紅色的大鉗子舀起樹根邊、樹葉上的水珠，送進嘴裏。而且在來來往往的碰撞時，互相還動一動眼睛，敲一敲地面，打個招呼。接著便趁著太陽還沒露過頭，又匆匆忙忙潛回洞中，把洞口堵嚴。

然而，今年是幾十年沒有的大旱。不要說一滴雨水，就連一滴露水也沒有。這些勤勞機敏的紅蟹，自從鑽進洞穴，就再也沒露頭，甚至一點動靜都沒有，莫非牠們已被旱死在洞中？

但是，假如你來到雨林中，將耳朵貼著地面待上一會兒，或閉上眼睛背靠大樹坐上一會兒，就會聽見一陣陣低沈、凝重的旋律，從深厚的地底下傳上來，縈繞著整個雨林。這是一支古老悠長的樂曲。千百年來，它隨著旱季和雨季的更替，時強時弱，時伏時起，彷彿在講述著一個久遠的過去。

六千萬年前，蟹島還是沈在印度洋底的火山，紅蟹的祖先們聚居在火山頂的珊瑚礁石間，遊玩、嬉戲。海底有豐富的水生動植物供牠們擇食，海底沒有天災人禍，平靜、安定，任牠們

繁衍生息。但是，隨著物換星移，隨著地殼的運動，有一天，火山頂突然冒出了海平面，托著聚居在它頭上的紅蟹群。面對著藍天、紅日，面對著狂風、暴雨，面對著一個嶄新的世界，隨著石灰岩盆地裏海水的不斷蒸發，紅蟹這種用腮呼吸的水生動物，面臨著滅絕。

千年百年萬年億年過去了，小島上長出了黃色的地衣，地衣演變出厚厚的苔蘚，接著便有了綠色的小草、參天的熱帶雨林。這時候，一隻兩隻千隻萬隻紅蟹突然像從天而降一般出現了，把寂寥的雨林點染得紅紅火火，烘托得生氣勃勃。

這些不幸的小生靈，是怎樣熬過千萬年小島和自身的演變而存活下來的呢？沒人說得清。只是比起水生的祖先，牠們的身體變小了，是因爲食物的不足，雨林裏只有落葉和漿果。牠們的腮退化了，身體的邊緣出現了類似肺一樣的腮孔。牠們還學會了用八條腿在地上爬而不是游泳，用兩隻大鉗子打地洞而不是捕捉獵物。牠們變得格外靈敏：對於晴天和雨天的氣息，對於旱季和雨季的交替，對於白天和黑夜的變化，對於濕地和乾地的選擇。

就這樣，紅蟹變成了旱蟹，正像當年在水下時一樣，重新以絕對優勢佔領了這個小島，以致人們不得不將此地稱爲蟹島。

就這樣，一支古老悠長的樂曲，一年一度，循環往復，將祖祖輩輩求生存的業績世世代代傳奏下去。

也許是對水生祖先的祭奠，也許是海的不可解除的咒語。每當雨季來臨，紅蟹們總要進行一次浩浩蕩蕩的遠征，從密林高地遷徙海邊，交配產卵甩子。紅蟹的後代只有經過海水的沐浴才能獲得生命。

往年每逢十一月初，印度洋的季風頻頻吹來，就會降下一陣緊似一陣的暴雨。但是，今年這漫長嚴酷的旱季喲，直到十一月底還沒有一絲一毫雨季的徵候。於是，這支古老悠長的樂曲，越來越雄渾，越來越沈重，震撼著森林，震撼著大地……

2

風來了，這雨的使者，裹著印度洋上的潮濕氣和海腥味，一路上折著跟頭，打著呼哨，日夜兼程，直撲向久盼甘霖的熱帶雨林。樹枝在晃動，樹葉在舒展，彩蝶翻飛，螞蟻出動，連穿山甲也從洞裏探出了頭。死寂的雨林開始復甦。

雨來了，這姍姍來遲的雨季的序幕，一來便帶著雷霆萬鈞的氣勢。起初是豆粒大的雨滴，劈哩叭啦，雹子似的砸在樹葉、樹幹和乾裂的黑土地上。接著，便像決了堤的天河，一股股白色的雨柱傾瀉而下，無休無止，彷彿要將這雨林這蟹島依然打入印度洋底。

於是，熱帶雨林重新獲得生機。枯木般的落葉樹眨眼間泛出青色，枝條上冒出一個個漲鼓鼓的芽苞，就像一張張乾渴的小嘴，吸吮著甘美的瓊漿。奄奄一息的常綠喬木振作起來，清理

掉泛黃的舊葉，換一身翠綠的新衣。乾涸的小溪又有了歡笑，揚起水花在石頭上載歌載舞。

假如一陣大風吹過，把雨簾吹得稀薄，你又會發現，密林中肥厚的黑土地上，突然鋪上了一層明亮的鮮紅。這便是蟹島上的土著紅蟹。

憑著敏銳的本能，紅蟹首當其衝，迎接雨的洗禮。當第一批雨點滴落，牠們馬上衝出洞穴。當大雨傾盆的時候，牠們不像別的動物躲躲藏藏，而是一個挨一個地趴在地上，任狂風吹打，任暴雨澆下，雨一天不停，就一天不動，彷彿睡著了似的，在這水汪汪的天地間，做一個古老的美夢。

雨終於停了，夢立刻斷了，紅蟹們重新面臨雨林的世界，第一個直覺就是腹中空空。林地上有狂風扯下來的落葉，有暴雨打下來的漿果，然而，在這雨林中，平均每公頃土地上就聚集著一萬多隻紅蟹，這有限的食物哪裡夠？於是，就有了捷足先登者、暴力相向者和無可奈何者。你瞧，在那棵高大的第倫桃樹下，就正有一場爭奪。

那是一顆豐滿的第倫桃果，天知道它是怎樣躲過苦旱的，顏色還是那樣鮮紅豔麗，果肉還是那樣飽滿多汁。說來有趣，最先發現它的是一隻獨眼的雄蟹，正應了獨具慧眼一說。可是，當牠把第倫桃果放在獨眼面前，準備用兩隻大鉗子剝去片狀的花萼時，卻遭到了襲擊。

這是一隻六歲的雄蟹，背殼直徑大約七公分，不但肢體健全，而且透著股剽悍的生氣，特別是那一對堅硬的大鉗子，當獨眼被牠牢牢地抓住時，就像上了鐐銬，休想掙脫。然而，憑著比硬鉗大兩歲的經驗，獨眼還是用長腿將第倫桃果推到一邊，骨碌碌滾出好遠。於是，又有了一場爭先恐後的賽跑。不過，當兩隻雄蟹幾乎同時到達目標時，牠們都愣住了。

鮮美可口的第倫桃果旁正站著一隻背殼直徑約十二公分年齡在十歲以上的雄蟹。牠只有一隻巨大的鉗子，卻有一股無形的威懾力。年輕時，牠是密林中最兇猛的紅蟹，憑著一對巨大的鉗子、強健的體魄以及好鬥的性格，牠幾乎打遍了整個密林，所向披靡。牠的大鉗子折斷過好幾次，每次都很快再生出來，重新披掛上陣。但當牠步入老年後，折臂卻沒再生，儘管如此，獨臂仍然保持著牠的凜凜威風。

獨眼向右邊走了，憑著獨具慧眼，牠又發現一顆油柑果，雖然有些乾癟，味道也有些酸澀。硬鉗向左邊走了，憑著牠的強悍，不妨選擇別的目標再去搶奪。

獨臂美滋滋地吸吮咀嚼著酸甜鮮嫩的第倫桃果，當牠飽餐之後趴在地上稍息片刻時，一陣強勁的季風，裹著海腥味直向密林中灌來。獨臂立即支起了身子，牠好像聽見了一陣密集的鼓點。頓時，牠身上的每一塊肌肉、每一片「鎧甲」都緊張起來。是的，這是催征的戰鼓，那個偉大的時刻已經來臨。

獨臂莊嚴地舉起那隻巨大的鉗子，重重地敲了下去。大地震顫了，順著樹根，隨著小草，傳遞給密林中的每一隻紅蟹。立刻，正在打架的，匆匆收兵；正在進餐的，拖著食物；一股股、一道道、一片片紅流湧向震源——獨臂的站立處。

不能說這是一支訓練有素的隊伍，密密的雨林中，一億多隻紅蟹聚集在獨臂或像獨臂這樣有威望的老雄蟹周圍，推推搡搡，橫衝直撞，吵吵嚷嚷，彷彿要將整個世界攪翻了似地，聆聽牠們的首領發佈命令。

這是出發的命令，預示著一個艱難困苦、危機四伏的歷程。

這是告別的命令，預示著成千上萬個出征者將客死他鄉，永不回頭。

然而，凡是四歲以上的紅蟹，不論是雄性還是雌性，誰也不肯放棄證明自己成熟健壯的機會，誰也不肯放棄繁衍後代生生不息的職責。牠們義無反顧地追隨著、簇擁著牠們的首領，組織起一支支浩浩蕩蕩的紅色大軍，開始了一年一度奔向海洋的大遷徙。

3

一條公路，寬廣、平坦，橫亙在兩片茂密的雨林之間，像不可逾越的天塹。

三百年前，人類第一次發現了這個美麗富饒、綠蔭如蓋的小島。緊接著，便是肆無忌憚地佔領。隨著一幢幢漂亮別墅、一台台採礦機械的出現，一條條縱橫交錯的公路、鐵路，也把莽莽蒼蒼的熱帶雨林，像生日蛋糕似地切割開來。

隨著人類的佔領，小島的土著——紅蟹的領地在不斷縮小。牠們從公路、鐵路、礦井、住宅區、網球場，以及人類企圖佔有的一切領域裏撤退，躲進密密的雨林中。牠們不曾抵抗，因爲沒有抵抗的能力。成年紅蟹的甲殼只有成年人一隻拳頭大小，假如牠們敢於違背人類的意志，便會像那些被砍倒鋸斷連根挖除的百年古樹一樣，死無葬身之地。何況，那些古樹也要比牠們大上百倍千倍。

但是，今天，牠們卻浩浩蕩蕩地開赴出來，聚集在這條公路邊的林地裏，準備穿越人類設置的封鎖線。

比較起來，老雄蟹獨臂率領的隊伍是最爲龐大的一支。牠們由大至小順序排列，摩肩接踵橫向鋪開，怕有萬隻以上。應該說，這也是行動最迅速的一支。因爲牠們最先到達森林的邊緣，並且像一道閘門似地駐守下來，封住了幾公里長的出路。儘管後面的一支支隊伍仍像紅色的海浪一排排地湧過來，卻無法沖決這道閘門，只好無可奈何地在牠們身後的密林裏趴下來，耐心地等待。

獨臂的隊伍也在等待。曾經十幾次往返這條公路的獨臂十分清楚，敢於頂著火球樣的太陽穿越公路的隊伍，必然全軍覆沒。但是，要按捺住這上萬隻紅蟹的遠征大軍，實在不是件容易的事情。牠們初上征途，正是精力充沛、兵強馬壯的時候。特別是那些第一次參加遠征的紅蟹，沒有恐懼，只有好奇。終於，牠們當中最不安分的一些，掙脫了獨臂的束縛，側著身子爬出了森林。

陽光把公路照耀得明晃晃的，就像一條寬廣的河流。

然而，這些年輕的勇士們，還沒來得及爬上路基，摸一摸那條河，就全部斃命了，無一倖免。牠們的水生祖先，爲牠們遺傳下那麼多像菊花瓣一樣的海綿體——腮肉。這些退化了的器官，雖然不再具有呼吸作用，卻可以迅速吸收或者散發水分。而一旦腮內的水分蒸發乾淨，無論多麼強健的紅蟹，也會一命嗚呼。

現在，那些迅速出動、又迅速死去的紅蟹，星星點點地鋪綴在路基上，一動不動，就像一叢叢鮮紅鮮紅的罌粟花，警示著密林邊上的躍躍欲試者。這些剛剛成年的紅蟹，沒有留下後代，沒有見到大海，甚至沒有參加第一次衝鋒，就這樣草率地結束了年輕的生命。

公路上，卡車、麵包車、小轎車來往穿梭，發出或沈重或尖銳的呼嘯，幾乎片刻不停。這是公路的佔領者人類發出的警告，威嚇著森林邊緣那些蠢蠢欲動者。然而，當年那些望風而逃的紅蟹，今天卻不曾有半步退後。牠們固執地聚集著，等待著穿越公路的時刻。

獨臂用那隻巨大的鉗子微微支起身子，臨風而立，彷彿威嚴的將軍。身經百戰的傷痕累累，滄桑歲月的重重印跡，牠的甲殼不再鮮亮紅豔，變成凝重的深紅，並且佈滿暗淡的白色斑點。只有那雙突出的硬硬的眼睛，還是通紅通紅的，配上頂端兩點閃閃發亮的漆黑，就像兩顆大粒的紅豆。現在，這雙眼睛就正在凝神注視著，那一點點黯淡的夕照，一寸寸蔓延的陰影。

獨眼比獨臂活得輕鬆。年輕時，牠曾是密林中最英俊的雄蟹。牠的甲殼沒有一點雜色，像純淨的紅寶石一樣泛著紅暈。牠的兩隻大鉗子，揮動的時候弧度很美，很有韻律，幾乎能迷住密林中所有的雌蟹。兩年前，當牠和一隻美麗的雌蟹抱在一起時，遭到了襲擊。那時候，牠還沒有嘗試過獨臂的厲害。牠企圖抗爭，結果，不但丟掉了情侶，還丟掉了一隻眼睛。從此，牠改變了很多，不再和別的雄蟹爭搶打鬥。無法改變的是，牠仍舊喜歡向雌蟹獻殷勤。現在，牠就正在揮動著兩隻弧度優美、富有韻律的大鉗子。

那是一隻壯年的雌蟹，有著紅瑪瑙一樣玲瓏剔透的美麗。奇特的是，在牠甲殼的頂部，也就是在兩隻眼睛之間，排列著五顆鑽石樣的白點，看上去，就像一朵盛開的臘梅。花點接受了無法抗拒的誘惑，側著身子，向獨眼移過去。可是，正當牠直立起來，準備撲進獨眼的懷中時，一隻堅硬的大鉗子，牢牢地卡住了牠。

又是硬鉗，那隻橫行霸道的年輕雄蟹。獨眼立即趴在地下，轉身撤退。牠只能拱手相讓，不能再丟掉最後一隻眼睛。

當獨眼轉過身時，一隻紫色背殼的雌蟹正好爬過來，牠轉動著紫幽幽的眼睛，大概是想引起獨眼的注意。獨眼卻視而不見，從牠身邊繞了過去。雌蟹紫背猶豫片刻，追上去，重新攔在獨眼面前，更加賣力地轉動眼睛。

這一次獨眼站住了，牠舉起一隻紅寶石般的大鉗子，卻並不劃出優美的弧度，而是一下子將這隻四歲的小雌蟹翻了個仰面朝天，然後連看都不看一眼，便揚長而去。

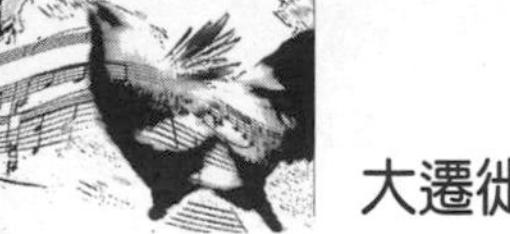

雌蟹紫背手忙腳亂地掙扎了好半天，才翻轉身子，牠疾速退到身邊的樹洞裏，躲進了濃濃的陰影。

這隻可憐的雌蟹，平時在密林裏，只要敢接近別的紅蟹，就會招來一頓痛打，沒有誰會同情牠、幫助牠，誰讓牠有一個難看的紫色背殼呢？牠曾經搬遷過一片又一片的森林，希圖找到一個和牠顏色相同的夥伴。最後牠失望了，只好離群索居，卑微地躲避著那些有著鮮紅背殼的同類。此刻，牠也只能躲在陰暗的樹洞裏，眼巴巴地看著獨眼爬到一隻挺著大肚子的雌蟹面前，討好地揮動著大鉗子……

就在這時，大地震顫了。這是獨臂發出的命令：總攻擊開始了！

千萬隻紅蟹像紅色的潮水，湧出森林，漫上公路。沒有多久，綿延六七公里長的公路上，全部爬滿了紅蟹，每公里的路面上，就有七千隻紅蟹在運行。這是對佔領者的反佔領。

人類是肆無忌憚的。卡車、麵包車、小轎車仍然呼嘯著在公路上奔馳。準確地說，是從千千萬萬隻紅蟹的身上壓過。這些紅蟹趴在地上只有兩公分高，不可能看見飛奔而來的汽車，何況，牠們那些細長扁薄的腿，本來是划水的槳。如今，在地面上側著身子，靠前面的腿抓，後面的腿推，每分鐘只能爬行六米。在這裏，死是必然，生是僥倖。鮮紅的甲殼變爲碎屑，雪白的肌肉變爲漿汁。折斷的鉗子成堆，壓扁的長腿如紙，公路上，蟹的血肉橫飛。

然而，鋪天蓋地的紅潮，仍然一浪接一浪地湧出森林，漫上公路。這些後續部隊面臨著更大的困難。牠們必須從密密麻麻、重重疊疊的死難者身上翻越過去，簡直就是翻越一道道的鴻溝。牠們爬行得更加遲緩，而這種遲緩，又增大了死亡的機率。但是，此時，生存或死亡，強大或弱小，都失去了實際意義。天地間，只存在一件事，就是不顧一切地穿越公路。

起初，獨眼和大肚子，還有硬殼和花點，都緊緊地跟在獨臂後頭，第一批爬上了公路。可是，肥胖的大肚子爬得太慢，且時不時地用鉗子拽住獨眼的後腿。於是，牠們倆便落了下來，並且被不斷湧上來的紅蟹所淹沒。

天知道牠倆是怎樣通過公路的。有時候轟隆隆一陣，車輪擦著牠們的腿尖壓過去。有時候黑壓壓一片，陰影向牠們身上撲過來。牠們根本無法分辨究竟是怎麼回事，只是拼命地、一刻不停地爬。

在牠們幾乎到達公路邊緣的時候，獨眼伸出一隻大鉗子，奮力一拉，將肥胖的大肚子甩下了路基。然而，就在同時，牠聽到了一聲驚天動地的放炮聲。接著，一輛閃閃發亮的天藍色的小轎車，在牠身前兩米處停下了。一個穿米黃色皮夾克的年輕人走出來，俯身看了看汽車前輪，然後從輪胎上拔出一隻紅寶石樣的蟹鉗，惡狠狠地扔在地上。同時，「呸」地一聲吐掉了嘴邊的雪茄煙頭，開始卸換輪胎。

獨眼盯著那隻紅寶石樣的、熟悉的大鉗子，忽然感到了周身的劇痛。牠的左半邊身子已經被壓爛了，除了那隻被車輪帶走的大鉗子。但是，牠右邊的鉗子還能動。唯一的眼睛還看得見。牠開始用剩下的一隻鉗子抓著地面，慢慢地朝前蹭去。牠看見了那股裊裊的青煙，聞見了雪茄煙迷人的香氣。有一次，牠在密林中也曾找到過這樣一個雪茄煙頭，牠把它銜在嘴裏，爬來爬去，不知吸引了多少年輕美麗的雌蟹……

就這樣，獨眼一毫米一毫米地向前移去，牠再也聽不見汽車的呼嘯聲，再也感覺不到周身的劇痛，只是覺得青煙越來越近，香氣越來越濃。當牠終於艱難地把那支雪茄煙頭放到嘴邊時，牠那隻獨眼卻永遠也不會轉動了。

獨臂在密林邊重新集結牠的隊伍。不用說，這是一支九死一生的隊伍。沒多久，依然浩浩蕩蕩的遠征軍又向著密林深處進發了。牠們必須抓緊時間繼續趕路，天黑以後，牠們的眼睛便失去功能，將寸步難行。

肥胖的大肚子、美麗的花點以及數百隻雌蟹始終落在隊伍的最後頭。牠們頻頻地回首，似乎在尋找那雙弧度優美、富有韻律的紅寶石樣的大鉗子。然而，牠們卻只看見屍骨成堆、一片紅色的公路上，一股淡藍色的青煙，在蒼茫的暮色裏裊裊地飄升……

4

薄暮時分，獨臂的隊伍來到一條湍急的小溪旁。這裏好像剛剛下過一場雨，林地裏鋪著薄薄的一層落葉，翠綠和橘黃交相輝映，上面還點綴著晶瑩的小雨珠，更顯得鮮美誘人。這裏那裏，一顆顆一串串鮮紅、天藍、深紫、乳白的漿果，半遮半掩地藏在落葉中，彷彿一個個頑皮的小精靈，拉扯著遠征大軍的腳步。湍急的溪水流得更加歡快，雪白的浪花在石頭上撞起一尺多高，讓十米八米外的遠征隊伍也能看得清。

饑渴、骯髒、疲憊不堪，不等獨臂發出命令，這些剛剛從死亡線上衝過來的紅蟹，就開始了行動。

起初，牠們貪婪地撲向那些落葉和漿果，用長腿扒，用鉗子撕，用嘴扯。刹時間，林地裏響起一片「嚓嚓嚓」的咀嚼聲。當然還是少不了爭搶和打鬥，於是，又有了鉗子咬住鉗子的「咯咯」聲，以及敗下陣者匆忙逃竄的窸窣聲，緊接著，牠們又奮不顧身地衝進了清亮的小溪。

隨著「撲撲通通」、「劈哩啪啦」的聲響，雪白的小溪立刻變成了紅色。牠們緊緊地趴在一塊塊或圓、或尖、或凸、或凹的石頭上，任沁涼的溪水從身上不停地沖過。於是，腮孔、花狀海綿體以及全身的肌肉都變得脹鼓鼓的；於是，背殼上、鉗子中、腿毛間隱藏的塵土污穢，連同長途行軍的睏乏、死裏逃生的驚懼，都一起被沖刷得乾乾淨淨。於是，這些不安分的小生命，又開始在溪水中遊戲打鬥起來。這個一膀子把那個撞個趔趄，那個一鉗子給這個迎頭痛擊。誰不注意，就可能被掀翻，十腳朝天沒著沒落被溪水沖出好遠。誰不小心，又會被一隻大鉗子夾住甩上岸去。

你瞧，那隻美麗的雌蟹花點，更是別出心裁，牠騎在一隻甲殼很大的雄蟹背上，揮舞著兩隻紅瑪瑙似的鉗子，得意洋洋地驅趕著那隻雄蟹逆水爬行。

那隻雄蟹和硬鉗同齡，只有六歲，但牠的背殼卻像獨臂那麼大，足有十公分。說起來，牠的營養並不豐足，在林地裏，牠從來不和別的紅蟹爭搶甜美的漿果，甚至連鮮嫩的綠葉牠也很少問津。牠常常心滿意足地咀嚼那些乾枯腐爛的黃葉子。旱季前後，當這些腐葉也不夠爭奪的時候，牠又常常心甘情願地趴在洞穴裏挨餓。這是一隻溫順的雄蟹，當牠在這片陌生的土地上，吃飽喝足之後，陪著花點玩玩，又算得了什麼？

肥胖的雌蟹大肚子就是這時來到小溪邊的。牠姍姍來遲，是因爲要餵飽牠那隻大肚子實在需要時間。牠站在那裏，盯著花點看了一會，然後就悄悄爬到大殼身邊，抓住牠的大鉗子，直起身來，將大肚子一挺，美麗的花點就「撲通」一聲被擠落水中。於是，大肚子取代了花點，騎著大殼，揮動著大鉗子，順流而下，好不風流。

說來也巧，花點落水恰好砸在紫背的身上，這隻卑微的雌蟹，正津津有味地學著花點的樣子，揮動一雙紫色的大鉗，驅趕著肚子下邊的圓石頭。飛來橫禍，攪了牠的樂趣，牠立即奪路而逃。但是晚了，怒氣沖沖的花點已經舉起兩隻大鉗子劈頭蓋臉地打了過來，好像擠牠落水的不是大肚子而是紫背。接著，旁邊看熱鬧的紅蟹們也來助興，紛亂的鉗子、長腿此起彼落、窮追不捨，一直把卑微的紫背打得退到小溪邊，趴在草地上，奄奄一息，不再動彈。

這時，溫順的大殼已經馱著大肚子，從熙熙攘攘的紅蟹群中穿過，爬了很遠很遠，幾乎到了小溪的盡頭。在這裏，紅蟹越來越稀少，特別是在兩米開外的地方，有兩塊巨大的白石頭，把明亮的小溪擠得只剩下細細的一小股。歡快的溪水流到那裏，就會「咕咚」一聲消失得無影無蹤，而那些零零星星裏在溪水中的紅蟹，也同樣是一去不再回頭。

危險的懸崖！大殼首先警覺地抓住了水中的石頭。接著，大肚子也驚懼地摳住了大殼的後背。但是，一切都來不及了。隨著一股巨大的衝力，牠倆被沖散、掀翻，跌跌撞撞地朝懸崖滾了過去，就像水流中的兩片落葉……

當沁涼的溪水將大殼沖得清醒時，牠正直挺挺地立著，像一塊紅通通的小石頭，卡在那兩塊巨大的白石頭中間。一隻又一隻被水流沖昏了的紅蟹，沒頭沒腦地撞在牠袒露的肚子和伸開的長腿上，又慌慌張張地順著大石頭爬上岸去。

大殼揮了揮兩隻大鉗子，背殼卻沒有挪動。一隻接一隻的紅蟹朝牠撞過來，牠根本無法讓開，儘管卡在那裏十分難受。牠眼睜睜地看見十幾個夥伴向牠撞來，又向岸上爬去。牠還看見肥胖的大肚子已經朝上游爬了很遠，正用大鉗子敲著地面，警告著溪流中那些得意忘形的夥伴。於是，大殼便老老實實地卡在那裏，看上去，彷彿是種舒適安逸的享受。

夜深了，紅蟹群終於安靜下來，露宿雨林。

在凝固了似的遠征大軍中，有一隻肥胖的雌蟹動了動。這是大肚子，牠那個難得塡飽、卻容易饑餓的大肚子，攪得牠根本無法安寧。以往，在牠躲進自己的洞穴中時，總是要貯備足夠的食物，以便半夜裏餓醒了時，摸黑大吃大嚼一通。但是，現在牠們是露營，牠的周圍只有紅蟹，沒有食物。

現在，一半是憑藉小溪明亮的反光，一半是因爲饑餓難耐的本能，牠發現了那片飄落下來的綠葉，便忍不住朝溪邊爬了過去。不過，大約爬了一半光景，牠遲疑地站住了，側過身來，看著仍然一動不動、沒有一點聲響的夥伴，聽著貓頭鷹撲騰騰地從一棵樹飛到另一棵樹。牠趴在那裏足足有半個鐘頭，然後，仍側回身，朝小溪邊爬過去。

當牠終於用大鉗子和嘴撕扯著那片鮮嫩肥厚的綠葉，全神貫注地餵飽牠的大肚子時，牠卻沒有發現，幾個濃重的黑影，正悄悄地包抄過來。

那是幾隻藍蟹，牠們的外貌和紅蟹相同，只是比紅蟹大上一倍。牠們的甲殼、鉗子和長腿都是淡藍色的，在月光下反射出藍瑩瑩的冷光，顯得陰森森的。無法證明牠們不曾是紅蟹家族的一支。但是，在某種特定的條件下，牠們的顏色變藍，身體變大，行爲也變得乖張兇殘。在蟹島上，牠們的數量很少，但棲息的地方最好，常常是在水邊或潮濕的樹洞中。每年雨季，牠們也要去海邊繁衍後代，但總是走在紅蟹大軍的後頭。牠們要等著養肥了身體才開始遠征，不是靠落葉、漿果，而是偷襲紅蟹的軍營。

現在，這幾隻兇殘的藍蟹，幾乎毫不費力地就把大肚子紅蟹撕成了碎塊。大肚子那肥嫩雪白的肌肉，連同海綿狀的腮體，以及剛剛咽下肚子，還沒來得及改變顏色的綠葉渣，甚至連牠那兩隻肥碩的大鉗子裏的肉，全被貪婪的藍蟹搶吃一空。轉眼之間，牠變成了一副空空的軀殼。

這時候，從溪邊的大樹洞裏，又爬出來幾十隻藍蟹，牠們迅速地爬到紅蟹大軍的宿營地，迅速地抓住最邊緣的一隻又爬回來，然後大快朵頤。要不了多久，小溪邊便堆起了紅蟹的殘骸。

最先警覺的是雄蟹硬鉗，牠立即用大鉗子急促地敲著地面。於是，牠周圍的紅蟹醒了，獨臂也醒了。要是往年，經驗豐富又頑強勇猛的獨臂，根本就不會睡覺，牠會精神抖擻地密切注視著藍蟹的偷襲，並及時發出警告，組織戰鬥。但這一次，這隻年事已高的老雄蟹，實在是太睏乏了。

憤怒的紅蟹群立即發起了進攻。儘管牠們的眼睛不像藍蟹那樣適應黑暗，儘管牠們的身體和鉗子比藍蟹小得多，但是憑著牠們的數量，也能像洪水一樣把藍蟹淹沒。

黯淡的月光下，森林不再沈寂，這裏那裏，一團團蠕動的黑影，一陣陣鉗子的折斷聲，一直搏鬥到密林中透進淡淡的晨霧，兇惡的藍蟹群才倉惶逃走。

黎明的到來，就是出發的時刻，紅蟹的隊伍重新在林地裏爭搶咀嚼著落葉、漿果，重新到

溪水中洗澡、吸水、嬉戲、打鬥。同時，牠們還聚在溪水旁邊那一堆堆死難者的殘骸旁，踅來踅去，聞聞嗅嗅。然後，便迎著季風吹來的方向，跟著獨臂，繼續浩浩蕩蕩的遠征。

這時，密林中下起了淅淅瀝瀝的小雨，透明晶亮的雨點，把溪水邊那些空空的蟹殼，沖洗得鮮豔奪目，就像一灘灘殷紅殷紅的鮮血。

5

又是一個晴朗的黎明。一縷縷淡淡的晨霧飄進雨林，拂醒了沈睡的小鳥，於是百鳥歡歌，拂醒了沈睡的大樹，於是千樹競秀。密密麻麻地聚在林地中的紅蟹也醒了，開始毫無意義地爬來爬去，東衝西撞。這支連續趕了九天路程，經歷了無數次死生的遠征大軍，卻在這裏集結了兩天兩夜，按兵不動。

不是耐心的等待，而是焦躁的企盼。

兩道滾燙的鐵軌，就像地獄裏伸出來的鐵鉤，誰敢碰一碰，馬上就會魂飛魄散，只留下一個燒焦的軀殼。

經驗豐富的雄蟹獨臂也沈不住氣了。一時爬到林邊，用兩顆紅通通的眼睛，盯著黑森森的鐵軌，一時又爬回林中，聽憑牠那些浮躁不安的部下喧囂聒噪。

兩天兩夜，長途跋涉的遠征軍，不但沒有得到充足的給養和休息，反而面臨絕境。彷彿被灼熱的鐵軌吸乾了似的，方圓幾十里密林，竟沒有一窪清水、一條小溪。林地裏的落葉、漿果，早已被搶食一空，就連埋在泥土中的腐葉，也被挖出來吃光了。那些像海綿一樣膨脹起來的腮肉，這時也開始萎縮，遠征軍面臨著最嚴重的威脅。

兩天兩夜，居然沒有一滴雨水，隨著幾十年罕見的嚴酷旱季而來的，是幾十年罕見的吝嗇雨季。在獨臂的經歷中，每年的大遷徙過鐵路時，或多或少總會碰上一陣雨。雨水澆在鐵軌上的一股股白色的蒸汽，就是上蒼對遠征大軍的一絲絲憐憫。特別是去年那個慷慨的雨季，獨臂的隊伍碰上了瓢潑大雨，儘管被沖得東倒西歪，卻奇蹟般地避免了一次大劫難。但是，今年，連上蒼也變得冷酷無情。白天，那些老弱病殘的雄蟹開始無聲無息地死去。夜裏，那些肥碩的雌蟹不斷遭到藍蟹的偷襲。死亡的陰影在一步步逼近，而又一個晴朗的早晨卻宣告了雨水的遙遙無期。

在鐵軌的背後，隱隱傳來大海的濤聲，是呼喚，也是激勵。老蟹獨臂感到了身體的膨脹，毅然用巨大的獨臂敲響了地面。於是，百無聊賴在密林中吵嚷打鬧的遠征軍，一反常態地向樹上爬去。

一時間，疏疏密密的灌木中，高高矮矮的大樹上，爬滿了斑斑點點的紅蟹。牠們毫不留情地撕扯、咀嚼著綠葉、花朵、漿果和嫩芽，甚至殘忍地啃嚙樹皮。可憐那些在雨季裏剛剛復甦

的綠色植物，被一雙雙絕望的大鉗子撕擼得遍體鱗傷。

第一批飽餐者開始爬向鐵路，根本不用獨臂的督促。但是，正當牠們企圖翻越黑森森的障礙時，一股強大的引力，竟將牠們牢牢地吸附在滾燙的鐵軌上，絲毫不能動彈。隨著一陣陣嗞嗞啦啦的聲音，一道道灰色的煙霧，那一隻隻活生生鮮靈靈的紅蟹，轉眼變成了一片片散發著焦糊氣味的蟹乾。

第二批飽餐者跟上來了，牠們似乎沒有被眼前的劇變嚇住，反而勇猛地從先驅者的屍體上翻越過去。然而，就在牠們的前半個身子剛剛接觸鐵軌時，又是一陣陣嗞嗞啦啦怪響，又是一道道灰色煙霧，這些繼往開來的勇士，半個身子黏在鐵軌上，半個身子搭在夥伴的屍體上，又都成了半陰半陽的猝死鬼。

在慘痛的犧牲面前，生命有時會恐怖，有時卻會激憤。現在，聚集在鐵路邊的遠征軍就屬於後一種。一批又一批的紅蟹彷彿中了邪似地，繼續朝著鐵路上湧去，繼續從先驅者的身上翻越，繼續成為半陰半陽的猝死鬼。而就在同時，一道用紅色甲殼鋪就的生命之橋，也正一寸寸向著對面的森林延伸。

鐵路上，密林中，嗞嗞啦啦的聲音響成一片，驚心動魄。灰色的煙霧、焦糊的氣味越來越濃，充斥著整個空間。像是場無情的大火，焚毀著成堆的生命。

就在紅色的生命之橋幾乎鋪到盡頭時，湧動的紅蟹突然靜止了，凝固了，彷彿在這即將獲得成功的時刻，反而感到了恐怖。

雄蟹大殼就是這時爬到鐵路邊來的。一如既往，剛才牠並沒有上樹去爭搶食物，而是老老實實地站在樹下，爬來爬去地撿高攀者掉下來的殘渣果腹，自然遠遠落在了高攀者的後頭。現在，牠正沒頭沒腦地從靜止的紅蟹群中擠過去，彷彿要到前邊去看個究竟。

就在大殼擠到最外圍的時候，牠擠翻了美麗的雌蟹花點。花點憤怒地舉起大鉗子，朝大殼的背上猛敲。老實巴拉的大殼以爲花點又要騎到牠的背上去，立即停住腳步，乖乖地將肚皮貼在地上，等著上馱。

沒想到，花點竟真地爬到了大殼的背上，而大殼也真的馱著花點朝鐵路上爬去。在那座用紅色的甲殼壘成的凸凹不平的橋樑上，大殼就像一隻顛簸的小舟，時起時伏，時歪時扭。爲了不被摔下背去，花點用兩隻大鉗子緊緊抓住大殼眼睛處的甲殼邊緣。尖利的鉗子磨痛了大殼的眼睛。然而，慣於忍受的大殼，仍一聲不吭，艱難地爬著、爬著。

當大殼幾乎就要翻越鐵路時，忽然發現，就在牠的眼前，紅色的橋樑露出一塊黑森森的鐵軌，像一個無底的深淵。躲閃是來不及了，牠只有翻過身去，依靠堅硬的背殼抵擋一下，再滾下鐵路求生。但是，花點重重地壓在牠的背上，牠根本翻不了身，牠甚至是被花點的重力推動著，將牠的肚子貼上了滾燙的鐵軌，登時一陣「嗞嗞啦啦」的響聲。

美麗的花點是第一隻活著到達彼岸的紅蟹，牠拚命用大鉗子敲擊地面，傳遞著生戰勝死的

消息，喚醒了密林中那些如癡如呆的夥伴。

天色更加明亮，太陽即將升起，每一分鐘的延宕，都意味著更大的犧牲。

紅潮再一次開始湧動，但不是像過公路那樣，鋪開幾公里漫天漫地，而是彙成源源不斷的一股，踏著先行者用屍體壘起的一米多寬的獨木橋。

獨木橋太窄了，而且高低不平，於是，又有了從兩邊擠下去的紅蟹，再次發出「嗞嗞啦啦」的響聲，再一次用紅色的背殼，一寸一寸加寬著橋面。沒過多久，獨木橋就變成了十幾米寬的公路橋，把更爲寬闊的生路奉獻給後來者。

就這樣，紅潮像峽谷的急流，聚攏、沖出、一瀉千里。這一次，紅蟹們是在和太陽賽跑，一旦陽光直射鐵路，不但密林中的紅蟹不敢越雷池半步，就連這一道橫臥在鐵軌上的紅色橋樑，也會被燒成灰燼，化爲烏有。

獨臂再一次集結自己的隊伍：仍然有浩浩蕩蕩的數量，卻不再是出發時的原班人馬。熟悉的失去了很多很多，陌生的又源源不斷地加入。你瞧，擠在獨臂身邊的那隻長腿的雄蟹，就是後來入伍者。過公路的時候，牠的首領不幸身亡，群蟹紛紛離散，牠憑著四雙飛毛腿，竟追上了獨臂的隊伍；而那隻有著粉紅色大鉗子的雌蟹，則是因爲迷了路，糊裡糊塗就成了獨臂的部下。

聲勢浩大的遠征軍開始出發了。這一次爲牠們送行的，是鐵軌上用屍體壘起的橋樑，空氣中彌漫的焦味和灰霧，還有密林中一塊突出的大石頭上，溫順地趴著的雄蟹大殼。

天知道牠是怎樣爬上去的，也許又是憑了牠的特殊的耐性才保住了性命？牠就這樣溫順地趴著，轉動著兩隻紅豆樣的眼睛，給夥伴們送行。從季風吹來的方向，牠聽到了隱隱的海濤聲。然而，牠的下腹部已經烤爛，交配已不再可能。牠就這樣溫順地趴著，將燒焦的肚子緊緊地貼在清涼的石頭上，這樣身體能好受一些，看上去可能要安詳些，彷彿在隨時等候花點、大肚子或別的紅蟹，騎上牠的背殼……

6

這是一片無遮無攔的開闊地，巉岩，砂礫，沙灘，礁石，大約有一百米之遙，直接面對天空。也許當初上蒼造就它們，就是爲了一年一度觀賞這氣壯山河的生命與大海的交融。

這一邊，鮮紅色的蟹潮，帶著喧囂，從密林中滔滔不絕地湧出，朝著蟹島的東面、西面、北面寬闊的海岸線，傾瀉而下，彷彿古老的火山中噴出的岩漿，排山倒海，氣勢磅礴；那一邊，蔚藍色的大海，彷彿脫韁的野馬群，吐著白沫，發出咆哮，洶湧奔騰，踐踏著礁石沙灘，白浪滔天，撞擊著巉岩斷壁。

白雲靜止，空氣凝固，樹木僵直，連地球也不再轉動。只有鋪天蓋地的紅色蟹潮和藍色海

潮在聚攏，在會合，在歡呼，在奏鳴，在繪製一幅奇麗壯觀的彩圖。

暮色蒼茫，獨臂的隊伍到達東海岸的沙灘。歡欣鼓舞，得意忘形，這支經歷了九九八十一難的遠征軍，如同進入了極樂世界。當牠們剛剛爬上濕潤的沙灘時，便如醉如癡地緊貼在沙地上動也不動了。牠們張開周身的腮孔，甚至把大鉗子和四雙長腿也緊緊地貼在地面，拼命地吮著大海的乳汁，彷彿饑餓的嬰孩咬住母親的奶頭。

久違了，你這溫軟潮濕的沙灘！

久違了，你這金黃色海的襟懷！

過了很久很久，當乾癟的腮肉又變得膨脹，當焦枯的肢體又變得富有彈性，這些癡迷的紅蟹才繼續朝著海邊前進。海邊凹凸的礁石上有著一個個海浪沖出來的淺水池，水池裏的海水能洗去污垢和疲勞。在較深的水池邊上，牠們交替將左半邊或右半邊身子斜插入水中，趴在那裏久久地浸泡。在較淺的池塘，牠們乾脆就撲撲通通地跳進去，翻來覆去地在水中打著滾。

這支艱苦卓絕的遠征大軍，一見到哺育過牠們的大海，就忘記了公路上的黑影、鐵路上的焦臭、小溪邊的殘骸，就忘記了一切。海水如同生命之水注入牠們體內，疲憊不堪的紅蟹們，又變得生氣勃勃、體力充沛。

雄蟹硬鉗似乎無需恢復體力，牠根本不留戀淺淺池塘的靜靜水波。當海浪歎息著退去時，牠疾速地踩著浪的足跡前進，彷彿要追上去，抓住浪的尾巴。當海浪呼嘯著捲土重來時，牠又機敏地躲進礁石縫裏，用兩隻像是虎鉗一樣的大鉗子緊緊摳住。

白色的浪花沖過來，好清爽！好痛快！沈重的浪頭砸下來，好刺激！好厲害！這是一年一度的機會，除了大海誰還有這種賜予？除了體魄健全的雄蟹誰敢有這種享受？一些來不及躲進石縫者，被沖上石岸，重重地摔下來。一些摳不緊礁石者，被捲入大海深處，永遠不再返回，成爲祭祀祖先的犧牲。然而，這一切絲毫沒有影響雄蟹硬鉗的興致，三次五次，十次百次，牠總能夠保全自己，從而獲得無窮無盡的樂趣。

當盡興而歸，神采奕奕的硬鉗回到池塘邊時，牠看見了正在舀水喝的雌蟹粉鉗。牠迅速爬過去，用堅硬的大鉗子碰碰粉蟹的長腿，居然毫無反應。牠又用鉗子在粉蟹的背上敲了一下，而對方只是朝旁邊躲了躲，照樣悠哉悠哉地舀水喝。硬鉗靜止了片刻，然後，側過身子，猛地朝粉鉗撞過去，只聽得「撲通」一聲響，粉鉗便掉進了水塘。水很深，粉蟹不再溫文爾雅，而是張惶失措地划著水，抓著石壁。而硬鉗則若無其事地站在池塘邊，探頭看著，轉動著眼睛，彷彿欣賞一場水中的遊戲。

說起來，粉鉗舀水喝的姿態實在太惹眼——因爲在硬鉗到來之前，雄蟹飛毛腿已在旁邊觀賞多時了。此刻，見到粉鉗落水，飛毛腿便毫不猶豫地將自己一隻細細的長腿伸下池塘。粉鉗像抓住一根救命繩似的，緊緊抱住，拼命地爬上來。眼看就要到達岸邊了，只見硬鉗又是猛地一撞，粉鉗又是「撲通」一聲，落入水中。待到硬鉗轉身想收拾飛毛腿時，後者已經逃得無影

無蹤。硬鉗並不追趕，仍舊守在池塘邊，彷彿要眼睜睜地看著粉鉗溺死水中。

似乎決心和硬鉗見個高低，飛毛腿在恢復了鎮靜之後，又執拗地朝池塘邊踅來。這一次，牠巧妙地繞到池塘的另一面，一邊用紅豆樣的眼睛偷覷硬鉗，一邊又伸出一條長腿。然而這時，粉鉗已經耗盡了力氣。

這一切被站在旁邊的雌蟹紫背看在眼裏，此時，牠挪了挪身子，動了動眼睛，然後伸出一隻紫色的大鉗子，和飛毛腿一起，把粉鉗拉了上來。

雌蟹粉鉗很快恢復了鎮定，重新變得溫文爾雅。牠用漂亮的粉鉗碰碰飛毛腿，又轉轉眼睛，兩隻紅蟹便雙雙轉身爬開。於是，紫背也跟了上去，並企圖和牠們並排。但是，牠剛剛爬了兩步，粉鉗和飛毛腿便一齊轉回身，惡狠狠地看著牠，同時用大鉗子敲擊地面。就這樣，卑微的紫背還是卑微的紫背，只好孤伶伶地趴在原地，再也不敢挪動半步。

雄蟹硬鉗既沒看見也沒干預後來發生的一切，牠那雙紅通通、亮閃閃的眼睛，正專注地盯著兩米開外的雌蟹花點。

花點自有牠的樂趣，漫漫征程，入死出生，幾乎把牠糟蹋成一隻邋遢醜陋的泥蛋兒。所以，牠的當務之急，是清除污垢，恢復自己美麗的容貌。牠先是仰面朝天地躺在一個淺淺的水池中，用大鉗子撐，用長腿蹬，身子便在水池中旋轉起來，飛濺的水花，交織成一個五光十色的花環。當牠翻轉身子時，不但甲殼重新像紅瑪瑙一樣鮮豔奪目，就連那梅花樣的白點，也顯得像五顆鑽石一般，大放光彩。接著，牠又在水中直立起來，用一側的長腿撐住池底，用另一側的長腿，仔細刷洗肚子上層層皺褶兒中的淤泥。

很難說，吸引雄蟹硬鉗的是花點的熠熠光彩，還是牠的怡然自得。反正，硬鉗是雄赳赳氣昂昂地朝花點爬了過來。很難說，花點是否看見了硬鉗，牠竟有意無意地和硬鉗兜起了圈子。硬鉗靠近，牠就爬開；硬鉗站住，牠也歇腳；硬鉗下水，牠就上岸；硬鉗上岸，牠又下水。就這樣，不遠不近，不緊不慢，牽著硬鉗轉圈圈，足足轉了十多分鐘。

當硬鉗終於按捺不住，沒頭沒腦地向牠猛衝過去時，花點卻一下子躲到了雄蟹獨臂的身後。牠用紅瑪瑙一樣的大鉗子乖巧地撫摸著獨臂的後腿，像是討好獨臂，又像是調弄硬鉗。

獨臂一動不動，享受著美麗的花點的撫弄。其實，水塘邊發生的一切，牠早已盡收眼底。然而，自打從沙灘來到海邊，牠就安安靜靜地趴在這淺淺的池塘裏，再也沒有挪窩。牠實在是太疲憊了，渾身的筋骨彷彿散了架似的，拾不起個來。況且，豐富的經驗在告誡牠，決不能像那些年輕力壯的雄蟹一樣，無端耗費精力。目前，牠的最佳選擇，就是養精蓄銳，保存實力。

當然，在乖巧美麗的花點尋求保護，怒氣沖沖的硬鉗企圖挑釁的時刻，老雄蟹獨臂則不能不拿出首領的威風。牠輕輕地晃了晃巨大的獨臂。

以往，僅此一舉，就有至高無上的威懾力。但這一次，硬鉗竟昂首挺胸，紋絲不動，沒有半點懼怕。是看出了老獨臂的疲憊不堪？是被花點氣昏了頭腦？還是從牠的體內滋生出一股野

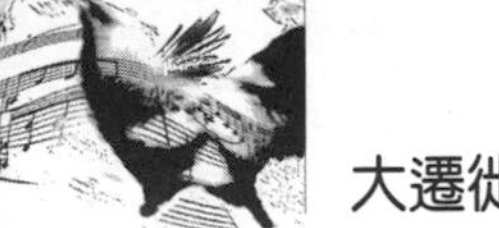

性的衝動？牠就站在獨臂的對面，兩隻紅通通的眼睛像兩塊燃燒的火炭，直盯著老獨臂的那一雙同樣是紅色、比牠大、卻沒有牠亮的眼睛。

花點似乎感到了空氣的凝重，不聲不響地從獨臂身後溜走了。周圍的蟹群也停止了嬉戲打鬧，呆呆地注視著這僵持不下的一對：一隻大些，深紅色背殼上散佈著淺淺的白斑；一隻小些，通體鮮紅，散發著勃勃生氣。若不是夜幕迅速降臨，遮住了那些大的、小的、亮的和不太亮的紅色眼睛，說不定還真有一場惡鬥呢。

黑夜像一副鎮靜劑，抑制了日間的怒火和歡樂。星羅棋布的遠征大軍，臥在淺水裏，趴在石岸上，或是聚在沙灘地，很快就睡熟了，甚至來不及做個夢。這些風塵僕僕、連日兼程的小生命，終於如期趕到了海灘。

淡淡的星光，如盤的滿月，濕潤的季風，溫柔的海浪。這一切都意味著繁衍子孫的最佳時候。這些披堅執銳，一刻也不安寧的小鬥士，在經歷了多少個生生死死的白天、多少個心驚膽戰的夜晚之後，終於來到了祖先的聖地，能夠安安心心、無憂無慮地睡上一覺了。假如可能，牠們就會這樣昏昏沈沈地睡上幾天幾夜。然而，造物主安排給牠們的休息太少太少，生命的車輪將載著牠們永無休止地轉動、轉動……

7

黑夜如匆匆過客，轉瞬便消失了蹤影。當天邊出現第一抹魚肚白時，那些鋪著地蓋著天的小生命，立刻停止了酣睡，牠們對於亮光，就像對於雨水一樣反應靈敏。況且這又是一個十分特殊、極其重要的清晨。

這真是一場奇怪的運動，所有的雄蟹爬下沙灘，所有的雌蟹集中礁石水塘，兩軍對壘，陣線分明，莫非真個要決一雌雄？

不然。只消片刻，礁石水塘上的雌蟹就趴在那裏不動了，似乎要睡個回籠覺，又似乎在居高臨下觀風景。而沙灘上的雄蟹，卻像散兵線一樣迅速拉開。一時間，沿著小島的東、西、北面的寬闊沙灘地上，佈滿了紅色的圓點。遠遠看去，就像是擺了一地的圍棋子。

一旦劃地爲牢，雄蟹們立刻開始了緊張的工作。牠們奮力地用兩隻大鉗子，用四雙長腿，朝著溫軟潮濕的沙地挖下去。牠們要在這平靜安寧的地方，爲自己挖出一個娶親的洞房。

有什麼比娶新娘更富於誘惑力呢？沙灘上的泥瓦匠們，使出了渾身的解數，又刨又挖。碰到絲絲網網的東西，就撕碎；碰到大大小小的貝殼，就舀出去。很快，一個傾斜的洞穴便向著潮濕的沙地內部延伸。這時，工程進展更加艱巨，也更費時間了。然而，沙灘上的泥瓦匠們卻絲毫不肯懈怠。只見牠們用大鉗子像推土機一樣把髒土推出洞口，又匆匆忙忙地鑽進洞去，幾

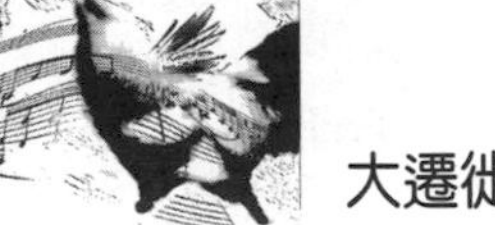

乎沒有片刻停留。沒有幾個回合，洞口的砂土髒物便堆成了小山，顯示著地下洞穴的深長。

不到一個時辰，平坦坦、齊展展的百里沙灘地，便築起了密密麻麻、數不清的洞房。簡直難以置信，這些不起眼的小東西，竟會有如此巨大的創造力。

雄蟹飛毛腿佔據了一個十分有利的位置。這裏離海邊較近，又有懸崖遮陰，柔軟濕潤，幽暗恬靜。飛毛腿挖起洞來也頗有速度。牠的四雙長腿，簡直就是八把長鍬，此起彼落，沙土飛揚，不一會就在洞口堆起了一座小山。

牠似乎決心要爲牠的新娘準備一間最舒適的洞房，進進出出地推啊運啊，精精細細地刨啊挖啊，很快就建築起一個長一百公分，深三十五公分的大洞。最後，牠在寬敞的洞房裏舒舒暢暢地翻了幾個跟頭，這才心滿意足地爬出了洞口。一般來說，位置最好，洞穴最大，就會招來最美麗的雌蟹。

蓬頭垢面渾身沙土的飛毛腿，趴在自己的洞口，一動不動，彷彿在欣賞自己的傑作，又彷彿在喘息休憩。不用說，打一睜眼就忙乎到現在，也真夠牠受的。可就在這時，一隻紅蟹橫插進飛毛腿和牠的傑作之間，一面用寬大的甲殼堵住洞口，一面朝飛毛腿揮了揮大鉗子。那神氣彷彿在說：對不起，這洞歸我了。

又是橫行霸道的雄蟹硬鉗，天知道牠是從哪裡爬出來的。牠好像天生就是個不勞而獲的新郎官，甚至用不著對泥瓦匠飛毛腿道個謝或說聲辛苦。

飛毛腿顯然無法容忍，牠立即豎起身子，抖落一身沙土，握起兩隻大鉗子，一隻護衛著自己的頭部，另一隻發動進攻。起初，雄蟹硬鉗只是守在洞口，用另一隻鉗子攔擋著飛毛腿的襲擊。但很快牠就被激怒了，牠也豎起身子，將兩把大鉗子握成兩個大拳頭，交替著向飛毛腿猛烈還擊。

很快，飛毛腿便招架不住了，頻頻向後退去，足足離開洞口有七八米遠。這時，就聽見「喀嚓」一聲，飛毛腿的一條長腿被硬鉗的大鉗子撅斷了。飛毛腿再也不敢戀戰，拖著一條傷腿，一溜煙逃跑了。

硬鉗也不追趕，只是耀武揚威地重新回去佔領陣地。不料，飛毛腿竟搶先一步，也回到了洞口。不過，看牠那驚慌失措的樣子，顯然並不打算再次發起進攻。牠只是趴在地上將傷腿從根部折斷，這樣才有可能迅速萌生出新的長腿。然後，牠就那樣呆呆地望著自己辛辛苦苦構築起來的洞房，望著虎視眈眈守在洞口的硬鉗。這個可憐的泥瓦匠，足足呆了好一會兒，才接受了眼前的事實，徹底明白回到這裏已毫無意義。

飛毛腿立刻轉過身去，儘管只剩下七條腿，牠仍然爬得十分敏捷。牠轉動著兩隻紅通通的眼睛，巡視著沙灘上密集的洞口。牠在尋找比牠更弱小的雄蟹。既然這是一個弱肉強食的世界，牠爲什麼不能靠暴力去彌補自己的損失？

也許造物主賜予的世界實在是太小了，這綿延幾十里的沙灘，這密密麻麻的洞穴，竟無

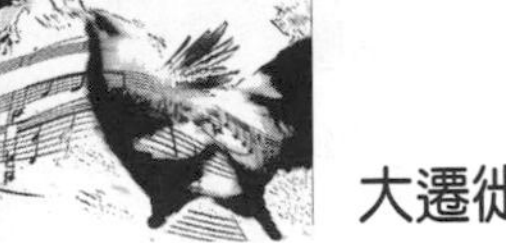

法如數容納所有的雄蟹。幾乎在硬鉗撻走飛毛腿的同時，沙灘上的每一個洞穴口，都發生了戰鬥。這是一次全面的戰爭，幾乎沒有一隻雄蟹能夠置身事外。辛辛苦苦挖出的洞穴難免被巧取豪奪，而憑強力佔有的洞口又難免招來更有實力的挑釁。

在這裏，沒有臨陣逃脫者，此戰場的敗將難免不是彼戰場的勝利者。在這裏，沒有苟且偷生者，假如生命如此軟弱，又憑什麼穿越公路、鐵路？可歎幾十里洞房林立的沙灘，轉眼變成了鐵馬金戈的戰場。可憐數百萬喜氣洋洋的新郎官，瞬間變成了殺氣騰騰的戰將。沙灘上，鉗子和背殼的碰撞摩擦聲，長腿的折斷聲，鏗鏘有力，驚天動地，幾乎蓋住了海浪的喧囂。這是一場持久的消耗戰，這些背水一戰的勇士們，要麼短促出擊，要麼奪路而逃，要麼再次尋釁，決沒有片刻停歇。假如有誰趴下不再站起，那就是說牠已經耗盡了全部生命。

太陽升起來了，黃澄澄，亮堂堂，圓滾滾，彷彿在鳴金收兵。曾經使紅蟹們避之唯恐不及的陽光，斜斜地傾瀉到沙灘戰場上。那些殺紅了眼的鬥士們，已經失去了控制力，完全成了造物主手中的玩物。不論烈日酷暑會帶來什麼後果，也不管牠們願不願意，都必須把這場對戰的遊戲進行下去，直到沙灘上的每一個洞口，不多不少，只剩下一隻雄蟹爲止。

顯然，陽光的參與使持久戰變成了速決戰，水分的蒸發迅速消耗著交戰雙方的實力。勝負成爲轉眼間的結局，而死亡卻像瘟疫一樣橫掃千軍。要不了多久，沙灘上數百萬個戰場便結束了戰鬥，傷痕累累的勝利者們開始清理戰場。

但是，在海邊懸崖旁，雄蟹飛毛腿挖出的洞穴旁，卻仍有一場鏖戰。似乎戰爭是從這裏開始的，也應該在這裏結束。

雄蟹硬鉗不愧爲一員驍將，居然從始到終牢牢地守住了這個得天獨厚的地方。洞口橫陳著三隻雄蟹，一隻仰面朝天，兩隻趴著。每一隻的背殼都比硬鉗大上一圈，然而卻無一倖免，都成了硬鉗的手下敗將。現在，硬鉗又在進行第四次保衛戰。

顯然，這是最艱苦的一次，由於陽光越來越強烈，也由於對手不可藐視的強悍。兩隻紅蟹都直立起來，互相用大鉗子死死抱住對方眼睛周圍的甲殼，頭碰頭地搭成一個「人」字。堅硬的鉗子在堅硬的背殼上摩擦著，發出「喀喀喀」的響聲，劃出一道道傷痕，甚至冒出金色的火花。但任何一方都不肯有絲毫的放鬆，在這種勢均力敵的搏鬥中，不要說片刻的喘息，哪怕稍有疏忽，也會遭到對方的痛擊，而使全身上下唯一沒有藏在甲殼裏的眼睛蒙受損失，何況眼睛又是不可多得不能再生的。兩個決鬥者就這樣頭碰頭緊緊地抱著，在沙灘上，艱難地、執著地、沒完沒了地轉起了磨磨。

忽然，硬鉗感到對方閃電般用大鉗子卡住了自己左鉗的基部，接著便是「喀嚓」一聲，硬鉗的左鉗便連根部一起落到沙灘上。

這真是十分狡猾的一招，攻其不備，出其不意，從精神上就先勝硬鉗一籌。看來，折肢加上慌張，硬鉗已難挽回敗局。但就在這時，老奸巨滑的對手卻突然撒手，頹然倒地，放棄了勝

利。硬鉗根本來不及搞清是怎麼回事，由於陽光的直射，牠的身體也幾乎被烤乾了。幸虧這裏離海邊近，牠竭盡全力衝進一個池塘，臥在裏面，就像死去一般一動不動。

當牛命的鹽水重新把硬鉗的身體灌注得圓滾滾、脹鼓鼓時，牠又變得生氣勃勃了。牠很快從水池中爬出來，毫不猶豫地回到自己的洞口。牠雖然少了一隻大鉗子，但周身上下紅通通的，油光晶亮，還真有點新郎官的派頭呢！

硬鉗開始打掃戰場。牠先把洞口那三隻雄蟹拖到土堆旁，最後對付那個險些使牠喪命的老傢伙。可是，當牠靠近那隻老雄蟹時，突然愣住了。牠看見了那隻巨大的熟悉的鉗子，那隻曾經無數次威嚴地敲擊地面指揮千軍萬馬的鉗子。硬鉗拼命地轉動兩隻紅通通的眼睛，接著便一點點朝後退去。牠停在一米之外，緊張地注視著：雄蟹獨臂像活著一樣趴在地上，那隻大鉗子支在地面，撐住身體，似乎隨時準備發佈命令。

幾分鐘後，硬鉗繞到獨臂身後，用大鉗子小心翼翼地碰一下獨臂的後腿，隨即馬上躲開好遠。如是三番，獨臂毫無反應。於是，硬鉗又繞到獨臂的正面，同樣是小心翼翼地碰一下那隻大鉗子，再馬上閃開。反覆幾次，獨臂仍然是無聲無息。接著，硬鉗將獨臂翻了個身，獨臂便仰面朝天地躺著，兩顆紅色帶黑點的眼睛，直勾勾地凝視著藍天，像相思豆一樣令人憂鬱。硬鉗又將牠翻轉過來，牠便又那樣威風凜凜地趴著，恢復了生前的神氣。

停了片刻，硬鉗重新離開一米遠，然後側著身子，繞著獨臂轉起圈子來。轉了一圈又一

圈，無休無止。天知道這究竟是一種獨特的祭奠，還是特別的慶祝。直到岩石上，水池中的雌蟹們紛紛出動，到沙灘上洞房前尋找自己的配偶。直到美麗的花點，閃著鑽石般的光彩來到牠的面前，硬鉗才如夢方醒，停止了轉圈。牠立即向花點威武地揮動著剩下的那隻大鉗子，接著便雙雙對對入了洞房。

這時，我們在離海邊稍遠的沙灘上，還看見了雄蟹飛毛腿。顯然，牠在戰爭中也是勝利者。牠也靠武力爭奪了一間洞房，雖然很小，但牠憑著自己剩下的七條腿，很快就把洞房修理得又長又深又寬大。在洞口的土堆旁，有幾隻比牠小些的雄蟹，差不多被牠挖出來的沙土埋沒了。

飛毛腿還來不及清理掉身上的沙土，粉鉗便優雅地側著身子爬了過來。天知道，這隻溫文爾雅的漂亮雌蟹，怎麼會從千軍萬馬中選上了蓬頭垢面、渾身沙土、還丟了一條長腿的傢伙。是感念前一日的救命之恩，還是看中了寬敞舒坦的洞房？

不一會工夫，幾十里沙灘上，不再有一隻爬動的紅蟹，只剩下遍地殉情而死的蟹屍，漸漸地，被海風和驕烈的陽光，焚化成一道道青煙，一齊送進縹緲的天堂，就連功勳赫赫、至尊無上的雄蟹獨臂，也決無兩樣。

8

這是一個美麗的夜晚，和諧，溫馨，寧靜。

然而，月夜裏卻傳出一種奇異的聲音，一陣陣痛苦的哭叫，來自海邊懸崖腳下的陰影。

這是一個陰柔的世界。密密麻麻擠在一起的是清一色的母性。那些曾經叱吒風雲、英姿勃發的雄蟹們，早在十二天前就返回森林去了，走得如此匆匆忙忙，如此無牽無掛。也許是擔心雨林中的層層落葉曠日持久無人清掃？也許是放心牠們的配偶能獨立承擔起生育的使命？總之，牠們一交配完就走了，把牠們的新娘孤伶伶地甩在寬大的洞房裏。

十二天，雌蟹們待在洞中，不吃不喝不動，像虔誠的教徒，禱祝著新的生命。日間，當一場大雨把牠們召喚出洞時，一個個已變得體態臃腫，圓滾滾的肚子凸出來，牠們的四雙腿，就像八根柱子一樣支撐著那個沈甸甸的大肚子。雨點砸下來，牠們穩穩地用甲殼抵擋；海風吹過來，牠們不時調整腳步。放眼看去，就像一個個玲瓏剔透，紅瑪瑙雕刻的小小風雨亭。

驟雨初歇，斜陽復照，負重累累的雌蟹開始向海邊的懸崖下聚集。這時，八條腿又成了四對拐杖，小心翼翼地交替，艱難困窘地移動。近在咫尺的懸崖，成了漫漫天涯路，而大片大片的暗影和背陰處，又顯得格外狹窄局促。

牠們一個挨一個擠在一起，每平方米就有一百隻紅蟹。牠們仍舊支撐著身體，八條腿又像籬笆一樣衛護著吊在胸前的大肚子，免受外來的撞擊。這些貴重而又沈重的大肚子，幾乎每時每刻都有所變化，而這每一次變化都會給牠們的負擔者帶來難以忍受的痛苦。於是，這些痛苦不堪的雌蟹便發出了「嘰嘰哇哇」像幼鳥哭叫一樣的喊聲。你簡直無法相信，這就是悶頭悶腦、橫衝直撞的紅蟹發出的聲音，正如同不信啞巴也會說話一樣。然而，你卻不能否認這一事實，在這種特定的地點和時刻。

牠們痛苦地喊叫著，讓淒楚的混合聲在空曠的海灘上縈繞不絕。牠們並不期待任何同情和幫助。牠們的配偶，那些早已回到密林樂園中的雄蟹，經過一天的忙碌清掃之後，正趴在自己的洞穴中，做著甜蜜的夢。牠們也不企求改變自己的處境。既然造物主將生育的機能賦予了雌性，牠們就必須忍受。牠們在喊叫，爲了痛苦的釋放而不是轉嫁，惟其如此，這叫聲才如此肆無忌憚，歇斯底里。

這撕心裂肺的叫聲，這痛快淋漓的叫聲，震顫著海上的碎銀，暗淡了沙灘的黃金，撕裂著空中的紗披，凝成一團團濃重的雲霧，吞食了天空那彎亮晶晶笑瞇瞇的眼睛。

起風了，是大海忍不住的嗚咽；漲潮了，是大海攔不住的淚水。分娩的時刻來到了，讓不堪忍受的痛苦化作不計其數的新生命！

雌蟹粉鉗一直和美麗的花點擠在一起，牠似乎顯得比花點更爲痛苦，牠那八條支撐身子的腿，幾乎不停地來回移動，甚至在索索發抖。牠的肚子脹得太圓太大，致使牠不得不踮起腳尖

站立。現在，當第一次潮水在岩石上撞擊出白色的浪花時，牠簡直騰不出大鉗子去敲擊地面，只好用背殼撞了撞花點。

然而，比牠大兩歲的花點只是朝旁邊挪了挪，顯得格外沈靜。於是，牠又用力地撞了一下。這回有了反應，花點也毫不客氣地撞了回來。好厲害的一撞，本來已經戰戰兢兢的粉鉗，一個趔趄，差點摔個腳朝天。於是，粉鉗不再理睬花點，獨自拄著四雙拐杖，步履維艱地向海邊移去。

雌蟹紫背也在向海邊挪去。起初，牠十分緊張，時走時停，隨時準備承受莫名的打擊，保護自己的大肚子。然而，這一回，儘管牠的前後左右佈滿了紅蟹，卻沒有誰去碰牠。也許是星光黯淡，顏色模糊。也許是自顧不暇，懶得生事。於是，紫背不再孤獨，也不再卑微，儼然一副普通紅蟹的樣子，混在黑壓壓的大隊伍裏，奮力地爬行起來。

但是，當牠終於到達吐著白沫的海邊，看到成千上萬隻紅蟹正在互相擁擠碰撞，力爭一塊分娩的海灘時，卻停住了。牠呆呆地站在那裏，驚悸地轉動著兩隻紫幽幽的眼睛。很久很久，直到強勁的海風吹得牠索索發抖。接著，牠竟轉過身，仍然踽踽地朝著懸崖下爬了回去。這隻可憐的雌蟹，畢竟孤獨慣了，卑微慣了。

粉鉗是最先到達水邊的一批，但牠並不像別的雌蟹那樣，趁著頭一趟浪潮就鑽進水花，立起身子，鼓起肚皮，猛烈地搖晃，把數以萬計的蟹子伴著痛苦一起解除。這隻溫文爾雅的粉鉗，不慌不忙地站在水邊，用十分優雅的姿勢舀水喝，接著，牠又轉過身去，讓海水把背殼上、腿縫間的沙土沖洗得乾乾淨淨。最後，牠才面向大海，直立起來，把兩隻粉鉗高高地向空中舒展開去，準備完成最後的使命。

然而，就在這時，粉鉗的背殼受到了猛烈的撞擊，使牠完全失去了重心。幾乎同時，一個大浪打來，像一隻巨手，輕輕抓起粉鉗，就拋進了幾十米外的深海。

粉鉗是被牠的夥伴撞進海裏的，這隻太重儀表的雌蟹，在這裏佔據的時間太長了！這綿延數十里的海岸線，又怎麼可能讓數以百萬計的雌蟹一線排開而不互相排擠？當每一次海浪打來的時候，有細密如沙粒的蟹子被高高舉起，也有斑斑點點的軀體隨波遠去。這狹窄的世界，這擁擠的生命，即使在從事分娩的莊嚴時刻，也逃不脫物競天擇的悲劇。

雌蟹粉鉗並沒有馬上死掉，牠的肚子裏還有那麼多不曾出世的生命。牠拼命地划水，竭盡全力地搖晃身子、鼓動肚子，在海水裏沈浮著、翻滾著、掙扎著。這時，在深藍色的海面上，已不再有溫文爾雅風度翩翩的粉鉗，只剩下一個痛苦的靈魂。當一團團亮晶晶的蟹子從水中浮起，在牠的周圍織出一幅美麗的錦緞時，鞠躬盡瘁的雌蟹粉鉗，這才攤開長腿，無聲無息，無牽無掛，像一塊石片，飄飄蕩蕩地向海底墜去。

遺憾的是，在遠離岸邊的深海，粉鉗的這些後代可以孵化卻無法生存。也就是說，牠們或者成爲水中魚蝦的食物，或者成形後被淹死，將不會有一隻小粉鉗或小飛毛腿回到蟹島上的密

林。

9

這是個奇特的早晨。東邊的海面堆積著重重的烏雲，而西邊的蟹島，那巉崖高聳的陡岸，卻渾身披掛著絢麗的彩霞，映紅了海水，映紅了天空。

這是個難得的好天氣。風輕，浪小，水柔。當早潮湧來的時候，懸崖邊那一堆堆負重累累的雌蟹，不再擁擠，不再騷動，漸漸地疏散開來。一部分仍然向海邊湧去，要麼擠出一塊有限的空間，順利分娩；要麼被撞進浪頭，連牠們的後代一起葬身海底。而另一部分，而且還是一大部分，卻朝著高高聳立的懸崖絕壁爬去。

你簡直難以相信，這些在沙地上都步履蹣跚的雌蟹，怎麼可能爬上那八米多高的陡壁。這時，牠們的八條腿又成了四對彎鉤，不遺餘力地抓住石縫攀登，不失時機地利用石凹喘息。這時，牠們的肚子變得極其沈重和多餘，墜得牠們幾乎移不動身子，迫使牠們只能用爪尖接觸石壁。然而，恰恰這時，牠們反倒是顯得格外堅忍沈著：寧可艱難地僵直了腿，也絕不肯壓迫自己的肚皮；寧可一毫米一毫米地向上蹭，也絕不會在石凹中駐足。

像黏稠的油彩，在艱難、滯重地塗抹。終於，當第一批雌蟹爬上懸崖絕頂時，綿延幾十里的海岸線，便成了一個紅通通、亮閃閃的世界。這些偉岸挺拔的懸崖，曾經黑森森陰慘慘，令人生畏，現在被逗弄得紅光滿面神采飛揚。這些飽經滄桑的峭壁，曾經千瘡百孔老氣橫秋，一年一度又變得青春煥發生氣勃勃。

無法考證，那第一個放棄擁擠的海邊，去攀登陡峭的石崖，而終於在八米高的懸崖頂上甩子成功的雌蟹是誰，發生在什麼時候。但是，只要有一個先驅者的成功，就會有世世代代的追隨者。儘管這樣做並不意味著安全或輕鬆，但卻開拓了新的生存方式，增加了及時分娩的可能。

雌蟹花點便是這追隨者中的一個。懸崖的上部像跳臺一樣向海面延伸，花點就正朝著跳臺的頂端爬去。

能爬到這裏，確實不易。一路上，牠親眼看見身邊多少個夥伴失足掉下懸崖，而牠自己又有多少次僅憑一隻大鉗子頑強地抓住一株小草或一道石縫，才死裏逃生。其實，牠完全可以在懸崖的三米、五米或七米的高處，找到一個凸出的石塊，卸下這個時刻危及自己生命的包袱。但是，牠沒有停足，繼續顫顫巍巍地朝跳臺的頂端爬去。那裏是分娩的最佳位置，只有從那裏甩下的蟹子，才有可能全部落入水中孵化，而不會掉在岸上或礁石上風乾。

花點就這樣不停地爬著，這隻被雄蟹們寵慣了的美麗的雌蟹，完全在自力更生。這裏不會有大殼背牠度過難關，也不會有獨臂保護牠的安全。如果牠依賴外援，無異於坐以待斃。在牠

的前後左右，乃至整座懸崖整個海岸線上的雌蟹，都在靠自己的努力，不論是否受寵、是否美麗，也不論年齡大小、經驗多少。和牠們中的大部分相比，花點還算是佼佼者，畢竟牠年輕力壯，又有過兩次在懸崖上甩子成功的經歷。現在，牠馬上就要到達跳臺的頂端了，是否又意味著第三次的成功？

雌蟹紫背始終跟在花點的後頭，花點快，牠也快，花點停，牠也停。現在，當牠們終於爬到跳臺的頂端，花點也終於佔領了一塊突出的好位置時，紫背便卑微地縮在一邊，耐心地等待著花點分娩之後，能夠把那塊地方讓給牠。

成功的時刻終於來臨了。雌蟹花點面對大海，佇立崖端，莊嚴、鄭重，彷彿在向整個世界展示母性的驕傲和不可戰勝。隨著一陣陣顫抖，一次次排擠，十萬粒亮晶晶的後代排了出來。起初，是一團團地向懸崖下墜去。接著，便在空中飄散開來，化作一片片紛紛揚揚的紅色細雨。於是，陰霾的天空因之燦爛，磅礴的大海因之遜色。世界上真有這樣勇敢的生命，剛剛離開母腹，未曾睜開眼睛，甚至還沒有發育成形，就毅然從八米高的懸崖上跳下來，接受海的洗禮？

作爲十萬個勇敢的小精靈的母親，花點那紅通通的甲殼更加閃閃發亮，那五顆鑽石般的白點更加光耀無比。當那隻脹鼓鼓、圓滾滾的卵囊，終於被排擠得空空蕩蕩、重新緊緊地貼在肚皮上的時候，牠感到了前所未有的輕鬆。於是，牠猛然一轉身，準備翻上懸崖，返回密林。然而，就在這一轉身的工夫，牠受到了猛烈的撞擊，不是石頭，而是牠那個形影不離的跟隨者，那隻卑微地縮在牠身後的小蟹紫背。

說不清牠們到底是誰拉了誰一把，刹那間，兩隻雌蟹便手拉手地從懸崖上飄落下來，像兩隻翩翩的蝴蝶。接著，牠們很快便解體了，紫背雖然比花點小些，但牠的腹中有十萬個勇敢的小精靈，迫不及待地墜著牠們的母體，搶先一步向大海衝去。

花點沒有死，牠的運氣總是好得令人吃驚。當牠飄飄揚揚地彷彿從天而降時，漲潮及時趕來，墊在粗糙的礁石上，免除了一場粉身碎骨的悲劇。而當兩塊寬大的礁石把牠牢牢地擋住時，落潮又匆匆退去，留下一片乾岸，供牠爬上懸崖逃命。

雌蟹花點終於爬上了浪打不到的地方。驚魂失魄，筋疲力竭，牠在一處石凹裏趴下來，享受著分娩後的安寧。

花點的腳下，幾乎看不到蔚藍的海水、雪白的浪花，隨著潮漲潮落的，是生機勃勃的蟹子和支離破碎的屍體。生與死在這裏融爲一體，簡直無法分離。

花點的頭上，是飄飄揚揚的紅色細雨，是失足、墜毀、甲殼撞在岩石上的粉碎。生與死在這裏交接更替，無聲無息，卻觸目驚心。

究竟是生的浩繁才導致死的難免？還是死的難免才必需生的浩繁？

雌蟹花點重新向懸崖上爬去，無論如何，牠總要趁著雨季，趕回自己的密林，安居樂業，享受那裏的落葉、花果、洞穴，還有夥伴們的打鬧逗趣。

和別的負重累累的雌蟹相比，花點爬得格外輕鬆，但牠爬不了幾步，就要停下來，側過身，轉過頭，四顧尋覓。牠在找那個緊追不捨的影子，那個險些使牠喪命的小冤家。

然而，花點失望了，那個卑微的小蟹紫背，將永遠不再追隨花點而行了。

大海上，和懸崖跳臺的頂端遙遙相對的地方，有一塊孤零零高聳的礁石。不偏不倚，紫背就正好落在它上面。礁石的尖端像利劍一樣扎進了紫背飽滿的大肚子，那些亮晶晶的蟹子，緩緩地流出來，就像黏稠的血液，染紅了礁石。這些急於降生的小精靈，一些被海水沖走，獲得了生的希望。另一些卻被海風吹乾，貼在礁石上，陪伴牠們的母親。

紫背頭朝下，插在礁石尖頂，牠的兩隻紫色的大鉗子朝下伸直，彷彿在掙扎著向海裏爬去。牠的兩隻紅豆樣的眼睛大睜著，彷彿要親眼看到牠的後代獲得生命。這隻生前是那樣卑微的小蟹，死後，卻像一座雄偉的紀念碑，高高聳立在大海中間。

這裏是小蟹紫背的世界，是任何紅蟹，不論是最美麗的花點，還是最兇悍的硬鉗都無法企及的世界。在這裏，牠不再孤獨，有浪的歌唱，風的撫慰，月的圓缺，星的閃爍。在這裏，牠不再膽怯，沒有強者的威嚇，沒有弱者的躲避，沒有未來，沒有過去。在這裏，牠不再卑微，不可一世地巍然挺立，聆聽著懸崖下潮漲潮落的迴旋，鳥瞰著世界上的死死生生、風風雨雨……

10

六天之後，完成了繁衍使命的雌蟹，全部撤離海岸，返回牠們的密林樂園。一陣海風吹過，巉峻的懸崖重新變得蒼老醜陋，森嚴可畏。一場大雨澆注，幾十里沙灘重新變得平平坦坦，金光閃閃。不見了屍骨殘骸，不見了洞房林立，似乎這裏根本就不曾有過喜怒哀樂和生死相拼，那曾經驚天地泣鬼神的一切，不過是一場了無煙痕的春夢。只有浩浩瀚瀚無邊的大海，只有朝朝暮暮的潮漲潮落，只有天高雲淡風清雨濃，只有陰晴圓缺星光閃爍。周而復始，綿長的海岸線排遣著永恆的單調和寂寞。

不過，假如你走近海邊，就會有新的發現。在麗日藍天白雲之下，在洶湧澎湃的海浪邊緣，彷彿花仙子催動著花事，一下子，竟開放出千千萬萬鮮紅鮮紅的花朵。像玫瑰，像芍藥，像牡丹，像聞所未聞見所未見的神奇。

在浪尖，牠們凝聚成十公分大小的球體，像含苞待放的花蕾。在浪谷，牠們又擴散成五十公分方圓的平面，像盛開怒放的花朵。就這樣，隨著浪的起伏、潮的升落，牠們聚而散，散而聚，合而開，開而合，日復一日，片刻不停，彷彿在不知疲倦地演示著一個古老而又樸素的道

理，又彷彿在不遺餘力地展示著造物主的奇妙和壯麗。

然而，假如你再仔細觀察，又會發現，造就這奇妙和壯麗的，正是那些小如米粒大如黃豆的紅蟹的幼蟲。被永恆的單調和寂寞所掩蓋的，正是同樣永恆的生命的拒死求生的鬥爭。

和浩瀚的大海相比，這些紅蟹的幼蟲真是太渺小了，甚至不如一滴水珠。我們用肉眼不但看不見牠們的肢體，也分不清牠們的個數。簡直不可思議，這些懸浮在海面上的微小顆粒，怎麼可能不被捲入深海？而那些生育了牠們的母親，又怎麼能夠放心大膽揚長而去。

這些紅色的小顆粒，正像牠們剛出母腹就被甩下八米高的懸崖一樣，別無選擇。沒有庇蔭，沒有援助，甚至沒有經驗的傳授。只有本能，拒死求生的本能，陪伴牠們與海浪搏鬥。牠們互相靠攏，手拉手，肩挨肩，緊緊地抱成一團。於是，點變成了面，微粒變成了拳頭。浪來了，咆哮著把牠們高高舉起，牠們抱得更加緊密，一息尚存便不肯分離。浪去了，惡狠狠將牠們摔得四分五裂，牠們立刻就近靠攏，重新抱緊。

每一次潮的洶湧，都會有千千萬萬個顆粒被捲走吞沒。而每一次浪的起伏，又會有千千萬萬個新的組合。在這裏，沒有強悍和孱弱，沒有高貴和卑微，沒有美麗和醜陋，不分家族，不分大小，不分先後。只要是紅蟹的後代，就會毫不猶豫地手拉手，肩並肩，生死相依，患難與共。在這裏，改變渺小的唯一方式是精誠團結，抗拒死亡的唯一途徑是依靠集體。如果有誰違背這個原則，哪怕只有一分一秒，不論主動還是被動，便會無一例外被捲進深海，死無葬身之地。

在這場驚心動魄、力量懸殊的搏鬥中，生命顯得如此純潔、真誠、友愛、堅忍和自強不息。難道只有當它以渺小抗拒強大時，才會如此完美？

於是，風感動了，頻頻向著岸上吹來，抵消著浪的吞沒。於是，浪也感動了，變得溫柔輕慢更近乎情理。這時，我們想起了那些來去匆匆的雄蟹和雌蟹。畢竟，牠們爲自己的後代選擇了一個風和浪都容易感動的時間和地點。

經過二十五個日日夜夜的陰陽更替，經過一而再，百而千，千而萬次的海浪沖擊，這些紅色的小顆粒，不但沒有被拆散吞沒，反而在手挽手的搏擊中孵化成長，終於由卵子變成了小蝦樣的幼蟲，又由幼蟲變成了肢體健全的幼蟹。這時候，這些亮晶晶、橘紅色、周身透明的小傢伙便開始登陸了。

轉眼之間，海邊大大小小的礁石，深深淺淺的水池被染紅了。綿長的海岸線，彷彿繫上了一條絢麗多姿的紅飄帶。這些剛剛獲得生命的幼蟹，雖然只有紅豆粒那麼一點點，然而，憑著千倍萬倍於牠們父母的數量，仍然具有浩浩蕩蕩、沸沸揚揚、點染江山的氣勢。

這是一次紅色和藍色的分離，沒有排山倒海，沒有驚天動地，只有一堆堆橘紅色的幼蟹相依爲命，擠在一起。開闊的海岸線上，到處是花團錦簇，繡球滾動。十有八九的幼蟹不是在沙地上行走，而是重重疊疊地堆在同伴身上，爭先恐後，連滾連爬。一時間，曾經使父輩們不顧

路途艱辛，不惜付出慘重犧牲而奔向的大海，曾經以生命的鹽水孵化牠們成形的大海，突然變成了無底的深淵、兇殘的惡魔，使牠們逃之唯恐不及。

大海憤怒了，咆哮著伸出一隻隻白色的手，去追拿那些膽大妄爲的忤逆。

大海傷心了，嗚咽著飛灑一滴滴淚珠，去挽留那些忘恩負義的畜生。

然而，橘紅色的小生命仍然像一條火龍，抱成一團，擰成一股，毫不停留地朝著沙灘高地滾走、滾走。一直滾到大海再也無法波及的地帶，紅色和藍色就這樣徹底分手。

11

苦海無邊，回頭是岸。循著父輩遺留下的蛛絲馬跡，一個新奇的世界展現在這些小生命的面前。

這金黃色的沙粒，多麼安全，踩上去，結結實實，爬過去，平平展展。哪裡像海裏的波浪，反覆無常，起伏不定。這開闊的高地，多麼寬敞，儘管有千條萬條火龍滾動，也還有許多空間。哪裡像海邊的礁石，擁擠得腿都伸不開。既然這是一個安全享受的世界，爲什麼還要沒完沒了地糾結在一起？爲什麼不放鬆放鬆舒展舒展？於是，挽緊的手鬆開了，抱緊的團疏散了。架在上邊的，急於下來，占一席沙地。壓在下邊的，忙著爬開，多一塊空間。

可是，要把這一團亂麻似的胳膊腿解開，要讓這億兆隻幼蟹全部腳踏實地，背朝藍天，僅憑這些甲殼不足半公分，腿腳細得像草根的小生命自己去努力，簡直是難於上青天！

只見沙灘上，一條條火龍不再朝前滾動，而是一起一伏，甩頭擺尾，扭來扭去，彷彿被抽了筋似的。這些不安分的小生命，當初是生生死死也要抱成一團，如今卻是死死生生也要分手，不論花多大代價，費多少周折，受多少痛苦。

風看不下去了，吹來了雲。雲看不下去了，降下了雨。大雨傾盆，化成一股股水流，索性把那些垂死掙扎的火龍碎屍萬段，以結束痛苦，求得超生。

信不信由你。當風停雨住之後，你將看到一個神奇的世界。金黃色的沙灘不見了，環繞整個海岸線，足足有二百米寬的海灘高地，全部變成了紅色，平展展鮮靈靈的紅色。彷彿天邊落下的彩霞絢麗奪目，彷彿神仙織就的地毯舒適柔軟，更像大雨催生出的紅色草坪，毛茸茸的，一派生機勃勃。腳下是蔚藍色飄逸的羅裙，頭頂是翠綠色搖曳的花冠，腰間再繫上這條橘紅色的彩帶，六千萬歲的蟹島，何曾有過這樣的手采？

蒼鷺飛來了，扇動著翅膀，翩翩起舞。畫眉飛來了，婉囀歌喉，悅耳動聽。就連密林裏那些平時難得露面的藍蟹、賊蟹、鬼蟹、黃蟹、斑點蟹們也都跑了出來，守在密林邊遠接高迎。造就這個神奇世界的小生命興奮了，橘紅色的背殼更加閃閃發光。誰又能相信，牠們比牠

們的父母更具有妝點江山的才能？

就在這時，蒼鷺落下來了，不再扇動翅膀，而是伸出長長的尖嘴，將那些橘紅色的小生命嘬進肚子裏，一嘬就是幾十個。畫眉也落下來了，不再婉轉歌喉，而是東一嘴西一嘴，雞啄米似地一啄就是十幾個。更可怕的是那些聚集在密林邊上的藍蟹、賊蟹、鬼蟹、黃蟹、斑點蟹們，這時也蜂擁而上，揮起牠們大大小小、形形色色的大鉗子，就像從小河裏舀水喝一樣，貪婪地暢飲著紅色的蟹流。

天昏了，地暗了，新奇的世界危機四伏，神奇的世界充滿恐怖。出於本能，紅色的幼蟹在躁動、分裂、躲閃、逃命。可是，這些手不尖銳、背無硬殼的小東西，又怎能逃得脫？如果說，海上只有一種危險，岸上的威脅又何止千種萬種？如果說，海浪也有感動的時候，這一群窮兇極惡的食蟹動物又何曾有半點惻隱之心？後悔已經晚了，從海水裏苦掙苦熬保存下來的生命，正在以幾何級數銳減。

彩霞在碎裂，地毯在殘破，草坪在萎縮，殘酷的剿殺逼迫著幼蟹們，必須對岸上的世界重新認識、迅速適應。

面對著弱肉強食的世界，這些可憐的小生命，只有選擇逃避。剎時，海邊高地上所有的瓦礫堆、石頭縫都變成了無底洞，紅色的蟹流不停地朝裏面灌啊灌啊，直到幾乎所有的橘紅色在海灘上消失殆盡，直到金黃色的沙灘重新閃閃爍爍。這時候，幼蟹的弱小變成了不可低估的優勢，那些細如麻繩、彎彎曲曲的石頭縫，除了牠們，又有誰能夠進得去？

也許是強盜式的巧取豪奪多半缺少耐心，也許是美餐一頓已經心滿意足。蒼鷺重新起舞，畫眉重新歌唱，藍蟹、賊蟹、鬼蟹、黃蟹、斑點蟹們退回森林。海灘高地上、密林邊，又是一派康泰祥和、歌舞昇平的景象。

儘管如此，在自己的背殼和鉗子變得堅硬之前，那些嚇破了膽的幼蟹卻是再也不會露面了。

12

四年之後，雨季來臨，密林中的紅蟹又一次組織聲勢浩大的大遷徙。

雄蟹硬鉗被成千上萬隻紅蟹簇擁著，恰似當年的雄蟹獨臂。牠那曾經鮮紅透亮的甲殼，如今也變成了深紅，散佈著淡淡的白斑。不過，牠那兩隻堅硬的大鉗子仍然健全，只是曾經折斷的一隻比另一隻要小上一圈。現在，牠就正用這一對硬鉗敲擊著地面，向自己的部下發佈遠征前的動員令。

緊挨著硬鉗的是花點，這隻曾經像紅瑪瑙一樣美麗迷人的雌蟹，失去耀眼的光亮，平添深沈的凝重，就連牠背殼上與日俱增的白斑，也像眾星捧月似地烘托著那五顆鑽石樣的白點，使牠顯得韻味無窮。現在，牠並沒有用心去聽雄蟹硬鉗的動員令，那心神不定的樣子，彷彿在尋覓著什麼。當然，牠不是在找當年的夥伴飛毛腿，在上一年的大遷徙中，雄蟹飛毛腿已經死於非命。不過，牠確實感受到一種生物波，在吸引，在召喚。於是，牠拼命地轉動著眼睛，不停地移動著腳步。終於，牠發現了傳出生物波的方向，便毫不猶豫地爬了過去。

在遠離雄蟹硬鉗的地方，在千軍萬馬的最外圍，集結著遠征大軍最年輕的成員，牠們背殼直徑不到五公分，年齡剛滿四周歲。不用說，這就是當年那些倉惶逃竄、躲進石頭縫、瓦礫堆中的小生命。如今，牠們已經披堅執銳，一個個正神氣活現地等待著赴湯蹈火，去行使繁衍後代的崇高使命。

尤其是聚集在那棵高大的第倫桃樹下的一批，大約有上千隻，像是從一個模子裏扣出來的，不但大小一樣，色彩相同，而且不論雌雄，每一隻紅瑪瑙般迷人的甲殼上部，都閃爍著五顆鑽石樣的白點。牠們大概得意於自己出眾的美麗，打鬥、嬉戲、追逐得格外熱鬧，直到雌蟹花點來到牠們的面前。

像江河奔向大海，像葵花圍繞太陽，一種無形的不可抗拒的力量，使上千隻小花點不約而同地朝老花點身邊聚攏。牠們鼓噪著，蜂擁著，七手八腳地時而將老花點舉起放下，再舉起再放下；時而又把牠翻過來八腳朝天，覆過去當成坐騎。這些精力過剩、美麗絕倫的小東西，就用這種特殊的方式，向牠們的老母親表示骨肉深情。老花點被牠的子女們搞得暈頭轉向、昏天黑地，卻絕不發怒，反而用牠母性的愛心享受這種特殊的樂趣。

在花點群的旁邊，彷彿一片盛開怒放的紫羅蘭，大約有兩百隻四歲的紫色小蟹，大概是被花點們的熱情所感染，也開始躁動起來。當然，牠們找不到自己的老母親作爲宣洩的對象，便把身邊的夥伴當成目標。於是，這些小傢伙互相追逐著，你舉我，我騎你，擁來擠去，喧囂不已，折騰得比花點們還要猖狂。

這些雌蟹紫背的後代，絕然不像牠們的母親。在密林中，牠們整日成群結隊，橫衝直撞，常常和別的紅蟹爭搶食物，打架鬥毆。牠們永遠不會知道，當年，雌蟹紫背是在怎樣慘烈的情境下賦予牠們生命。牠們也永遠不會明白，什麼叫孤獨和卑微。牠們唯一知道的，就是抓住時機，盡情享樂。

就在這生命的喧囂與躁動中，傳來了出發的命令。一如既往，老雄蟹硬鉗走在隊伍的最前面。然而，這位已屆暮年的老首領卻一反常態，行動得格外遲緩。固然，每一次遠征對於牠乃至每一隻紅蟹來說，都是九死一生的告別。但這一次，也許是感到了不祥的預兆，使得牠對這片生活了一輩子的熱帶雨林，生出一種難捨難分的纏綿眷戀。

然而，硬鉗的部下卻管不了這麼多，牠們一浪又一浪地潮湧過來，大有淹沒自己的首領甚

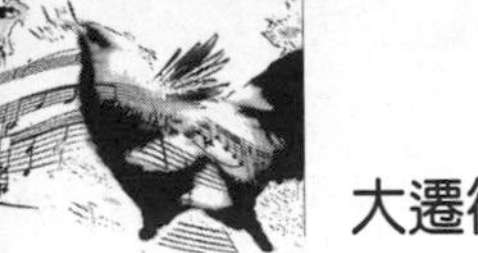

至取而代之的勢頭。於是，老硬鉗震怒了，牠用堅硬的大鉗子威嚴地敲擊地面，用紅通通的眼睛巡視自己的部下。牠看到了那些久經考驗的八歲蟹，那些身強力壯的六歲蟹，特別是那些占了整個隊伍一半數量的生氣勃勃的四歲蟹，佇立良久，這位身經百戰的老雄蟹重新振作起來。牠最後一次用相思豆一樣的眼睛，凝視密密的熱帶雨林，接著，便毅然決然地轉過身，威風凜凜地率領牠的隊伍，踏上了漫漫的征途。

滾滾滔滔的紅潮，向著季風吹來的方向澎湃洶湧……

・紅蟹（Red Crab）

節肢動物，甲殼類，螃蟹科。全身有甲殼。足有五對，前面一對長成鉗狀。通體鮮紅。陸地生活，橫著爬行，喜食落葉、漿果，群居印度洋聖誕島（屬澳大利亞）密林中。每年雨季成年蟹遷徙海邊繁殖交配產卵。

據科學統計：全島有成年紅蟹一點二億隻，平均每公頃密林有一萬三千八百隻；每年遷徙過公路死亡：七十至一百萬隻；過鐵路死亡：十萬隻；沙灘爭奪洞穴死亡：十萬隻以上。

大毀滅

楔子

浩瀚的挪威海蕩漾著碧波，永恆的潮汐運送著晝夜。色彩斑駁的花崗岩、片麻岩或三三兩兩散爲礁石，或層層疊疊壘成峭壁。來自大西洋的暖流和來自北冰洋的寒流在這裏交會，攪出一片得天獨厚的水域，引來大群的鱈魚、鯡魚和白鮭跳躍拍擊，遨遊嬉戲。

不過，這一年春末卻顯得異常。魚群很靜。海浪很輕，就連海鳥也不啼鳴。天地萬物都在警覺地等待著那個壯烈場面的來臨。

起初，是來自內陸的隆隆聲，由遠而近，由小漸大。接著，便見滔滔不絕的洪流，滾滾而來，沸沸揚揚。隨著一陣緊似一陣的喧囂，洪流分解成千千萬萬隻毛茸茸的旅鼠，瘋了似地朝著廣闊的海岸線狂奔。越過海灘礁石，躍入洶湧波濤；滾下懸崖峭壁，投進萬丈深淵……

頃刻之間，成百萬隻旅鼠全部溺斃，使運送晝夜的潮汐負載累累的屍骨，使美麗寧靜的海灣成爲罪孽的淵藪。

是天地之大卻不容這些小生命？

是春光明媚反而使牠們自賤輕生？

天地不語，造物無聲。

只有四年一次，旅鼠集體蹈海自殺的慘劇，給芸芸眾生留下了千古不解之謎。

1

北極的夏日噴吐著無盡無休的白晝，在廣漠的拉普蘭北部地區，綿延的丘陵起伏跌宕，擺佈出大大小小、斑駁陸離的石頭，石頭與石頭之間裸露著黑色的土壤，蓬鬆、肥沃，卻不見一根草、一朵花，甚至連一片苔蘚或地衣都沒有。

遠道而來的海風頻頻吹動，帶著熱情，帶著呼聲，卻得不到一絲一毫的回響，只能無聊地在死寂的荒原上獨自哼唱。積雪融化的小溪，匆匆地奔跑，飛濺著浪花，滋潤著肥沃的土地，卻養不出一點一滴的生命，只能白白地從死寂的石頭間穿行，匯聚成一個個寧靜的小湖。

也許是慰藉風，一片雪鴞的羽毛掛在尖利的石頭上，翻飛飄舞。不久前，那些像白雲一樣，成群結隊在空中翺翔的猛禽，如今早已逃遁得無影無蹤，只留下這條雪白的輓幛，哀悼著荒原的死滅。也許是告慰水，一隻饑餓的旅鼠，搖搖晃晃地走近小溪。可是，當牠剛剛張開嘴，身子卻突然倒了下去，成爲荒原的餓殍。

在寸草不生的荒野上，餓殍在與日俱增，坡上坡下，橫陳豎臥的屍體，爲死寂的世界增添著末日的恐怖。所以，當那隻迎風而立的北極狐歪歪斜斜地倒在一塊巨石上時，也不是什麼特別的

事情。

這是一隻藍種的壯年雄狐，體長約七十公分。牠那強健的骨骼顯示出往日的威武和勇猛。那純白的肚皮，藍灰的背脊，以及毛茸茸的長尾，殘留著往日的豐滿和光澤。幾年來，牠一直叱吒荒原，征服過多少美麗的雌狐，追捕過多少伶俐的旅鼠。牠甚至敢從雪鴞的爪下奪食，和兇惡的黑獾打鬥。但是現在，牠終於被饑餓打倒了，甚至經不住一陣風！

起初，牠勉強用前腿支撐著頭，居高臨下，睜大兩隻溜圓的眼睛，尋覓著遠遠近近的丘陵，大大小小的石頭。牠似乎難以置信，那些曾經擁擠不堪的生命，那些捉不盡吃不完的小鼠，怎麼竟會消失得乾乾淨淨。過了好久，當一無所有的結果打彎了牠的前腿，牠才綿軟地匍匐下來，轉而用一雙絕望的眼睛，望著牠身邊那隻美麗的雌狐。

雌狐也是純正的藍種，懷了孕，龐大的肚皮圓滾滾地鼓著，反倒使瘦長的軀幹成了附庸。牠不得不將肚子和屁股一起坐地，還要用伸直的前腿撐地，才能保持輕鬆平衡。但這並不影響牠的美麗。精緻的頭，尖尖的吻，特別是兩隻純白的馬蹄蓮似的耳朵，嵌在藍灰色的頭頂，更顯得與眾不同。現在，牠正靜坐在石頭上，雪白的柔軟厚實的胸腹輕輕湧動，懷揣一團大海的浪花；藍灰色起伏有致的脖頸、背部、直至長尾，閃閃爍爍，披一襲錦緞的披風。牠用一雙黑亮的眼睛看著雄狐身邊那隻開始腐爛的旅鼠。剛才，當牠的伴侶猝然倒下時，牠曾毫不猶豫地拖著沈重的身軀跳下巨石，跨過小溪，爬過土丘，幾乎跑遍了大半個荒原，才銜來這隻早已餓死在石頭縫中的小鼠。但是，卻被雄狐憤怒地一掌撥開了。

雄狐的目光刺激了雌狐，到四目相對的時候，美麗的雌狐坐不住了。牠再一次叼起死鼠放在奄奄一息的雄狐面前。這一次，雄狐沒有發怒，只是艱難地掉了個頭。美麗的雌狐佇立片刻，再一次拖著沈重的身軀，跳下巨石，跨過小溪，爬過土丘……當牠拖著疲憊的腳步爬上巨石，將一隻剛剛死去，並且已被牠故意咬得鮮血淋漓的旅鼠，放在瀕死的雄狐嘴邊時，雄狐只是嗅了嗅，仍然不肯張口。這隻倔強的雄狐，居然寧死也不肯失去往日的威風。

於是，美麗的雌狐只是定定地坐下來，眼巴巴的望著雄狐那強健的身軀坍塌下去，那炯炯的目光黯然失色，直到鼻孔中那最後一絲微弱的喘息連同牠的倔強也一起隨風而去。

萬籟俱寂，甚至沒有蟲鳴，只有嗚咽的海風渲染著荒野的淒涼，只有不落的太陽揮霍著短暫的夏日。

一絲殷殷的鮮血從雌狐右前腿的膝關節外滲了出來，慢慢地將一團藍灰色的毛染成了黑紫色，經風一吹，凝固起來，一綹一綹的，彷彿一朵小小的墨菊。那是剛才奔跑中被一塊尖利的石頭劃破的。雌狐低下頭去，看了看，並不理會，只是站起身來，抓住了那隻鮮血淋漓的死旅鼠。

好像是爲了消遣，不到十五公分長的小鼠，竟被雌狐撕扯成七、八塊，斑斑點點地攤放在石頭上，散發出強烈的血腥氣。開始，牠只是用圓圓的鼻尖來來回回地嗅著。最後，牠選中了一小塊最鮮豔而又不帶骨頭的鼠肉。但是，剛剛放進嘴裏，牠又吐了出來。

確實，要讓那些吃慣了鮮活旅鼠的胃口有所遷就，對於感覺極爲靈敏的雌狐來說，實在不容易。但是，要讓牠放棄這歷盡千辛萬苦才找來的食物，要讓牠懷著肚子中尚未出生的小狐餓斃荒野，則更不容易！所以，儘管厭惡，牠還是重新銜起那塊吐出去的死鼠肉。儘管艱難，牠還是慢慢地蠕動著牙齦，痛苦地咀嚼著、吞咽著。

正像世界上一切明知不可爲而爲之的事情一樣，當第一個階段結束之後，也就是說，從進食第二塊死鼠肉開始，一切都變得越來越容易，越來越自然了。特別是當牠咀嚼著最後一塊，也是含肉最少的鼠頭部分的時候，嘴裏發出「喀吧喀吧」的響聲，倒彷彿是在品嘗一種不可多得的美味佳肴了。

而當這清脆的響聲終於消失後，牠那圓滾滾的肚子卻「嘰嘰咕咕」地叫了起來。饑餓被喚醒了，這隻整整一天一夜沒有進食的雌狐，被欲望驅使著，又抓起了那隻腐爛的死鼠。顯然，這一隻比上一隻容易對付得多。被撩撥起來的可怕的饑餓，可以化腐朽爲神奇，變清醒爲瘋狂，三下兩下，一隻發著腐臭味的死鼠便滾進了雌狐的腹中。

仍然是難以忍耐的饑餓，雌狐開始焦躁不安地在石頭上徘徊，一會兒用長吻碰碰雄狐冰涼的鼻子，一會兒又用受傷的前腿撥撥雄狐的長尾。然而，死去的雄狐毫無反應，安詳得像一片落葉，寧靜得像一塊石頭。

終於，雌狐站住了，牠最後一次用長吻蹭了蹭雄狐的脖頸，便匆匆地從巨石上跳下來，消失在茫茫的荒野中。

2

說來也巧，饑餓的藍雌狐剛剛離開，一隻旅鼠就從那塊巨石下的地洞中鑽了出來，牠很年輕，只有三月齡，卻已十分豐滿，十公分長的軀體被光滑細密的長毛裹成一個橢圓的茸球。長毛並不同色，腹部蓬鬆，像一朵盛開的雪蓮花托起尖尖的黑色下頜。背部光滑，一塊黑、一塊黃、一塊白、一塊棕，像是一個用什色長毛紮成的繡球。尾巴又小又短貼在屁股上，耳朵又尖又圓埋在長毛裏。兩蓬又硬又長的白鬍子，翹出兩邊臉頰，兩對鏟子似的特大板牙，齜在嘴巴門口。牠「吱吱」叫了兩聲，好像是對強烈的陽光和強勁的大風不適應。

確實，打出生到現在，牠是第一次出洞。兩個月前，當牠的同胞兄弟們還在閉著眼睛爭搶雌鼠的奶頭時，這隻早熟的小鼠便勇敢地離開了家庭。當時，四通八達、網路似的地洞中，到處是擁擠不堪的旅鼠。老鼠垂手待斃，幼鼠嗷嗷待哺，雌鼠大腹便便，雄鼠急著發情。憑著對空間的需求，憑著不知天高地厚的勁頭，這隻勇敢的小鼠拼命地鑽著擠著，直到砰然一聲，地陷似地，掉進一個漆黑的地洞。

這真是一個奇特的地洞，寬寬的，沒有一隻旅鼠；黑黑的，又有許多苔蘚。小鼠「吱吱」歡

叫著，從此不再挪動。有吃有住，牠還能再要什麼呢？所以，牠十分僥倖，既不曾蹈海赴死，又不曾成為餓殍。但是現在，牠已經長大了，到了需要夥伴的時候。

比起地下的小小樂園，這廣漠的荒野又確乎太空曠了。四面八方，前後左右，無遮無攔，無盡無休。勇敢的雌鼠跳到一塊渾圓的小石頭上，齜著板牙，轉過頭頸，似乎有些不知所措。當牠看到身邊那塊像小山一樣高高聳立的巨石時，便毫不猶豫地蹦跳著爬了上去。

一個龐然大物橫在平坦的巨石頂部，勇敢的雌鼠還沒看得清楚，便從石頭邊上跌了下來，連滾帶爬地鑽進了地洞。不過，稍頃，地洞口又出現了一個毛茸茸的頭，一對亮晶晶的眼睛。當然，還是那隻勇敢的雌鼠。

萬籟俱寂，除了風。雌鼠重新跳到那塊渾圓的小石頭上，齜了齜大板牙。不過，牠並不遠去，而是重返那塊給了牠驚嚇的巨石，去看個究竟。

一隻強壯的雄狐，臥在石頭上，藍緞子似的背脊，在陽光下閃閃爍爍，煞是威風。雌鼠「吱吱」叫了幾聲，雄狐不動。雌鼠躡手躡腳地湊過去，跳上藍緞子似的狐尾，雄狐仍然不動。牠又蹦上軟綿綿的狐背，雄狐還是紋絲不動。這下，勇敢的雌鼠一躍便登上了威風凜凜的狐頭，在兩隻尖聳的狐耳之間，齜著大板牙，吱吱地歌唱著自己的成功。然後，牠又毫無忌憚地從狐頭跳到狐尾，再從狐尾跳到狐頭，甚至大膽地咬了狐耳兩口。綿軟的毛皮使牠感到舒適，雄狐的沈默更令牠感到得意。只可憐那隻寧死也不失威風的雄狐，如今卻被一隻小小的旅鼠百般戲弄！

不過，雌鼠很快便厭倦了，在吃飽喝足玩夠之後，牠還有更加迫切的要求。

和暖的陽光普照著廣漠的大地。彷彿是爲了彌補那些沒有白晝的漫長的冬日，造物主把夏日的陽光安排得格外充足。那一輪紅通通的太陽，有時像一盞長明燈似的掛在天上，有時只是匆匆地落進大海，洗一把臉，又匆匆地從地平線上冒出。於是，短暫的夏天被延長了，五彩繽紛的鮮花來得及開花結籽。蓬蓬勃勃的綠草來得及擴展蔓延。成年的北極狐、雪鴞，旅鼠以及別的動物，來得及繁衍後代。而牠們的後代們也來得及學會獨立生活的本領，以便度過漫長的寒冬。

然而，這一年的陽光似乎顯得多餘。勇敢的雌鼠在荒原上跑了一天一夜，就沒見到一朵花、一棵草、一個夥伴，乃至一個活物。牠到小湖邊喝水，照出一個孤獨的身影，牠朝天空大叫，叫聲立刻被風吞得乾乾淨淨。在這遼闊的荒原上，牠太渺小了，甚至不如一塊石頭。在這死寂的世界裏，生命就像一支白白燃燒的蠟燭。本能的渴求鼓動著牠，使牠片刻不得安寧。既然地面上一無所獲，牠又一頭鑽進了地洞。

地洞連著地洞，成網成絡，四通八達，可那個曾經擁擠堵塞的景象早已不復存在。地下和地上一樣，顯得空空蕩蕩，寂寞無主。偶爾有一堆白骨或一處塌陷的洞口，顯示出生命的短促和末日的恐怖。當勇敢的雌鼠又一次跑得筋疲力盡，打算回到牠的小小樂園塡飽肚皮時，牠的眼睛突然一亮，一個奇蹟出現在牠的面前。

一個像牠一樣的毛球，一隻活生生的雄性旅鼠，正在朝著小小樂園的洞口蠕動。牠至少有四

月齡，也有著雪蓮花的胸部，繡球的背部和又長又硬的鬍鬚。多少天來，牠一直被饑餓糾纏著，豐滿的身體早已瘦骨嶙峋，輕飄飄的，真正成了一團毛球。

這是一隻聰明的雄鼠，當大批旅鼠蹈海赴死，成群的北極狐和雪鴞殘酷圍剿時，牠就鑽進了地洞，並且再也沒有露頭。有時碰上一截埋在土壁裏的草根，牠就用爪子刨用牙啃，取出來果腹。有時什麼都找不到，牠也要用長長的板牙啃一啃土壁，從尋覓中得到滿足。但是，當殘餘的草根不再出現，尋覓只是白費力氣，死亡幾乎成爲定局時，這隻聰明的雄鼠居然發現了綠色苔蘚的蛛絲馬跡。

天知道，也許是那隻匆忙進出的雌鼠帶出來的殘渣。於是，雄鼠艱難而又執著地循著蛛絲馬跡爬去。儘管那些星星點點的苔蘚，根本不能滿足需要。但是，那遙遠而又確實存在的食源，卻像一個不滅的希望，支撐著牠的生命，催動著牠的爬行。現在，當小小樂園已經在即，洞中的苔蘚散發出清香誘惑時，這隻虛弱而又頑強的雄鼠立刻發出「吱吱」的叫聲。

這叫聲不啻火上澆油，勇敢的雌鼠興奮起來。多少個日日夜夜，多少次四處奔波，那些被壓抑的欲望和渴求頓時變成了熊熊的烈焰。牠立刻竄到雄鼠面前，齜著大板牙，也「吱吱」叫了起來，同時散發出一種特殊的氣味。

雄鼠立刻有了反應，支起身子，昂起頭，瞇起眼睛，抽動鼻孔，再次發出「吱吱」的叫聲。然而，這短暫的興奮甚至沒有堅持到雌鼠靠攏，另一種更加迫切的本能便催動著牠，拋開雌鼠，繼續爬向小小樂園的洞口。

雌鼠大失所望。開始牠只是呆呆地看著，隨即便一縱身，橫插在雄鼠與洞口之間。然而，雄鼠似乎對牠毫無興趣，牠擋左，雄鼠就朝右，牠擋右，雄鼠又朝左。一個遲緩，一個機敏；一個躲躲閃閃，一個攔來擋去。一雌一雄兩隻旅鼠就這樣相持不下，做起了遊戲。

最後，身強力壯的雌鼠只好改變方式。牠繞到雄鼠背後，一口咬住那個又短又小的尾巴，扭頭便拖出去四、五米遠。雄鼠痛苦地叫著，似乎在求饒。但一等雌鼠鬆口，牠卻仍然不顧一切地往回爬。於是，雌鼠再次咬住牠的尾巴，再次拖得更遠。但彷彿要和勇敢的雌鼠較量到底，奄奄一息而又痛苦萬分的雄鼠，卻仍然置雌鼠於不顧，仍然不肯放棄小小樂園的目的地。就這樣，一個是越拖越遠，一個是越爬越慢。最後一次，當累得東倒西歪的雌鼠，一口氣把雄鼠拖到十幾米遠的拐彎處時，雄鼠到底被制服了。

於是，雌鼠再一次齜著大板牙，再一次散發著特殊的氣味，來到雄鼠的面前。然而，那一度昂起的頭，卻軟綿綿地耷拉在地上，永遠也不會挪動了。

可憐這饑餓的雄鼠，拼著命找到了食源，卻拼著命也沒吃到口。更可憐這勇敢的雌鼠，辛辛苦苦找到了繁衍的希望，又辛辛苦苦把它給熄滅了。

3

當夏日的陽光終於因爲無所事事而黯淡下去時，荒原上忽然傳來一陣尖利的喊叫。這叫聲充滿痛苦卻蘊含希望，令太陽重放光彩。這叫聲雖然單薄卻很堅定，使海風變得柔順。這是一個生命在分娩時的宣告：孤獨已經結束，歡樂即將來臨。

在一個背風的土坡下，有一個黑獾廢棄的土洞，美麗的藍雌狐一胎生下了六個兒女。這些剛剛出生的小狐崽，還只是些黑不溜秋的小肉蛋，有的甚至連眼睛都沒睜開。可幾天來，牠們在藍雌狐的懷裏擠來擠去，爭搶著奶頭，便給牠們的母親帶來了無窮樂趣。今天，當虛弱的藍雌狐又一次臥倒在地，任憑牠們鑽來鑽去時，這些小東西忽然變得斯文起來。不再拼力地啃咬，也不再互相撕扯，倒像是幾隻溫軟的小手在母親的懷裏來回地撫摸。這溫軟的撫摸驅趕著疲憊和孤獨，使藍雌狐感到舒適。而這舒適又給牠帶來了昏昏的睡意，把牠送進了沈沈的夢鄉。

當太陽開始偏西時，藍雌狐終於醒來了。六隻小狐崽乖乖地一動不動地依偎在一起，也許正在做牠們的美夢？藍雌狐悄悄站起身，小心翼翼地從兒女們身上跨過，來到了土洞外邊。

外邊是夕陽西下，紅霞滿天。外邊的荒野仍然是死氣沈沈，毫無生機。只有濕潤的海風催動著藍雌狐的腳步。儘管幾天來連腐爛的死鼠也很難找到，儘管歷盡千辛萬苦又可能是一場空，牠還是帶著癟癟的肚皮和養足的精神開始上路。

不過，今天藍雌狐似乎格外走運。當牠來到清碧的小湖邊，喝一口水，洗一洗臉的時候，一隻旅鼠，也就是那隻勇敢的雌鼠大板牙，突然出現在牠的面前。

「吱吱！」雌鼠站在一塊小石頭上叫著、跳著，仍然是戲弄藍雄狐時的勇武。

藍雌狐竟半天沒有行動。也許是闊別重逢的驚喜，反倒使牠無所適從。

但靜止只是片刻，當一個本能撲向救命的食物，而另一個本能企圖死裏逃生時，沈寂空曠的荒原上，便有了一場別開生面的角逐：腿短的身強力壯，腿長的腹中空空。在這裏，強與弱打成平手，大與小勢均力敵，況且天地無邊，又絕無第三者參與。要不是雌鼠突然掉進了地洞，這一大一小兩個毛球，還不得像兩顆行星似地運行？

又是一場空。在返回土洞的途中，藍雌狐雖然疲憊不堪，卻不垂頭喪氣。畢竟這死寂的荒原上還有活著的旅鼠。而只要還有活著的旅鼠，牠和牠的兒女們便有了生路。

然而，當藍雌狐像往常一樣，灌了一肚子湖水回到土洞中時，等待牠的卻是一幕難以想像的慘景。

洞裏洞外，沒有任何野獸出沒的痕跡，六隻狐崽仍然偎依在一起。但是，當藍雌狐像離開時一樣，小心翼翼地靠攏牠們時，這些可愛的小肉蛋卻永遠也不會擠在牠的懷裏爭搶奶頭了。

天知道，也許幾天來，饑餓虛弱的藍雌狐根本就沒有什麼奶水，而小傢伙們的爭搶早就毫無意義。也許當牠們突然變得溫柔，撫摸著藍雌狐時，便是對無可挽留的生的眷戀。而當牠們終於

安靜地偎依在一起時，已是對不可避免的死的恐怖。也許當藍雌狐在爲荒原上還存在活著的旅鼠而慶幸時，牠那些稚嫩的後代，便已經不勝煎熬，一命嗚呼。

傷心的母親靜臥在地上，無聲地吞咽著悲慟。假如歡樂的降臨只是導致痛苦，假如兒女的出沒只是強化孤獨，莫不如一無所有！

悲哀片刻，藍雌狐站起身，開始用濕潤的長吻去掀動那團冰冷的屍體。當牠發現還有一隻狐崽身體尚溫，並且還有一口氣時，牠短促地叫了一聲，接著便一口叼起小狐崽竄到洞外。

洞外已經暮色蒼茫，荒野依然一片死寂。何去何從？含著幼崽的母親在洞口一圈又一圈地徘徊。終於，當牠轉了近百圈或者更多的時候，牠忽然站住了，隨即便像風一樣疾速朝著清碧的小湖跑去。

藍雌狐輕輕地將小狐崽放在湖邊鬆軟的土地上，讓溫柔的水波刺激牠的肉體。小狐崽還活著，動了動頭頸，甚至睜了睜眼睛。於是，藍雌狐再一次把牠叼起來，將牠那短短的小吻觸到蕩漾的水面。然而，這一次小傢伙卻拼命地反抗起來，扭著頭扭著身體。一次兩次，十次二十次，這一湖曾經多少次充滿並維持著藍雌狐生命的清水，竟絲毫不能使小狐崽屈就。

顯然，除了奶水，牠將寧死也不會張口。於是，嗚咽的海風，黯淡的陽光，又一次陪伴無可奈何的藍雌狐，眼巴巴地看著牠的最後一隻幼崽，像牠那執拗的父親一樣，默默地死去。於是，死寂的荒原又一次傳來尖利的喊叫。這叫聲依然痛苦而只有絕望，依然綿長而近似瘋狂。它依然

是一個生命的宣告，每一聲長鳴都綴滿了鮮紅鮮紅的血珠。

轉眼之間，美麗的藍雌狐已變得憔悴不堪，面目猙獰。雪白柔軟的胸毛，沾了湖水，又被幼崽揉搓，已變成灰黑色，一綹一綹地貼在身上，像是爛在泥水裏的棉絮。藍緞子似的披風也失去了光澤，參差不齊，彷彿一塊千瘡百孔的破布。精緻的頭不再機敏地轉動，馬蹄蓮似的耳朵也不再神氣地聳立。只有那一雙依然黑亮的眼睛，哀怨地瞋視著虛無的天空。

無獨有偶，那隻勇敢的雌鼠大板牙，又一次出現在藍雌狐面前。是冤家路窄，還是生命之間的吸引？不過，這一次牠不叫也不跳，只是半藏半露地蹲在地洞口，閃動著一雙黑亮亮的小眼睛，天知道是幸災樂禍還是同情憐憫。

奇怪的是，當藍雌狐發現了這個姍姍來遲的救命之物時，也居然沒有窮兇極惡地撲上去，只是一動不動，同樣閃動著一雙黑亮亮的大眼睛，說不清是仇恨還是麻木。

就這樣，兩個你死我活的物種，一雙倖免於難的生命，久久地、默默地對峙著，直到夏天的太陽終於沈入海底，直到乾爽的秋風送來寒冬的訊息。

4

或許是由於失望，這一年的冬季顯得格外漫長。太陽待在海底，直到第二年的春季也不肯升

起。濃濃的黑暗籠罩著古老的荒原，而荒原則像一位積勞成疾的老人，昏昏沈沈地長眠雪下，彷彿死去一般，沒有一點聲息。沒有了喧囂和聒噪，沒有了撕扯和啃咬，在這難得的沈靜和安寧之中，天和地似乎已達成了默契。

只有挪威海吹來的季風不甘寂寞，呼喊著，奔跑著，將紅通通的太陽吹向高高的天空，將白皚皚的積雪吹得無地自容。於是，天終於亮了，散發出春的明媚。荒原也終於醒了，掀開了厚厚的雪被。

積雪匆匆地融成小溪，小溪淙淙地匯成河流，河流漫漫地聚成湖泊，湖泊慢慢地滋潤大地。於是，昏睡了大半年的荒原，重新袒露出起伏不平、有骨頭有肉的肌體。

在上一年雌鼠大板牙戲弄雄狐的巨石下邊，在被雪水浸潤得濕漉漉的背陰處，一片黃綠色的地衣，也是荒原上第一個綠色生命，靜靜地滋生出來。它緊緊地貼著石壁，遲疑地舒展肢體，似乎隨時都在準備承受嚙齒動物的襲擊。然而，四周是一片安寧。只有大地吸吮著融雪，只有春風彈奏著小溪。於是，地衣開始迅速蔓延，並借助風傳播出繁衍的訊息。

在上一年藍雌狐和雌鼠大板牙對峙的小湖邊，在那隻餓死的小狐崽腐爛爲泥的沃土上，一棵綠油油的小草，也是荒原上的第一株草本植物，悄悄地冒了出來。它膽怯地戰慄著，張望著，似乎打算稍有不測便縮回地裏。但是，荒野上一派祥和，只有和煦的陽光在召喚，只有肥沃的土地在哺育。於是，小草迅速長高，並開放出一朵淡黃色的雛菊，像一位嫵媚多姿的少女，慰藉了寂寥的天空大地。

於是，太陽變得神采煥發，荒原重新抖擻振奮。而那些幾乎已被滅絕的苔類蕨類和小花小草們，竟又死灰復燃般地萌發出來。漸漸地，這裏或者那裏，便有了匍匐的苔蘚，勃起的蕨草，淡藍的風信子，深黃的毛茛，紫紅的石楠，像鈴鐺一樣搖蕩的憎帽花，散發著幽幽清香的野石竹，以及所有荒原上曾經有過的綠色生命。

這一切進行得極其艱難緩慢，卻又表現出難以置信的神奇。它們彷彿在否定著那個確曾有過的死滅，又彷彿在宣示著一種萬死不辭的復甦力。

也許是受了這復甦力的感召，在第一株報春的雛菊旁邊，一隻旅鼠鑽出了地洞。是那隻勇敢的雌鼠大板牙。牠還活著，個頭長大了，大約十五公分左右，行動卻不再靈活機敏。對於壽命只有一年的旅鼠類來說，牠已經顯得老態龍鍾，只有那雙小眼睛仍然是黑亮黑亮的。牠跳到一塊白色的石頭上，遲緩地扭動著毛茸茸的頭頸，驚奇地張望四周。自打牠出生以來，何曾見過這樣的景色？一叢叢的青草夾雜在亂石之中，雖算不得茂盛，卻蓬勃著生機，一朵朵的鮮花搖曳在肥沃的土地上，雖說不上爭奇鬥豔，卻點染了荒原。遺憾的是，這一切都出現得太晚了。

不過，雌鼠大板牙似乎並不急於去吃那些豐富的食物。也許是牠這輩子已經吃慣了青苔，根本就不懂得享受。牠遲鈍地從石頭上跳下來，拖著老邁的腳步向清亮的小湖跑去，畢竟湖水是牠熟悉而又不可或缺的。

緊跟在雌鼠大板牙身後，又鑽出來三隻旅鼠。大小、年齡和當年的雌鼠大板牙相仿，只是外形各自突出了牠們母親的特徵。第一隻是雄鼠，又硬又長又密的白鬍子亂蓬蓬的，幾乎遮蔽了整個臉部。第二隻是雌鼠，渾身的長毛又軟又厚，再加上一個懷了孕的大肚子，就像風一吹就會滾動起來的大毛球。第三隻還是雌鼠，也懷了孕，只是那一對又長又鋒利的板牙，比雌鼠大板牙的還要醒目。

不用說，三隻小鼠和牠們的母親一樣，對於這荒原上的陽光、春風、青草和鮮花，都有一番驚喜和好奇。但不同的是，牠們並不跟隨雌鼠大板牙去暢飲那些淡而無味的湖水，而是毫不遲疑地選中身邊的花草，肆無忌憚地大啃特啃起來。

起初，老雌鼠大板牙只是呆呆地站著，閃動一雙亮晶晶的黑眼睛看著牠的三個兒女，怎樣低下頭去，開合鋒利的門齒，飛快地切斷草莖的那種不教自會的靈敏；怎樣用後腿支撐身體，用兩隻五指連蹼的小黑爪左右倒替，將長長的草桿一截截地送進嘴裏的那憨態可掬的貪心。

老雌鼠呆呆地站了很久，直到一股難以遏制的欲望，從牠的體內蔓延滋生。突然，牠彷彿返老還童似的，敏捷地竄到那株第一個報春的雛菊旁，伸出大板牙，只是輕輕一咬，便將它齊根切斷叼在嘴裏。但是，牠並不急於將食物送進肚裏，只是把它含著，微微地晃著頭頸，彷彿在細細地品味一種神奇的感覺。畢竟，牠那一雙雖然奇大無比，卻只能啃食青苔的大板牙，是第一次顯示出特有的威力。

然而，當老雌鼠大板牙終於打算第一次品嘗這株散發著清香的鮮花時，那種神奇的感覺和那股難以遏制的欲望卻一齊消失了。隨即牠便無聲無息地倒在了湖邊潮濕的土地上。這隻勇敢的雌鼠，一輩子孤獨寂寞，一輩子勞碌奔波，一輩子沒嘗過青草鮮花，一輩子沒見到繁榮昌盛。可牠畢竟熬到了草原的復甦，畢竟留下了自己的後代，畢竟是壽終正寢。

只可憐那株報春的雛菊，仍然牢牢地銜在老雌鼠的嘴裏。那青蔥的身莖依然挺直，淡黃的花瓣依然美麗。隨著一陣陣的春風，牠哀哀地顫抖著，徒然地掙扎著，彷彿在抱怨造物主的不公平。

三隻正在大飽口福的小鼠，對老雌鼠的去世似乎無動於衷，或者根本就沒看見。在吃飽嚼夠之後，牠們互相看了一眼，彷彿是打個招呼，然後便各奔前程了。

雄鼠蓬鬍子先用小黑爪抹了抹臉，理了理鬍鬚，然後便一溜煙跑掉了。畢竟牠需要做的事情太多。空曠的荒原，衰微的種族，以及那些寂寞孤獨的雌鼠們都在等待著牠去播種。

雌鼠大毛球顯得憨厚一些。牠看見雌鼠長板牙並不打算離開，又看見遠處的山坡上小草還算青蔥，便拖著牠的大肚子一蹦一跳地走了。

不用說，雌鼠長板牙理所當然地留了下來。這是一隻貪吃的小鼠，只要身邊還有青草，牠就挪不開腳步。所以，當另外兩隻小鼠離開之後，牠又低下頭去，專心致志地吃了起來，一直到兒女們幾乎出世的前一分鐘，牠才迫不及待地跑進一個兩石夾縫處，分娩便立刻開始了。

一隻、兩隻，三隻、六隻，雖然只是些紅通通、軟乎乎一絲不掛的小肉蛋，太陽卻因之興奮，開始長久地停留在天空。

一聲、兩聲，十聲、二十聲，雖然只是些微弱、尖細的啼哭，海風卻因之欣慰，開始變得溫暖和輕柔。

於是，那些爲數不多的雌鼠便有了效仿的榜樣，一個瀕臨滅絕的種族便有了希望。

但是，當一隻北極狐突然出現在身邊時，那位誕生出希望的母親卻毫不猶豫地倉惶逃命去了。只留下那些象徵著未來的小鼠崽，無可奈何地擠在一起索索發抖。

當然，這正是那隻像雌鼠大板牙一樣，熬到了荒原復甦的藍雌狐。牠已經恢復了昔日的美麗，懷一團雪白的浪花，披一襲藍色的披風。不過，牠顯得更加清瘦，就連那懷了孕的肚子也比上一年小得多。牠似乎並不急於開戒。吃了整整一年的死鼠、爛鼠，這些活生生鮮靈靈肉呼呼的小鼠崽，又一次使牠無所適從。

牠站在旁邊，定定地看著，六隻紅通通的小鼠崽，就像牠那六個瀕死的小狐崽一樣，赤身露體地擠在一起，無依無靠無援無助。然而，這不但沒有喚起牠的憐憫，反而激起了食欲。牠先用前蹄將小鼠崽們強行分開，隨即便低下頭，張開嘴，毫不留情地一個又一個地將牠們全部活生生地吞了下去。這難得的享受，使藍雌狐瞇起了眼睛，伸長了脖頸，佇立良久，才心滿意足地離開已經變得空空蕩蕩的石縫。

在小湖邊，藍雌狐看見了一隻死去的旅鼠，嘴裏還含著那株已經枯萎了的雛菊。藍雌狐顯然已經認出了這隻熟悉的小鼠，正是牠，在那個饑荒的年代，不曾提供一窩鼠崽，就連牠自己也狡猾得難以追捕；正是牠，在那個悲哀的時刻，居然神氣活現，閃動著一雙黑亮的小眼睛。但是現在，牠已經死了，不會叫不會跑，更不會閃動眼睛。而且牠的一窩後代已經被藍雌狐吞進肚裏，正好六個，和死去的小狐崽一樣多。所以，此刻的藍雌狐顯得格外雍容大度，既沒有大板牙戲弄死雄狐時的張狂，也沒有大板牙盯著死狐崽的神氣。牠只是一聲不響地繞著那隻死去的雌鼠走了一圈，算是對過去了的鼠狐之間的抗衡打上一個句號，便從容不迫地離開了。

但是，藍雌狐沒有發現，在牠的身後，在那個一度被生命填滿，頃刻又被死亡蕩平的石縫中，那隻倉惶出逃的雌鼠長板牙已經捲土重來。剛才，也就是在藍雌狐吞食牠的鼠崽的功夫，牠就在荒原上找到了奔忙的雄鼠蓬鬍子，並再次進行了希望的播種。而現在，牠正和當年的雌鼠大板牙一樣，閃動著一雙黑亮黑亮的眼睛，死盯著藍雌狐漸漸遠去的身影……

5

夏天來了，太陽長久地眷戀天空，鮮花不停地開謝，小草不斷地蔓延，就連低窪處的一個個小湖，也頻頻地霧氣蒸騰，不舍晝夜，加速著生命的進程，復甦的荒原更顯得欣欣向榮。

在一個青草稠密的土坡上，雌鼠大毛球正在認認真真地進食，兩隻小黑爪交替著將一根又粗又長的草莖送進嘴裏，兩對白晃晃的門牙便不停地開合碰撞，發出清脆的「咄咄咄」的響聲。牠那雪蓮花般的肚皮仍然凸著，不過，可不是第一胎，這隻多產的雌鼠，早就躲在地洞裏，安全生產出九隻小鼠，而牠們又一隻不少地長成了和母親一模一樣的小毛球。

現在，這些小毛球們就正在綠油油的草叢中鑽來鑽去，蹦蹦跳跳，同時發出此起彼落的「咄咄」進食聲。牠們似乎並不在意雌鼠大毛球在哪裡？在幹什麼？這些活潑的小東西只要一斷奶就具備了獨立生活的能力。假如不是因爲這裏的青草實在鮮美可口，假如不是因爲這裏的草叢隨時可以隱蔽，說不定牠們早就撇下那位一心孕育第二胎小鼠的母親，跑得無影無蹤了呢！

雌鼠大毛球似乎也並不計較兒女們的輕慢。牠的責任是將一批批的小鼠安全地送到這個世界上。至於牠們以後會怎樣，完全靠各自的造化，作母親的也確實無能爲力。不過，當雌鼠大毛球突然聽到小毛球們「吱吱」的尖叫聲時，牠還是立即扔掉吃了一半的青草，拖著沈重的肚皮，一蹦一跳地跑了過去。

土坡朝陽的一片黑土地上，側臥著一隻死狐。清瘦的四肢像四根柴棒一樣攤在地上，雪白的耳朵像兩片落葉似地貼著頭皮；眼睛微微張著，彷彿在期待什麼；長吻卻緊緊閉著，似乎已一無所求；乾癟的肚皮貼著後背，後背上藍緞子般的毛皮卻在閃閃爍爍，似乎在爲這具美麗的餓殍，呼喚著憐憫和同情。

兩隻小蟲飛來，在牠的頭上嚶嚶嗡嗡地唱著，用翅膀扇動著那對雪白的耳朵，牠一動不動。強勁的大風吹過，將牠像草團一樣從坡上吹落，牠順著土坡打了幾個滾，仍然在坡下僵臥。

當最初的恐慌過去之後，小毛球們陸續從藏身的草叢中鑽了出來，站在土坡上，排成一行，一齊閃動亮晶晶的小眼睛，注視著這個已經失去威風的龐然大物。

「吱吱！」一隻小鼠首先試探。死狐毫無反應。

「吱吱！吱吱！」九隻小鼠齊聲吶喊，死狐紋絲不動。

於是，九個小毛球一齊滾下土坡，開始攻佔龐然大物，重演當年雌鼠大板牙戲耍死雄狐的喜劇。

最初征服的當然是那條毛茸茸的大尾巴，牠的溫軟和富於彈性使捷足先登者發出驚喜的喊叫，使不甘落後者一個勁朝上擁擠。然而，尾巴雖大，怎能容下九隻小鼠？於是，大家同歸於盡，一齊滾落地面。

經過一陣吱吱的互相埋怨，再重整旗鼓，發動下一次進攻。如是三番，土坡下塵土飛揚，九個小毛球也都滾成了小泥蛋。最後，不知是因爲變得聰明，還是因爲有了強弱，九隻小鼠終於各自劃分了勢力範圍。尾巴上三隻，背部五隻，頭頂一隻。於是，大家各得其所，撫摸著溫軟光滑的狐毛，唱起了征服者之歌。

不過，這樣的割據並沒維持多久，尾巴上的總是想著背部的寬闊，而背部的又都想著頭頂的奇特，於是，又有了不安分和侵略，九個小毛球便重新滾成一團，從油光水滑的狐身上跌落下來。

起初，雌鼠大毛球只是站在土坡上閃動著亮晶晶的眼睛，並不時發出驚悸的叫聲。但後來，也許是看不夠小鼠們的開心，也許是耐不住藍緞子的誘惑，牠也從山坡上滾下來，加入了戲狐的隊伍。不過，牠畢竟有著沈重的身孕，所以沒有跳到狐身上去，而只是一時伸出小黑爪，在美麗柔軟的狐尾上摸摸，一時又伸出鬍子蓬蓬的小尖嘴在狐身上嗅嗅。當牠來到死狐的頭部，久久地盯著那個濕漉漉的長吻，似乎不知道該摸一摸還是嗅一嗅時。突然，死狐的眼睛像閃電般發出光芒，而那個濕漉漉的長吻便一口咬住了圓滾滾的雌鼠大毛球。

於是，死狐變成了藍雌狐，喜劇變成了悲劇。那九隻竭盡表演之能事的小鼠立即屁滾尿流，逃之夭夭。只剩下牠們的母親連同那一窩尚未出生的鼠崽，一起成了收場時的犧牲品。

藍雌狐儘管已經餓得前心貼著後背，卻並不將雌鼠大毛球吞食下肚，而只是叼著這個得之不易的獵物，邁著輕捷的步伐，越過一條又一條小溪，翻過一道又一道土坡。

當藍雌狐終於在那個曾經餓死過牠的六隻狐崽，如今又被青草鮮花點綴得生機盎然的土洞前停住時，三隻活蹦亂跳的小狐立即從洞中竄了出來。這些小傢伙身長只有三十公分，全都長出了白色和藍灰色的短毛。雖然還說不上懷揣浪花，肩披錦緞，卻也色彩分明，十分可愛。

和往常一樣，最先出洞的是小雌狐白耳朵。牠那一對酷似母親的雪白的耳朵，機警靈敏，有時竟勝過了藍雌狐。緊隨其後是一隻強壯的小雄狐，脖頸上一圈黑毛，像是戴了個黑項圈，似乎在顯示牠那不知去向的父親的特徵。第三隻小雌狐誰也不像，居然長了個藍瑩瑩的鼻頭。牠總是慢吞吞地跟在兩隻小狐後邊，反正每一次藍雌狐叼回的旅鼠總是輪流餵給每一隻小狐。

但是，這一回藍雌狐卻始終不肯鬆口，只是高高地昂著頭，轉著圈子，逗得三隻小狐餓不可耐地亂喊亂叫、亂咬亂撲。幾個回合之後，那個肥美的獵物終於被強悍的雄狐黑項圈搶到了。但是，正當牠準備借助前蹄撕碎小鼠時，一眨眼獵物便轉到了雌狐白耳朵的口中。於是，黑項圈立即撲過去，兩個短短的小吻同時將獵物咬住，鮮血一滴滴往下流。

起初，遲鈍的雌狐藍鼻頭只是發呆。等到牠反應過來，並且也撲過去時，可憐的雌鼠大毛球已被撕成兩半，兩隻小狐也各自吞下自己的一份，結束了戰鬥。幸虧地上還掉下一個紅通通的小肉球，也許是一隻尚未成形的鼠崽。這次雌狐藍鼻頭不敢怠慢，立刻伸出嘴巴去咬。但說時遲那時快，只見一隻狐蹄猛地打過來，藍鼻頭便撲了個空。當強悍的黑項圈毫不客氣地吞食戰利品時，雌狐藍鼻頭的眼瞼處卻滲出了殷殷的鮮血。

藍雌狐始終坐在一旁，對於這弱肉強食自相殘殺的一幕，不但不加阻止，反而看得津津有味，心滿意足。

直到三隻仍然饑腸轆轆的小狐，又一次圍上來乞討食物時，藍雌狐才站起身，抬起頭，望了望開始偏西的夏日，發出了全體出動的命令。顯然，三隻小狐的胃口越來越大，早已使牠難以應

付。所以，當短暫的秋天來臨之前，牠必須教會牠們捕捉旅鼠。而當漫長的寒冬到來之後，大家才可能各自謀生。

於是，迎著濕潤的海風，邁著輕盈的舞步，三隻快活的小狐緊跟在藍雌狐身後，彷彿是去一個盛滿了旅鼠的寶庫，敞開肚皮，大飽口福。

6

秋天來到的時候，藍雌狐的後代已開始自食其力，獨立爲營。多少天來，荒原用空曠教訓牠們，要塡飽肚皮不是件容易的事情。而藍雌狐又用行動教誨牠們，只要善用心計，就有可能成功。

幾天的分門立戶，雌狐白耳朵的日子過得好像還不錯。廣漠的荒原上，旅鼠的身影固然很少，可青草叢生的地方也不太多。只要埋伏在青草茂密之處，同樣饑餓的鼠狐就會狹路相逢。現在，像母親一樣美麗的雌狐白耳朵，就正抱著毛茸茸的長尾巴，瞇起亮晶晶的黑眼睛，安臥在一團密密的草叢中，等待著時運的降臨。

雌鼠長板牙在喪失了第一窩小鼠之後，不到一個月，又生下了一窩九隻鼠崽。這一次，牠總算接受教訓，將小鼠生在了安全的地洞裏。現在，九隻小鼠早已絨毛豐滿，並且帶著母親遺傳給牠們的長板牙，跑得無影無蹤了。於是，雌鼠長板牙又一次開始尋找雄鼠蓬鬍子，以便進行希望的播種。

不過，這一次尋找並不順利，天知道蓬鬍子跑到哪裡去了。所以，雌鼠長板牙只能不停地在青草叢生之處跑來跑去，以便一邊尋找一邊滿足進食的需要。

雌狐白耳朵聽見雌鼠長板牙吃草的「咄咄」聲時，二者的距離至多只有兩米。但是因爲青草又高又密，白耳朵很難辨明長板牙的準確位置。而等到牠躡手躡足地站起身，離開草叢時，窸窣聲卻暴露了牠的存在。「咄咄」聲便立即停止了。

一隻小蟲「嗡嗡」地飛來，落在雌狐白耳朵毛茸茸的尾巴尖上。於是，白耳朵放棄了尋覓，開始專心致志地捕捉尾巴上的小蟲。小蟲又「嗡嗡」地飛走了，可牠卻像沒看見似的，仍然傻呵呵地原地轉著圈子，不停地用前爪去撲自己的尾巴。

於是，「咄咄」的吃草聲又在草叢中響了起來。也許是過於專心，也許是耳朵出了毛病，雌狐白耳朵就像沒聽見似的，依舊在原地轉著圈子，不停地追撲自己的尾巴，彷彿此中有著無窮的樂趣。

終於，「咄咄」的響聲停止了，飽餐一頓的雌鼠長板牙先是躲在草叢中盯著雌狐的遊戲，亮晶晶的小眼睛一閃一閃的，彷彿在嘲諷。接著，趁白耳朵背過身去，牠便一下子竄出草叢，打算揚長而去。

但是，此時傻呵呵的雌狐立即恢復了機警和靈敏，一個箭步衝上去，只用一隻前掌，便將飽餐後的雌鼠按在了兩石夾縫之中。雌鼠長板牙「吱吱」尖叫起來，哀歎著牠那第三次播種，永遠成爲泡影。牠當然不會知道，此時此刻，雄鼠蓬鬍子也正在逃避雄狐黑項圈的追捕。

這隻恪盡職守的雄鼠蓬鬍子，沒日沒夜地在荒原上奔跑。從春忙到夏，從夏忙到秋。凡是有雌鼠的地方，就會出現牠的身影。凡是牠播種過的地方，就會有層出不窮的小鼠活動。假如有一天，荒原上的鼠族能夠繁榮昌盛，牠就該享有不滅的殊榮。但是現在，這隻功勳卓著的雄鼠卻正在逃命。

自獨立門戶以來，雄狐黑項圈也還算過得去。牠雖然不如雌狐白耳朵機靈，但身強力壯，四蹄生風。大凡被牠發現的旅鼠，只要不鑽地洞，都會被牠捉住。不過，今天這隻雄鼠蓬鬍子卻把牠蹓得夠嗆。足足有大半天，一小一大，一前一後，幾乎轉悠了大半個荒原，仍然沒有結果。要是別的北極狐，也許早就另謀他鼠去了。要是別的旅鼠，也許早就鑽了地洞。可這一回，兩個小冤家算是配齊了。一個是一根筋地窮追猛打，另一個呢？就算路過地洞也不往裏鑽。不過，也怪不得雄狐黑項圈，四條長腿跑不過四條短腿，還有什麼威風？當然，更怪不得雄鼠蓬鬍子，若是躲進地洞怕死貪生，又讓誰去播種？於是，兩雄相爭，便有了荒原上這場馬拉松。

現在，秋末的太陽已經西沈，奔跑的雙方也已經筋疲力盡，放慢了速度。看來雄鼠蓬鬍子是打算認輸了。當牠跑到那塊曾經棲過死雄狐的巨石旁時，便一頭鑽進了地洞。整整大半天的勞碌奔波，似乎就這樣結束了，無可奈何的雄狐黑項圈只好自認倒楣，掉頭而去。

然而，等到雄狐的身影剛剛消失在巨石後頭，雄鼠蓬鬍子竟又從地洞中鑽了出來。牠叫著、跳著，彷彿在慶賀自己的成功。然後，牠又用小黑爪洗了洗臉，準備再次踏上播種的征程。但是，就在牠轉身掉頭的一瞬，從巨石背後繞過來的雄狐黑項圈剛好張開血盆大口，一下子便咬斷了牠的喉嚨。

當雄狐黑項圈志得意滿地享用戰利品時，雌狐藍鼻頭正一愁莫展地守在另一個地洞口。幾天來，這隻遲鈍的小狐幾乎沒抓住一隻旅鼠。見倒是見過幾隻，追也倒追過幾次，但總是跑不了多久，便會丟掉了目標。每天，牠都要去小湖邊灌一肚子清水，以緩解難耐的饑餓。而今天，當牠又一次來到小湖邊時，也許是老天爺保佑，竟然從牠的身後傳來「吱吱」的叫聲。牠立即轉回頭：一個毛茸茸的小鼠，一雙亮晶晶的眼睛。可是，當牠伸出爪子去捕捉時，那隻小鼠卻已鑽進地洞，消失了蹤影。

饑腸轆轆，而又失之交臂，藍鼻頭焦躁不安地圍著地洞口轉起了圈圈，彷彿這樣就能把小鼠趕出地洞。最後，牠那虛弱的身體終於走不動了，也站不住了，牠便緊挨著洞口趴下來，用一雙黑亮亮的眼睛盯著洞口，彷彿在痛下決心，只要再有小鼠露頭，便不顧一切地朝上撲。

於是，雌狐藍鼻頭就這樣耐心地等待著。太陽升起又落下，牠全神貫注，一動不動。太陽再次升起又落下，牠強打精神，一動不動。當太陽第三次升起又落下時，藍鼻頭終於眼一閉頭一

徧，永遠地一動不動了。這隻不幸的小雌狐，直到餓死也沒弄明白，地洞本是四通八達的，天知道有多少個洞口。況且，像牠這樣貼著洞口守候，即使膽大包天，又有誰敢露頭？

太陽第四次升起時，藍雌狐看見了藍鼻頭已經僵硬的屍體。牠似乎沒有太多的悲哀，只是默默地低著頭。也許牠十分清楚，像藍鼻頭這樣不能自食其力的小狐，根本無法熬過嚴冬，夭折只不過是早晚的事情。

當藍雌狐終於抬起頭來的時候，只聽見一陣歡呼和奔跑聲。兩隻活蹦亂跳的小狐，正從太陽升起的方向朝牠跑來。每一個尖尖的小吻裏，都叼著一隻毛茸茸的旅鼠……

7

第三年是個吉祥的年頭，等不到溫暖的季風吹來，紅通通的太陽便躍出地平線，用光芒四射驅趕著漫漫黑夜，用熱氣升騰消融著千里冰封。彷彿和太陽呼應，這一年的荒原也甦醒得格外神速。還等不到陽坡上的積雪化完，一片片綠茸茸的小草，一叢叢繽紛的鮮花，便爭先恐後地冒了出來，搖曳著金色的陽光，吸吮著晶瑩的朝露。

要不了多久，那一面面明鏡似的小湖便被淡黃的雛菊、淺藍的風信子、深紫的石楠和粉白的僧帽花鑲上了倒影斑斕的花邊。而坡上坡下那些斑駁陸離的石頭，又被茂密的青草淹沒得乾乾淨淨，只剩下幾塊寥若晨星的巨石，遙相呼應，像是綠海裏蕩漾的小舟。

在上一年那株戰戰兢兢地報春又委委屈屈地夭折的雛菊站立的地方，盛開出漫漫一片淡黃色的花朵，光彩奪目，朝氣蓬勃，像是在顯示大地的慷慨和寬容。

從上一年雌鼠大板牙帶領長板牙、大毛球和蓬鬍子鑽出的地洞口，腳跟腳又鑽出一隻老鼠和九隻小鼠。其中，那隻老鼠和五隻小鼠已經懷孕，拖著沈甸甸的肚子，炫耀著自己的性別。十隻旅鼠全有著長長的門齒，無庸置疑，是雌鼠長板牙後代中的一支。也就是說，當年那隻從死滅中掙脫出來的雌鼠大板牙，已經有了第三代和第四代子孫。

現在，六隻雌鼠毫不猶豫地直奔那片美麗的雛菊，一眨眼的功夫，便淹沒在淡黃色的鮮花叢中。再一眨眼的功夫，花叢中便響起了短促急速的「咄咄」聲。置身在大自然的慷慨與寬容裏，負重累累的雌鼠們又怎能不盡情地享用，以便迎接大板牙家族第四代和第五代的同時誕生？

不過，四隻小雄鼠卻顯得心不在焉。起初，牠們只是就近啃食青草。但不一會兒功夫就停止了進食。一隻仰頭，望著溫暖的太陽；一隻伸頸，巡視起伏的草浪；一隻側耳，聽著雛菊叢中的歡快；一隻齜牙，叫出無所事事的焦急。顯然，雄鼠蓬鬍子的後代，都繼承了父親恪盡職守的性格。而踏遍荒原，辛勤播種，便成了四隻小雄鼠不約而同的行動。

踏著坎坷的石子路，鑽過茂密的青草叢，在上一年九鼠戲狐的土坡上，四隻小雄鼠終於找到了六隻雌鼠，一大五小，六個圓滾滾胖乎乎的毛球，一看便知是雌鼠大毛球後代中的一支。遺憾

的是六個毛球實在是太胖太圓了，一看便知是些懷了孕的雌鼠。

再一次踏著坎坷的石子路，再一次鑽過茂密的青草叢。在上一年雄鼠蓬鬍子中計的巨石旁，一大五小又是六隻雌鼠，長長的門牙，顯然出自雌鼠長板牙的家門，而那清一色凸起的肚子，又顯然使四隻小雄鼠毫無用武之處。

日復一日，在坎坷的石子路上，四隻小雄鼠碰到過多少雄鼠，急匆匆，火燎燎，大家交臂而過，甚至顧不上打個招呼。

日復一日，在茂密的青草叢中，四隻小雄鼠尋覓過多少雌鼠，可牠們又都大腹便便，悠然自得，根本不屑於和誰招呼。

寂寞啃噛著播種者的熱情，失望疲憊了雄鼠們的腳步。難道當年令雌鼠大板牙遍尋荒野而不得的雄性，竟成爲多餘？難道曾經使雄鼠蓬鬍子爲之喪命的播種事業，將無以爲繼？

好在這樣的情形並沒有維持多久。畢竟，大板牙家族的雌性，也是播種者蓬鬍子的後代。當四隻小雄鼠再一次回到小湖邊那一片淡黃色的雛菊叢旁時，奇妙的情景出現了。那一老五小六隻雌鼠仍然在盡情享用大自然的恩賜，卻不再大腹便便，也不再悠閒自得。那些傳自附近的地洞口或石縫中，此起彼伏，經久不息的「吱吱吱」的哭叫聲，時時令牠們側耳細聽，頻頻令牠們來往奔波。而更加奇妙的是，在每一處發出吱吱哭叫的地方，都有一窩九隻粉紅色的小生命，在呼喚著哺育，在渴望著成熟。也就是說，在四隻小雄鼠勞碌奔波的二十天中，牠們這個家庭的成員，便由十個變成了六十四個。

小雄鼠們大概是被自己的收穫驚呆了，站在地洞口或石縫邊，只是轉動亮晶晶的眼睛，竟然忘記了自己的職責。於是，小鼠崽們更加起勁地哭叫，彷彿在譴責雄鼠們的久出不歸。而雌鼠們也拼命地散發出特別的氣味，彷彿在清除自己過去的冷漠。於是，播種者的熱情被點燃了，立即加入了一個個溫馨的家庭，開始了第二次播種。

也許是撩起了激情，也許是習慣了奔波，剛剛為六隻雌鼠播種完畢，四隻小雄鼠便又踏上尋覓雌鼠的征程。

二十天後，當四隻小雄鼠終於又返回自己的家庭時，那片淡黃色的雛菊花叢已經參差不齊，足足有五十四隻毛茸茸的小鼠在裏面翻滾著、啃食著。而從那六個熟悉的地洞口和石縫中，又傳出來五十四隻新生鼠崽的大合唱，抑揚頓挫，高低起伏，像是在歡迎及時趕回的播種者，又像是在歡慶家庭成員超過一百個。

這一回，四隻小雄鼠不再驚奇，也不再猶豫。一邊「吱吱」叫著加入了鼠崽們的大合唱，一邊來到勞苦功高的雌鼠們身旁，開始了第三次播種。

不過，當四隻小雄鼠完成了又一次的勞碌奔波，回到自己的大家庭時，這些恪盡職守的播種者卻又一次驚呆了。已經沒有了淡黃色花朵的雛菊叢中，仍有五十四隻毛茸茸的小鼠在殘存的葉莖中翻滾、啃噬，這不足為怪。六個熟悉的地洞口和石縫中，又傳出五十四隻新生鼠崽的大合

唱，這也不足爲怪。意想不到的是，在小湖邊另一片散發著幽香的石楠叢中，那第一批出生的二十七隻雌鼠已經大腹便便，其餘的二十七隻雄鼠，則閃動著亮晶晶的小眼睛，彷彿在誇耀自己播種的成果。又彷彿在奇怪牠們這些樂於奔波的父輩爲什麼回來？回來幹什麼？

很難說清四隻雄鼠是爲播種隊伍的壯大而高興呢，還是爲播種權被剝奪而困惑，因爲牠們還來不及有所表示，從天空中傳來的一聲尖嘯，便攫住了牠們的注意力。

雪鴞回來了。這些因爲荒原的死滅而不得不遠走高飛的猛禽，畢竟是故土難離。在那些遙遠陌生的土地上，在那些背井離鄉的歲月裡，牠們沒精打采，甚至不願繁衍後代。而當牠們從一陣風，或一陣雨，獲得了荒原昌盛的訊息時，便成群結隊迫不及待地回來了，像是一片片疾馳而來的白雲。

雪鴞的尖嘯和翩翩起舞，使荒原的天空顯得生動，也給雌鼠大板牙的家族帶來了恐怖。雌鼠們更多地待在地下。雄鼠和小鼠則鑽進了更加茂密的草叢。但是，雪鴞們似乎並不急於覓食，只是像片片悠閒的浮雲，一圈又一圈地在高空中盤旋，彷彿要和這海風、這花草，特別是這些毛茸的旅鼠，敘一敘闊別重逢的思念之情。

於是，四隻恪盡職守的雄鼠不再安於躲避。畢竟牠們是播種者蓬鬍子的後代，繼承了勞碌奔波的性格。但是，當牠們剛剛離開草叢，一片悠閒的浮雲，便像箭似地俯衝下來。隨著一陣「吱吱」的尖叫，四個始終不渝的播種者就只剩了兩個。

這是一隻俏麗的雌鴞，大概不滿於雪白羽毛的單調，尾羽上就多了幾條棕色的橫紋。不過，儘管俏麗，卻不失鴞類的雄風。不僅展翎凌空時是赫赫醒目的龐然大物，即使縮緊了羽翼，蹲伏在土坡上時，牠的身長也有六十公分，抵得上一隻壯年的北極狐。何況牠還有一個闊面大頭，一雙炭精似的眼睛，一對鐵鉤似的利爪，一副鋼刃似的彎嘴。尤其不可忽視的是牠捕食時，不僅百發百中，還能左右開弓。

在完成了對兩隻雄鼠的「思念」之後，這隻橫紋雌鴞又起飛了。仍然像一片浮雲，將牠的倒影投進一個個明鏡似的小湖。不過，這一次牠飛得極其遼遠和舒緩，像是在考察著鼠族興旺的程度，以便決定繁衍後代的數目：兩個還是六個？

當最初的驚懼過去之後，兩隻不識時務的雄鼠又上路了。於是，牠們又成了橫紋雌鴞捕食的對象。不過，這一次不是似箭的俯衝，而是以太陽爲圓心，以太陽和兩隻雄鼠的距離爲半徑，閃電般地在湛藍的蒼穹上，劃出一段美麗的弧線。

就在兩隻雄鼠成爲橫紋雌鴞美味佳肴的同時，荒原上近百隻勞碌奔波的雄鼠，也都成了雪鴞們手到擒來的獵物。可憐這些承上啓下爲鼠族的興旺奠定基礎的雄鼠，全部葬身鴞腹。可憐那些坎坷的石子路上，一代恪盡職守死而後已的播種者，從此消失了蹤影。

於是，暫時滿足了對鼠族的「思念」的雌鴞們，安靜地臥伏在這裏或那裏的土坡上。幾乎每個溫軟的腹下，都有六個圓滾滾的鴞卵，在等待著發育成熟。毫無疑問，在這個處處都顯示出勃勃生機的荒原上，牠們決無理由不迅速壯大自己的種族，況且，這不也是在爲荒原的昌盛盡一份職能嗎？

8

在水光瀲灩的小湖邊，四隻雄鼠的家庭並沒有因爲失去奠基者而蕭索。當那二十七隻小雄鼠確立了自己繼往開來的地位時，牠們驚異地發現，轉眼之間，牠們的家族成員已由幾十個猛增至幾百個。於是，牠們不再長途跋涉，光是爲自己的家族播種，就夠牠們忙碌的了。況且，荒原上所有的大毛球和長板牙的後代，都在迅速壯大自己的家庭，而家庭之間也開始彼此相連，又哪裡還有牠們縱橫馳騁的天地呢？毫無疑問，蓬鬍子和四隻雄鼠恪盡職守、勞碌奔波的時期已經結束，二十七隻雄鼠養精蓄銳、安居樂業的時期從此誕生。

美麗的藍雌狐就是這時出現在小湖邊的。牠的身後緊跟著十四隻天真活潑的小狐。顯然，在這繁榮昌盛的年代裏，歷經磨難的藍雌狐也選擇了自己的最高生育數。

十四隻毛茸茸的小狐可是支不小的隊伍，當牠們蹦蹦跳跳地簇擁在母親周圍時，正值壯年的藍雌狐便顯示出從未有過的豐滿和光澤。不過現在，牠可不是爲了炫耀自己的收穫才率隊出遊的。像上一年一樣，當天空的太陽一點點向海面靠攏，當溫暖的海風一點點變得乾爽和清涼的時候，牠便感到了秋去冬來，必須教會小狐自食其力的緊迫。然而，今天牠需要調教的不是三個而是十四個。牠的辛勞將是去年的四倍多。而且這十四隻小狐雖然相貌近似，卻仍然存在著強悍者、機敏者和遲鈍者的差異。牠們當中又會有多少適者生存，多少不幸夭折呢？經歷過無數次災難的藍雌狐似乎沒有表現出更多的憂慮，牠只是閃動著一雙黑亮亮的眼睛，安靜地望著淡藍色的小湖。彷彿在哀悼那一年因爲固執不喝湖水而餓死的小狐崽，又彷彿在思考著應該首先示範哪一種謀食的本領：是裝死躺下？或者引鼠出洞？還是欲擒故縱？

也許是雛菊叢裏「咄咄」聲的震耳欲聾，也許是先天十足耐不得安靜，還等不到藍雌狐有所示範，十四隻首次出獵的小狐便迫不及待地採取了行動。那些像雄狐黑項圈一樣的強悍者，像離膛的子彈般衝向茂密的雛菊叢。頓時，便有上百隻大鼠和小鼠倉惶逃竄。

不過，要從其中的措手不及和動作緩慢者中獵食，仍似探囊取物一般輕鬆。而那些像雌狐白耳朵一樣的機敏者，卻並不衝進花草叢中。牠們只是悄無聲息地臥伏在花草叢邊，等到那些昏頭昏腦的逃命者來到面前，只要瀟瀟灑灑地伸出一隻前腿，小鼠們就會乖乖地翻著跟頭，落入牠們的口中。

當然，那些像雌狐藍鼻頭一樣的遲鈍者，還是一動不動地守候在一個個地洞口，但牠們的命運卻和藍鼻頭大有不同。要知道，每時每刻都有那麼多斷奶的小鼠急於出洞謀食。每時每刻又有那麼多驚慌的大鼠急於進洞逃命。守住洞口猶如卡住了鼠群活動的咽喉要道，還怕沒有走投無路

者的自我犧牲？

十四隻小狐的忙忙碌碌自得其樂，看呆了一旁的藍雌狐。牠那雙黑亮亮的眼睛裏，又裝滿了驚喜和狐疑。兒女們的各行其是且收穫甚豐，免去了牠的辛勞，也消除了牠的擔憂。而那些成群結隊四處奔跑的旅鼠，更給了牠家族興旺的保證。也就是說，儘管牠的兒女中仍然存在強弱智愚的差別，但牠們靠自食其力熬過寒冬的好運卻會相同。唯一可惜的是，牠那一套套精湛的捕獵技巧已無法向小狐們傳授。可是，既然無所用心便能飽食終日，要那些挖空心思的技巧又有什麼用？

不過。這樣的情形沒能維持多久。也許是那二十七個播種者來來往往的忙碌引起注目，也許是那二十七隻安居樂業的雄鼠養出的肥碩個頭顯得突出。反正，那些飽食終日的小狐們，已不再滿足於無所用心。而那些各行其是的捕獵，也有了不約而同的選擇。於是，那些闖進花草叢中的強悍者，專門盯住二十七隻跑得最快的雄鼠，窮追不捨，彷彿是爲了顯示自己奔跑的速度。而那些埋伏在花草叢外的機敏者，即使攔截到別的小鼠也要放生，似乎只有二十七隻最肥的雄鼠才值得牠們張口，至於那些守在地洞口的遲鈍者們，也不急於讓小鼠或雌鼠倒了胃口。只要耐心等候，自然有二十七隻雄鼠中被追殺得無路可逃者自投羅網，使無能者也分享到獵食強壯者的快樂。

假如說當初那四個勞碌奔波的奠基者的去世，不曾給家庭帶來任何影響的話，現在這二十七個安居樂業的過渡者的喪生，更沒有引起任何關注。因爲就在牠們被剿殺的同時，那二十七隻雌鼠生下的一百二十隻雄鼠已經成長爲大板牙家族中的第五代播種者，而其餘的一百二十三隻雌鼠也已經大腹便便。也就是說，一旦牠們分娩，長板牙後代中的這一支，不論是播種者還是分娩者，都會以數以千計的數目遞增。而到了入冬前後，這個只有十隻小鼠的家庭，便可達到上萬隻的繁衍數。與此相比，不要說二十七隻雄鼠的消失，就算十四隻小狐撐破了肚皮，不也是微不足道的嗎？

一百二十隻雄鼠的時期是劃時代的時期，一百二十個播種者的生活方式自然便有所不同。牠們絕不會像四隻雄鼠那樣恪盡職守，勞碌奔波。在牠們這個家庭的周圍，不論是雌鼠大毛球還是雌鼠長板牙後代中的任何一支，都已經像牠們一樣，迅速膨脹，幾乎給風吹草低的肥沃土地鋪上了一層棕黃色的毛皮植被。

那震撼大地的「咄咄」聲，彷彿氣勢洶洶的磨刀霍霍聲，在威懾著敢於進犯者。那刺破青天的「吱吱」聲，又恰似如醉如癡的自我謳歌，在排斥著好事者。既然如此，這一百二十位劃時代的播種者，又有什麼必要去自討沒趣呢？不僅如此，即使在自己家庭的範圍內，這一百二十隻雄鼠也用不著像那二十七隻雄鼠一樣養精蓄銳，安居樂業。因爲就在牠們的身邊，幾乎每天都有新的播種者和孕育者在產生。也就是說，假如牠們高興，一扭頭或者一轉身就會找到播種的機會。假如牠們不高興，那些順天應時的播種，也不會因此而延誤。既然如此，牠們又何必煞有介事地

端著一副播種者的架子呢？於是，隨遇而安，自得其樂，便成了一百二十隻雄鼠的生活原則。

9

當操勞過度的太陽由於形容倦怠而變得蒼白時，紛紛揚揚的雪花便開始飄落下來。似乎是爲了體恤同樣疲憊不堪的大地。荒原上的花草也不再開合生發，漸漸地變枯變黃。而終於倒伏在地，成爲來年開合生發的肥力。瀲灩的湖面很快結上一層冰，以便接過厚厚的雪被，做一個漫長的好夢。

在秋天裏被旅鼠餵養得腦滿腸肥的北極狐，多半躲進背風的土洞裏，慢慢地享用自己的貯備。而目空一切的雪鴞則常常蹲伏在積雪的土坡上。一團團的雪白，襯著灰暗的天幕，兩隻炭精似的眼睛，莫測高深地閃爍，彷彿又在抒發對荒原冬景的思念之情。

偶爾，雪地上留下兩行樹椿砸過似的深坑。那是笨重的黑獾，憑著厚厚的皮毛和脂肪，全然不顧零下三十度的寒冷。不過，那個具有壓倒多數的種群，那些爲秋天的荒原世界換來熱火朝天和皆大歡喜的旅鼠們，如今，卻不見了蹤影。當然，這個經過幾代播種者艱苦卓絕的努力而終至發達昌盛的鼠族，絕不會在寒凝大地中化爲烏有。倒是那大地深層的溫暖，給了牠們別有洞天的去處。

在小湖邊，年初從洞中鑽出的六隻雌鼠，已經相繼謝世。在短促的一生中，牠們含辛茹苦，活到老生到老，分別留下八窩或者九窩小鼠。又由於小鼠們的繼往開來共同努力，到歲末時，這個小小的家庭便已盛況空前。即使不算壽終正寢和不幸夭折者，也達到了近萬隻的總數。現在，牠們也和大板牙家族的其他成員一起，全部轉入了地下，打發著漫長的寒冬。

地下的洞系雖然縱橫阡陌，但畢竟不如地面上開闊。慣於四處亂竄的旅鼠們也便收斂了許多。一個個由大腹便便的雌鼠和未成年的小鼠組成的小團體，互相間隔一段距離安頓下來。要是餓了，洞壁上有蛛網一樣密布的草根，雖然不如花草鮮美，總可以隨吃隨有、管飽管夠。要是寂寞，這裏或那裏，近處或遠處，有交響起伏的新生兒之歌，儘管洞中黑成一片，也能見到家庭的興旺蓬勃。

成年的雄鼠們卻是難得安定。牠們成群結隊地來到地洞口。洞口有新鮮的空氣，還有明亮的天空。儘管隔著一尺多厚的積雪，仍能聽到呼嘯的寒風。不過，更有意義的是，牠們可以從洞口開始，在積雪與凍土之間，向四面八方掘洞。積雪十分疏鬆，掘起來毫不費力，權當是發洩精力，活動筋骨。凍土表層有凍不死的地衣或者苔蘚，食之有味又強過乾巴巴的草根。有時候，兩個掘進者頭頂頭地碰上了，便「吱吱」地打個招呼。有時候，寒氣侵透了肌膚，雄鼠們便回到地洞中，遛上一圈，或許恰好聽見小鼠在出生，或許恰好聞見雌鼠需要播種。這些數以千萬計的播種者蓬鬍子的後代，就這樣悠哉遊哉地打發著枯寂的寒冬。

但是，好景不常。不知從哪一天起，掘進者們互相碰頭的次數越來越多，而地面上能夠找到的地方和苔蘚卻越來越少。到最後，終於連一絲一片也找不到了。於是，當兩個或更多的掘進者頻頻碰頭時，便有了瞋目而視和憤怒的叫聲。彷彿在責問對方，把那些可口的美味弄到哪裡去了？當然，就算叫啞了嗓子也無濟於事。那麼，與其在地面忍饑挨凍，倒不如回到地洞中去享享清福。只可憐雪下那一片遼闊的荒原，被雄鼠們的長板牙來來回回、一遍數遍地鏟過之後，像是生生被揭了一層皮。沒有了過多的植被，沒有了整潔的雪衣，只有些千瘡百孔的雪洞，袒露出遍體鱗傷的黑土，在凜冽的寒風中發抖。

地洞中的情形似乎也很不妙。那些儘管含辛茹苦，卻依然身強力壯的雌鼠，也同樣需要發洩精力和活動筋骨。而牠們別無選擇的方式，便是加倍努力地生育。漸漸地，一窩又一窩小鼠擴展著以雌鼠爲中心的小團體的地盤。沒過多久，數以千萬計的新生小鼠便潮水一般塡滿了地洞的每一個角落。所以，等到出遊地面的雄鼠們打算重歸故里時，地洞中竟然已經沒有了牠們的插足之地。於是，成群結隊的雄鼠前呼後擁，橫衝直撞擠進地洞。讓小鼠們去吱吱喳喳地喊叫，讓雌鼠失去分娩的安寧，讓灌滿地洞的潮水變成黏稠的稀粥。

不過，終於有了一角棲身之地的雄鼠們，很快又發現了新的危機。那些曾經像蛛網一樣密布在洞壁上的草根，早已被啃食一光。剛剛斷奶的小鼠餓得「吱吱」哭叫，大腹便便的雌鼠在勉爲其難地啃著黑土。毫無疑問，雄鼠們的歸來，恰似二月刮春風。儘管挖掘土洞比打雪洞要艱難得

多，但只要有草根的誘惑，牠們就會勇往直前，攻無不克。何況，牠們還有始祖大板牙遺傳下來的一雙堅硬碩大、且磨且長的大門牙呢！

於是，小鼠和雌鼠們有福了。牠們一窩蜂地跟在勇往直前的雄鼠後邊揀食著現成的草根。而攻無不克的雄鼠們也似乎頗有大將風度，讓這些不勞而獲者盡情享用。於是，虛弱的小鼠們迅速成長，充實了播種者和孕育者的隊伍。而大腹便便的雌鼠們則及時分娩，呼喚著更多更好的播種。於是，那些曾經像一盤散沙似的家庭成員，突然變得親密無間，相依爲命。而那些老死不相往來的家庭之間，便由於新地洞的溝通，有了水乳交融的關係。

但是，突然有一天，雄鼠們發現，地下的土層越來越疏鬆，洞壁上的草根也愈來愈稀少。毫無疑問，是千千萬萬個始祖大板牙的勇士們，爲這片廣袤的荒原，來了一次全面細緻的雪下牙耕。當然，只要洞壁上還有草根，就還有再次耕作的必要。不過，由於草根的稀少，勇往直前的雄鼠們便不再那樣慷慨大度了。牠們開始且掘且吃，難得爲後來者留下殘餘。而且在洞與洞的溝通之處，牠們還要爲哪怕半截草根打得頭破血流。於是，雌鼠和小鼠們不再毫無希望地跟在雄鼠們身後。既然土層已經變得疏鬆，既然牠們也有著始祖大板牙遺傳的功能，牠們爲什麼不能自食其力呢？

隨著草根的愈見稀少，大板牙家族中曇花一現的相依爲命和水乳交融宣告結束。於是，大家自力更生，發憤圖強，開始了一場更爲聲勢浩大的牙耕運動。

然而，這樣的日子仍然沒過多久。因爲儘管生活日見艱窘，大板牙家族的成員們卻一刻不曾延誤分娩和播種。由於一批接一批數以千萬計的小鼠的出生和長大，使灌滿地洞的黏稠的稀粥更加膠著起來。於是，忍無可忍，一場比牙耕運動更具威力的排擠運動開始了。

在雄鼠們的帶領下，這裏或那裏的鼠群開始陣發性地向著某一個方向擁擠。雖然每一次擁擠都有鬼哭狼嚎，都有被踩死踩傷者。但每一次擁擠之後，便會擠出一點空間，供小鼠們盡情呼吸，雌鼠們及時分娩，雄鼠們繼續牙耕。直到空間又一次被塡滿時，大家便齊心合力，再來一次定向排擠。

雖然每一次排擠間隔的時間越來越短，花費的力氣也越來越大，但大板牙家族的成員們卻又一次神奇地達成了相依爲命，水乳交融。況且，這種奮不顧身的拼力衝擊，不也是一種頗爲有效的活動筋骨和發洩精力的方式？

只是，靠近地洞口的旅鼠們倒楣了。每一次排擠之後，總有那麼幾個乃至十幾個像擠牙膏一樣被擠出地洞。起初，這些可憐的小東西還在雪地上蹦著跳著，企圖另尋一個可以棲身的去處。但是，還等不到牠們有所發現，呼嘯的寒風便把牠們凍得梆硬，一團團地陳列在一望無垠、潔白無瑕的雪地上，成了祭祀蒼天的犧牲品。

最先發現這些犧牲品的是雪鴞。牠們立刻從莫測高深的玄想中解脫出來，三五成群地呼應著，展開巨大的翅膀，在高空中盤旋，滑翔，起伏。直到看清了那些犧牲的內容和出處，這才分別選中一個地洞口降落下來。

似乎是對蒼天的敬畏，雪鴞們絕不去碰那些凍得梆硬的死鼠，只是耐心地像一個個雪堆似地守在洞口。當然，用不了多久，地下的排擠運動就會乖乖地把一批又一批鮮活肥碩的旅鼠送到牠們面前。於是，守洞待鼠的獵手們欣喜若狂，將那些唾手可得的獵物或叼在嘴裏，或抓在爪子上，又一次展開巨大的翅膀，在高空中飛舞，尖嘯著來往穿梭，慶賀這冬天裏的盛宴。

躲在土洞中的北極狐和艱難跋涉的黑獾，就是被一陣陣歡呼聲召來的。毫無疑問，牠們立刻加入了守洞待鼠的隊伍。說來也巧，美麗的藍雌狐和俏麗的橫紋雌鴞恰好選中一個洞口。也許是美對美的吸引？起初，藍雌狐對橫紋雌鴞還存有幾分畏懼，那副像彎刀利刃似的鴞嘴可不是好惹的。所以，牠不但和洞口保持一定距離，而且要等到鴞嘴裏叼上一隻旅鼠時，才有所行動。

但是後來，也許是由於滿足，也許是由於謙讓，橫紋雌鴞突然在高空中盤旋一圈之後，便遠遠地落在一道凸起的雪崗上，再也沒有回來。這時，藍雌狐才毫無顧忌地靠近洞口。不僅看清了小鼠們湧出時的精彩場面，還能挑揀兩隻肥碩者咬得半死，再送回自己的土洞。

在離牠們不遠的地洞口，守候著一隻笨重的黑獾和雄狐黑項圈。這隻強悍的小雄狐可不像牠的母親，確實有點天不怕地不怕的勁頭。儘管兇惡的黑獾發起怒來可以把牠撕得粉碎，但是當第一批小鼠湧上洞口時，牠竟敢勇猛地撲上去，捷足先登。不過也怪，大概被寒冷凍僵了頭腦，笨重的黑獾並沒有發怒。牠只是愣了片刻，便去捉已經跳到雪地上的小鼠，並且心滿意足地大吃大

嚼起來，顯示出空前的豁達大度。

這實在是個奇異的冬天，白雪皚皚的荒原一掃往年的寂寥，狐類、鴞類和獾類也一掃平時的隔閡。儘管荒原上冬天的白晝短暫得像天邊的彩虹。但是，只要有一抹晨曦，一縷暮靄，遼闊無邊的雪原上，就到處都有飛起飛落、奔來跑去的身影在大吃大嚼、同喜同賀。

這實在是個奇妙的世界，大地成了取之不盡用之不竭的食品倉庫，天空成了舞也不夠唱也不絕的娛樂大廳。假如秋天裏的荒原已算得熱火朝天皆大歡喜的話，這冬天裏的世界才真正是樂趣無窮美不勝收呢！

10

第四年的春天來自大地深層。當冬末的太陽還沒睜開惺忪睡眼，當晶瑩的冰雪尚未化作淙淙溪流，從廣漠的荒原上，從成百成千個地洞口，便源源不斷地冒出了一團團、一股股棕黃色的春潮。這春潮汪洋咨肆，氾濫縱橫。似鼎水沸騰，喧喧嚷嚷，吵得九天之上不得安寧；似萬馬奔騰，浩浩蕩蕩，驚得九泉之下莫不惶恐。於是，太陽睡意全消，獨目圓睜，發出萬丈光芒。於是，積雪匆匆融化，爭先恐後，投進小湖的懷抱。而那些整整一個冬天都在雪原上載歌載舞其樂無窮的食鼠動物們，也被這來勢洶洶的春潮嚇懵了頭。雪鴞們騰空而起，在天上久久地盤旋，像是變成了永不降落的白雲。北極狐和黑獾們則驚恐地爬上寥寥可數的幾塊巨石，彷彿大難臨頭一般，低聲哀鳴著，乞求上蒼的保佑。

於是，春潮更加肆無忌憚地氾濫，淹沒了黑色的泥土，吞食了斑駁的石頭。轉眼之間，遼闊無邊的荒原大地，便成了黃濤洶湧濁浪翻滾的一片汪洋。

這是一次旅鼠種群的大閱兵。茫茫荒原，浩浩蒼天，養育了世間萬物。然而，不論是天上飛的，還是地上跑的；不論是強大如黑獾，還是弱小如飛蟲。又有誰能組織起這樣的百萬雄師，以其磅礡氣勢震撼蒼天大地，以其雄壯聲勢威懾芸芸眾生？

這是一次大板牙家族的大聚會。不到四年的時間，由幾乎絕滅走向繁榮鼎盛，由孤單單的一個演變成十萬百萬之眾。這其中凝聚著幾代播種者的恪盡職守？幾代孕育者的茹苦含辛？這其中的悲歡離合、苦辣酸甜又有誰能說得清？

這是一次對繁衍和生命的大禮拜。有過多少次窮追不捨和死裏逃生？又有過多少次殘酷的圍剿和慘重的犧牲？但是，只要荒原上還存在播種者和孕育者，繁衍就不會停止，生命就能夠昌盛。而那些在大禮拜中誕生的幼鼠的叫聲，不正是一曲感天動地的讚美歌？

假如不是因爲饑餓，假如饑餓不是壓倒一切的本能，這場聲勢浩大的集會也許很難終止。但是現在，不論是老一輩還是新一代，不論是播種者還是孕育者，都各自開始了覓食行動。於是，大閱兵立刻亂了陣容，大聚會隨之分崩離析，而大禮拜也只有到此結束。

然而，找遍了地上地下，尋盡了湖邊石縫，遼闊的荒原上竟找不到一點充饑之物。抑或也有那麼幾根倖存的草根萌發出綠芽，也還不夠少數幸運者塞牙縫。

是烈烈驕陽不再哺育大地，還是茫茫大地不再滋生萬物？是春天不肯回歸荒原，還是造物主不再體恤蒼生？

饑腸轆轆的旅鼠們不肯相信眼前的事實，百萬雄師又開始了聲勢浩大的覓食運動。搬得動的石頭，全部被掀翻。搬不動的石頭，也要在周圍犁出一道深溝。地上的黑土自然是一遍遍地翻耕，地下的黑洞也要無數次橫豎改徑。甚至爲了湖面上一縷莫須有的綠色幻影、幾層漣漪，也會有成群的赴湯蹈海者躍入水中。

於是，一塊塊鬆動的石頭倒下來，將不及躲避者壓成肉餅。一處處懸空的泥土塌下去，成爲正在掘洞者的墳墓。而在那一個個冰冷刺骨的湖面上，則鋪滿了未曾果腹先成殭屍的冤魂。可憐的旅鼠們，用牠們慘不忍睹的自我戕害，哀求著蒼天的憐憫和施捨。

然而，那個慷慨寬容的世界彷彿已不復存在。天空依然驕陽烈烈，荒原依然寸草不生，春天依然無蹤無影，造物主依然冷漠無情。只有天上浮動的雪鴞發出刺耳的尖嘯。只有擁擠的狐群和獾群跳下巨台。而且就連牠們的有所反應，也僅僅是因爲饑餓，而並非出於感動。

當然，和旅鼠們的鑿穿荒原而不得恰恰相反，食鼠類的覓食活動，簡直輕鬆得像在小湖中飲水，在荒原上撮土。不過，也許是食物來得實在太容易，也許是漫漫黃潮鋪蓋得毫無活動餘地。

這些吃飽喝足的食鼠類便有了過剩的精力需要發洩。而這發洩的對象，除了鑽上鑽下奔來跑去的旅鼠們，還能有誰呢？

在上一年曾經盛開出大片淡黃色雛菊和紫紅色石楠花的那個小湖邊，機靈的雌狐白耳朵正在和一隻毛皮光亮的旅鼠做遊戲。那是一隻長得酷似始祖大板牙的雌鼠。胸前一朵盛開的雪蓮花，托著尖尖的黑色下頜，身上一團什色的長毛紮成一個毛茸茸的繡球。又尖又圓的耳朵埋在茸毛中，又長又硬的鬍子翹出臉頰邊，再加上兩對鑵子似的特大門牙，活脫脫就是始祖大板牙再世。

不過，現在牠正被雌狐白耳朵銜在嘴裏，「吱吱」尖叫著，絲毫也沒有當年大板牙和藍雌狐對峙時的那股神氣。

不過，雌狐白耳朵倒也不像當年的藍雌狐那樣垂涎欲滴。牠根本不打算吃掉這隻可愛的小鼠。當聽夠了「吱吱」的叫聲之後，牠便張開嘴，看這位大板牙再世如何驚慌失措地逃命。

當然，等不到牠跑得太遠，白耳朵又會撲上去，再一次銜住那可愛的毛球，再一次聆聽那「吱吱」的叫聲。就這樣，雌鼠大板牙再世一次再次經受著死而復生、生而復死的折磨。而雌狐白耳朵則十次百次享受著得而復失、失而復得的樂趣。

終於，當小雌鼠被折磨得銜在嘴裏不叫、放在地上不跑的時候，這場遊戲也便無法進行下去了。看來，餘興未盡的雌狐白耳朵只好另謀他途了。不過，也許是表示自己的掃興，也許是懲罰小鼠的無能，臨走之前，雌狐白耳朵又翹起屁股，對準雌鼠大板牙再世足足地撒了一大泡尿。可

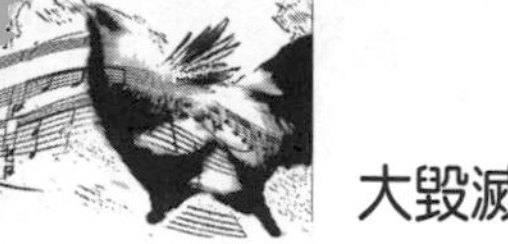

憐那隻遍體鱗傷的小鼠，甚至沒有發出一聲尖叫，沒有動一動身子，就淹在那臊臭無比的黃湯中咽了氣。

在那一年三隻小狐圍著藍雌狐搶食雌鼠大毛球的土洞裡，十四隻天真的小狐正圍觀一場別開生面的遊戲。也許是冬天同在一處覓食，也許是強悍對於強悍的吸引。雄狐黑項圈和笨重的黑獾居然結下了友誼。即使經過那一場黃色春潮的衝擊，也依然形影不離。當然，現在是遍地皆鼠的春天，牠們再也用不著你爭我搶。不過，既然精力過剩，來一場咬鼠比賽不是也挺有趣？於是，這一大一小，一獾一狐便一齊低下頭，一個個地將面前的小鼠咬死再拋掉。

沒用多久，這一對親密無間的異類兄弟背後，便鋪出了一條鮮血淋漓的鼠路。但是，因爲黑獾雖然強大，卻顯然笨拙；而雄狐雖然靈巧，又畢竟瘦弱。所以，比了半天，兩者的戰果竟不分高低。於是，笨重的黑獾一屁股坐到地上，喘著粗氣；靈巧的雄狐則搖著尾巴趁機休息；而那十四隻看得津津有味的小狐，也便一哄而散。

既然咬鼠比賽又能排遣無聊又能得到刺激，牠們爲什麼不自己去比個高低呢？於是，荒原上的漫漫春潮又一次黃濤洶湧、濁浪翻滾起來。而這每一個洶湧和翻滾的中心，都會出現一片鮮血淋漓。遠遠看去，倒像是寸草不生的荒原上，憑空開出了一叢叢紫紅紫紅的石楠花。招得遠處的旅鼠蜂擁而來，又嚇得近處的旅鼠驚恐而去。

既然地上的北極狐和黑獾已經鬧騰得如火如荼，空中的雪鴞又怎能置身度外？那是兩隻浮雲似的小鶚，正並肩比翼地滑翔著，雖然一時難辨雌雄，但僅憑牠們都有俏麗的棕紋尾羽，即可斷定是橫紋雌鶚的後代。突然，牠們彷彿連體一般俯衝下來，又騰空而起。等到牠們重新並肩比翼地滑翔時，牠們的連體部分便成了一隻「吱吱」尖叫的旅鼠。

不用說，兩隻雪鶚同時撲獲一隻小鼠的表演實在技高一籌，而牠們在空中分而食之的舉動則更加驚心觸目。隨著一聲撕心裂肺的叫喊，隨著兩片浮雲悠閒自在地分開，那隻毛茸茸的小鼠便被扯成了兩半。一滴一滴的鮮血從空中灑落下來，像是一顆一顆晶瑩剔透的紅珊瑚珠。而地面上看得目瞪口呆的北極狐和黑獾，則立刻發出一陣一陣的歡呼。於是，兩隻小鶚上下翻飛優雅地扇動翅膀，發出興奮的叫聲，像是謝幕。而另外兩片浮雲則逐漸靠攏，似是準備重新開始。

善於左右開弓的橫紋雌鶚好像更喜歡安閒的自我娛樂。一般牠只是在低空盤旋，讓巨大的陰影給地面投去驚慌和恐怖。不過，假如恰好牠對哪兩隻惹眼的小鼠產生了不可遏制的「思念」之情，牠就會以太陽爲圓心，太陽和小鼠的距離爲半徑，閃電般地在湛藍的蒼穹上劃出一段美麗的弧線。然後，便攜著牠的思念之物直上九霄。讓那些鼠目寸光的小東西，也感受一下天地之高遠遼闊，然後再鬆開利爪，教那些善於奔跑打洞的小傢伙，學一學凌空翺翔翩翩飛舞。而當那些蠢笨的小鼠栽著跟頭加速落向地面時，用心良苦的橫紋雌鶚又會閃電般俯衝下來，直到看清了牠們是砸進鼠群中覓一位同歸於盡的夥伴，還是摔在巨石上，腦漿迸裂成一塊五彩繽紛的肉餅。

一隻空中飛鼠恰好落在安臥在巨石上的藍雌狐身旁，嚇得牠幾乎跳了起來。應該說，廣袤的荒原上，恐怕只有這隻老雌狐沒有參加消遣和娛樂活動。餓了，牠跳下巨石去覓食，飽了，又回到巨石上安臥。現在，當牠看著身邊那隻血肉橫飛的死鼠時，竟忍不住索索發抖，黑亮的眼睛也布上了一層陰影。這隻飽經滄桑的老雌狐究竟是爲了什麼？是想起了當年在這塊巨石上分屍死鼠時的艱窘？還是預感到有什麼不可避免的事情即將發生？

11

白晝變得長久，季風變得濕潤，陽光變得燦爛，湖水變得溫暖。唯一不變的是冷漠無情的荒原，依然寸草不生！

既然堅持不懈的覓食運動只能化爲一無所獲的泡影，既然陳兵百萬的陣容只能招致無情的殘殺與蹂躪，這荒原還有什麼可值得留戀？就算留下來又能有什麼盼頭？

很難分清是誰帶的頭。因爲大家忍受饑餓的限度和拒死求生的本能大致相同。所以，當第一批旅鼠開始把自身和希望投向荒原以外的世界時，牠們的前後左右，乃至整個荒原上的鼠群，就都跟了上去。而終於逃離荒原捨棄故土，也便成了雌鼠大板牙家族的統一行動。

也許爲了同一家族的患難與共，也許爲了尋找季風的源頭，也許什麼都不爲，只是一種不可知的力量的驅動。根本不用誰去號召或誰來率領，大板牙家族的成員們幾乎全部迎著強勁的季風，踏上了直指西北方向的漫漫征程。四肢發達的雄鼠們重振雄風，拿出太祖蓬鬍子沒日沒夜勞碌奔波的勁頭。大腹便便的雌鼠們則顯示出始祖大板牙鍥而不捨茹苦含辛的堅韌。體力衰竭的老鼠們只要一息尚存便不會放棄努力，乳臭未乾的小鼠們儘管步履蹣跚也不肯脫離集體。於是，滾滾離去的黃色春潮便少了許多神采飛揚，而浩浩蕩蕩的逃亡大軍則添了許多淒涼悲壯。

起初，逃亡大軍行動得非常遲緩。畢竟是故土難離迫不得已。在這片廣袤的荒原上，每一塊光怪陸離的石頭，都記載著始祖大板牙和太祖蓬鬍子、長板牙、大毛球創立家業的豐功偉績。每一寸肥得流油的黑土，都留下了四隻雄鼠、二十七隻雄鼠、一百二十隻雄鼠，乃至世世代代的播種者，恪盡職守勞碌奔波的足跡。在這片廣袤的荒原上，曾有過植物王國的復甦和繁榮，也有過旅鼠種群的繁衍和鼎盛。然而，誰又能夠相信，僅僅是一個冬天，前一個繁榮竟無影無蹤化爲烏有，而後一個鼎盛便成了無本之木無水之魚。

畢竟是故土難離迫不得已，大板牙家族的成員們三步一回頭五步一猶疑。不論此去千里萬里，不論前途是凶是吉，牠們將全部客死他鄉，而絕無僥倖重歸故里。在這訣別荒原的行程中，幾乎每一雙亮晶晶的眼睛裏都在閃爍著同一個今生今世也無法消除的疑問：爲什麼牠們恪盡職守的犧牲，牠們含辛茹苦的奉獻，乃至牠們所有的只爭朝夕的努力，最終竟落得這樣的結局？

當然，這種去意彷徨的行軍並沒有進行多遠。因爲荒原以外仍然是荒原，外面的荒原上的花草又總是被走在前面的家庭掃蕩一空。於是，後邊的家庭奮起直追，企圖取代先鋒的位置。而前邊的家庭則當仁不讓，豈能甘心落後？於是，在荒原和荒原以外的荒原上，便有了一場百萬小鼠爭先恐後的馬拉松賽跑。

這是一次空前絕後的種群大融合。不論是哪一支哪一系哪個家庭，每一個世世代代在荒原上各據一方的群體，都在這場賽跑中土崩瓦解重新組合。

這是一次絕對公平的淘汰賽。不論功勞大小，不論輩份長幼，不論強弱，不論雌雄。誰能夠跑在前面，誰就有進食的權力，誰就有生存的可能。

更爲難能可貴的是，這場蔚爲壯觀的馬拉松，還吸引了那麼多不辭辛苦緊追不捨的啦啦隊和觀眾。一片片白雲似的雪鴞在空中尖嘯著呼喊著，爲跑在前面的吶喊助威。一群群步履優雅的北極狐在地上奔跑著追趕著，爲落在後面的鼓勁加油。當然，有時候雪鴞們會像閃電般衝下來抓起幾隻旅鼠，那不過是對優勝者的喜愛和讚賞。有時候，北極狐們也會將力不從心的老鼠小鼠或正在分娩的雌鼠掃蕩一空，但這也是對落伍者的鞭策和激勵。

日復一日，百萬鼠眾在荒原和荒原以外的荒原上，爬土坡，涉小溪，身不由己地奔跑著。前方，有不斷出現卻難以滿足的花草食物，吸引著牠們不肯放慢腳步。身後，有餓斃的老弱病殘或不幸者的慘叫，逼迫著牠們不能稍憩片刻。在這裏，只要一次領先便可轉危爲安，只要有一點懈怠則會追悔莫及。於是，雌鼠們完全忘卻了多少輩分娩者養育後代的神聖職責。牠們像卸去沈重的負擔一樣，匆匆忙忙地將一窩窩無依無靠的鼠崽拋之荒野，又匆匆忙忙地趕路。而雄鼠們也完全背棄了多少輩播種者恪盡職守的光榮傳統。牠們一心一意只爲衝鋒在前，決不會爲播種稍作停留。

漸漸地，這場曠日持久的馬拉松，就變成了一種毫無節制的瘋狂行動。似乎在季風吹來的源頭，真的有一個救苦救難的造物主在招手；似乎在天之涯地之角，確實有一個無憂無慮的極樂世界在恭候。

終於，荒原以外的荒原也到了盡頭。一排排懸崖斷壁聳立出到此爲止不可逾越的極限。一陣陣驚濤駭浪重複著苦海無邊、回頭是岸的警告。而一望無邊的浩瀚汪洋，則把那寄託著希望的極樂世界，推到了可望而不可即的遠方。

難道這孤注一擲的追求能夠善罷干休？難道重返寸草不生的荒原還有盼頭？難道這瘋狂的奔跑能夠收住腳步？難道這喪失理智的競爭還會變得清醒？

沒有纏綿悱惻，沒有去意彷徨，只有熙熙攘攘的百萬鼠眾，義無反顧，前仆後繼，躍入浩浩瀚瀚的汪洋，就像滔滔的江河匯入大海一樣。

就這樣，肩並肩，腳挨腳，勢不可擋的百萬鼠眾組織起浩浩蕩蕩的泅渡大軍，將碧波萬頃的海面變成一片金黃。就這樣，奔跑如飛的足變成輕捷自如的槳，蔚爲壯觀的馬拉松變成了氣吞山河的百萬雄師過汪洋。

於是，雪鴞們嚇傻了，久久地飄浮在天空。忘記了尖嘯，忘記了翻飛，忘記了對優勝者的喜

愛和讚賞。於是，北極狐們卻步了，久久地佇立在懸崖。停止了追趕，停止了掃蕩，也停止了對落伍者的激勵和鞭策。假如遠方真有一個無憂無慮的極樂世界，是否也該為這赴湯蹈海的追求而出現？假如世上真有一個救苦救難的造物主，是否也會為這視死如歸的壯舉而顯靈？

然而，遠方依然是永遠也游不到頭的大海，造物主依然是冷漠無情袖手旁觀。只有那些蓬鬆柔軟的毛球漸漸被海水浸透，只有那些輕捷自如的肉槳漸漸失去作用，只有那些奮力掙扎的生命漸漸變成下墜的石頭。

於是，金色的海面開始洶湧起伏，分裂成一個個凶險的漩渦。凶險的漩渦又急劇下旋，只剩下一雙雙烏黑發亮的眼睛。最後，當這些精靈似的眼睛也終於消失之後，浩瀚的大海便重新變成碧波萬頃，彷彿一切都沒有改變，一切都不曾發生。大海依然是大海。

多少艱辛，多少苦難，一個從無到有從小到大的家族，就這樣毀於一旦？

沒有悲哀，沒有怒吼，百萬浩浩蕩蕩氣吞山河的生命，就這樣化為烏有？

天空沈默，大地不語。只有永恆的海浪發出沈重的歎息，只有萬能的造物主緘守其中的奧秘。

12

幾天之後，鴞群和狐群又陸續回到了荒原。荒原上沒有了百萬鼠眾的鼎水沸騰、喧喧嚷嚷，湛藍的天空重新變得安謐。於是，雪鴞們可以悠閒自在地翩翩起舞、放聲歌唱。荒原上沒有了黃色春潮的汪洋恣肆，氾濫縱橫，遼闊的大地重新變得清爽。於是，北極狐們可以放開手腳去互相追逐、盡情嬉戲。

最重要的是，荒原上還剩下了三三兩兩的旅鼠，沒有參加長途跋涉的行軍。很難弄清牠們留下的原因。是太強太弱？是太傻太靈？還是對荒原有著太深的感情？更難判定牠們留下的用心，是對百萬鼠眾集體蹈海的叛逆？還是爲大板牙家族保存了鼠種？都無從解答。

當然，雪鴞和北極狐們並不在乎這些問題。在牠們看來，這些留下來的小鼠，不過是供牠們捕食和戲耍的對象，僅此而已。

於是，成年的雌鴞安臥在這裏或那裏的土坡上，開始產蛋孵卵。而身懷六甲的雌狐們也靜坐在這塊或那塊巨石上，開始休養生息。

於是，身強力壯而又無所事事的雄鴞雄狐和小鴞小狐們，又開始了和剩餘旅鼠們的遊戲。不過現在，由於鼠群變得稀少，荒原顯得空曠，手到擒來或是隨心所欲都不再可能。所以，遊戲的

形式也就由個體變為群體。往往是空中三五成群的雪鴞發現了目標，便發出尖嘯，地上三五成群的北極狐便集體追擊。

當然，這種具有壓倒優勢的圍獵，常常是速戰速決。捷足先登者便留下來享用戰利品。暫時失利者再重新尋找目標，重新追擊。

毫無疑問，由於空軍和陸軍的密切配合，共同努力，又由於荒原的寸草不生，絕無藏身之地，不要說來往奔跑的鼠群，就是探頭探腦的散兵，也不難迅速發現，使之難逃活命。所以，不論是空軍還是陸軍，就都能輪流分享一份勝利。而在冬天的地洞口曾經培養出互謙互讓感情的食鼠類們，又在春末夏初的天地間結下了互惠互利的友誼。

但是，也許是鴞群和狐群的配合掃蕩過於密集，過於無情。也許是雌鼠和雄鼠們只顧逃命，耽擱了播種和孕育，僅僅幾天功夫，廣漠的荒原上，不要說來往奔跑的鼠群，就是探頭探腦的散兵，也難得發現了。

於是，這天上地下的群體遊戲，這空軍陸軍的配合默契，便有了許多微妙的變化。目擊千里的雪鴞即使發現目標也不再尖嘯，而是單獨行動。圍追堵截的狐群即使勝券在握，也常常被閃電般衝下來的雪鴞攫走戰利品。而且即使是狐群內部的捷足先登者，也不再享有進食的專利。失利者的攻擊又往往使大家撕咬得頭破血流，傷了和氣，從此，那富有情趣的遊戲，那互惠互利的友誼，便終於因為不可兼得的私利和弱肉強食的法則而宣告解體。

茫茫的荒原，又一次進入了獨立爲營，各自爲戰的年代。顯然，地上的狐群比天上的鴞群稍具劣勢。而狐群中那十四隻像藍雌狐一樣美麗的小狐則境遇更慘，牠們生長在那個繁榮昌盛的年代。無所用心便可飽食終日，身無絕技仍能隨心所欲，不論強弱智愚都有著同樣的好運氣。但是今天，當造物主變得嚴酷，荒原變得吝嗇，就連牠們的父兄也變得無情無義時，牠們的無所用心便只能導致饑餓，牠們的身無絕技便成了致命的繩索，而牠們那不曾區別過的強弱智愚也便有了同樣的結局。於是，小湖邊、巨石旁，土坡下，黑土上，一隻又一隻小狐餓臥荒野發出絕望的悲鳴，呼喚蒼天，呼喚大地。而差不多只有一兩天的工夫，十四隻小狐便全部倒斃在地，成爲食鼠類中的第一批餓殍。

顯然，經過幾番磨練的雄狐黑項圈，絕不會輕易死去。荒原上的旅鼠雖然已寥寥無幾，但經過一番奮力追擊和略施小計之後，強悍的黑項圈還是抓獲了一隻獵物。現在，牠就正躲在一塊巨石的陰影裏，準備安撫自己咕咕鳴叫的饑腸。但就在這時，一個熟悉而又笨重的身影出現了。是黑獾，也就是那個冬天和黑項圈形影不離，春天又和黑項圈賽過咬鼠的老朋友。

起初，黑獾只是不動聲色地站著，彷彿在等待久別重逢的老友的見面禮。然而，在這廣漠的荒原，也許幾天都捉不到一隻小鼠，饑腸轆轆的黑項圈又怎肯主動放棄?所以，牠叼起小鼠便打算揚長而去。既然黑項圈首先背棄了友誼，黑獾也便沒有了顧忌。於是，在兩個老朋友之間，一場力量縣殊的惡戰和一幕不可避免的悲劇便發生了。

結局可想而知。當笨重的黑獾一邊咀嚼著那隻小鼠，一邊哼哼著悻悻而去之後，巨石的陰影下，便只剩下了可憐的雄狐黑項圈。牠那雙黑亮亮的眼睛圓睜著，彷彿不甘心就這樣屈辱地死去。牠那被咬斷的喉嚨處汩汩地流淌著鮮血，彷彿在向蒼天，向大地，向一切有知和無知的生靈，控訴著世道的反覆無常和友誼的不堪一擊。

看來，這世道還真是不同了。曾經在小湖邊百般戲弄雌鼠大板牙再世的雌狐白耳朵，現在卻被一隻小鼠戲弄著。小鼠只有兩月齡，像始祖大板牙一樣勇敢。牠逃避追捕的方式不是鑽洞，而是「噗通」一聲跳進小湖。這樣一來，不會游泳的雌狐白耳朵便只能望洋興歎了。

但是，勇敢的小鼠卻並不在水中逗留太久，而總是在遠離白耳朵的地方上岸。這又招得雌狐不得不沿著湖岸追撲過去。

當然，水邊的小鼠是不會坐以待斃的，單等雌狐來到身旁，只要一縱身躍入水中，便可獲得安全和自由。於是，一個是悠哉遊哉，時而下水暢游，時而離水整休。另一個則是氣急敗壞，在岸上跑來跑去，欲罷不忍，欲取不能。如此三番，這一場小小的周旋便引起了空中雪鴞的注目。那一聲尖厲的呼嘯，彷彿在提醒雌狐白耳，假如不速戰速決，這隻到口的小鼠將會不翼而飛。而這半天來，牠跑來跑去所消耗的能量，也再難得到補充。

於是，當勇敢的小鼠又一次跳進水中時，雌狐白耳朵竟也跟了下去。也許牠以爲抓住了小鼠便可以回頭是岸，也許牠自恃超群的機靈便可以逢凶化吉。但這一切都是岸上的假設，一旦到了水中，當牠的身體像草袋一樣下沈，當牠的口鼻乃至肺中都嗆滿了清水的時候，所有的欲望和機靈便都化作了拼死的掙扎。而這掙扎的漩渦，又只能將牠推向小湖的中心，使那回頭是岸或者逢凶化吉成爲一個破碎的夢想，和牠的軀體一起沈入了湖底。

勇敢的小鼠在岸邊蹦跳著、尖叫著，彷彿在慶賀自己的成功。又彷彿在告慰那隻被雌狐白耳朵用尿溺死的雌鼠大板牙再世的魂靈。但就在這時，一隻雪鴞箭似地俯衝下來，便用自己的成功，結束了小鼠的得意。

然而，雪鴞的成功這也是最後一次。現在的荒原上，即使是居高臨時下，即使是目擊千里，也再難見到旅鼠的身影。也就是說，牠們叱吒風雲也好，目空一切也罷，只要不肯餓死荒原，就只能再次飛往遙遠陌生的土地，再次度過離鄉背井的生涯。於是，雄鴞和小鴞們開始在空中久久地盤旋著，尖嘯著，一邊傾訴著迫不得已的離別之情，一邊集結著逃荒的隊伍。而在這一陣緊似一陣的催促聲中，臥伏在土坡上的雌鴞們，也只能展翅凌空而去，只剩下一窩窩棄之荒野的鴞卵，就像一堆堆毫無用處的石頭。

俏麗的橫紋雌鴞是最後一個離開荒原的。牠始終不肯拋棄牠那六個即將破殼而出的後代。然而，當難耐的饑餓陣陣襲來，當天邊的鴞群就要消失蹤影的時候，牠也只能痛下決心了。不過，臨行前，牠竟伸出牠那左右開弓的利爪，抓起了兩個最大的鴞卵，彷彿要把它們帶到遙遠的地方去出生。

但是，也許是因爲饑餓無力，也許是因爲悲痛過度，就在牠鑽入雲層的一瞬，兩隻鴞卵居然同時滑脫，並且垂直地向著荒原掉落。等到大吃一驚的橫紋雌鴞閃電般俯衝下來時，牠看到的是：一塊斑駁的巨石上，兩隻已經成形的幼鴞，早就摔成了腦漿迸裂的肉餅。

這情景多像牠那空中飛鼠的遊戲！只不過，這一次摔碎的不是取之不盡的的旅鼠，而是牠的骨肉至親！於是，橫紋雌鴞發出一聲恐怖的尖嘯，像逃避瘟疫一般，箭似地射向天邊，轉眼就消失了蹤影。

好像是歷史的再現。遼闊無邊的荒原重新變得空曠和死寂。那曾經有過的繁榮和昌盛，喧囂和擁擠，來也匆匆，去也匆匆，都成爲過眼煙雲。

在四年前那塊餓死雄狐的巨石上，依然坐著美麗的藍雌狐，披一襲錦緞的披風，懷一團大海的浪花，肚皮圓滾滾地鼓著，凝視著遠方。不同的是，牠的身邊不再有一個哪怕是瀕死的伴侶。

遠處，是餓死的十四隻小狐暴屍荒野；近處，是溺死的雌狐白耳朵漂浮湖面；巨石下，躺在血泊中的雄狐黑項圈已成爲殭屍；巨石上，一肚子尚未出生的狐崽，已被斷了生路。真是一片荒涼。

萬籟俱寂，寸草不生，廣漠的荒原上，再也見不到一隻雪鴞一隻黑獾一隻旅鼠一個活物。只有呼嘯的海風講述著過去的盛衰枯榮，只有炎炎的夏日閃爍出未來的變幻莫測，只有靜坐在巨石上的老雌狐，呆呆地發愣，黑亮亮的眼睛裏盛滿了絕望和淒楚……

‧旅鼠（lemmus）

嚙齒目，倉鼠科。短腿，短尾，小耳。毛軟而長，呈棕、黃、黑等雜色。身長十至十八公分。主要分佈在北極地區。以草根、苔蘚等為食。居地穴或岩縫。四季繁殖，妊娠期二十天左右，每胎可達九崽，產後第二天即可再交配，出生四個月即可開始繁殖。壽命可達一年左右。

旅鼠以其種群數量呈規律波動和作周期性遷徙著稱。據科學家觀察，每隔四年，就有數以百萬計的旅鼠遷徙海邊，集體投海自殺。遷徙常發生在春秋兩季。投海的原因未明。但主要因素似與種群「爆炸」和棲息地的變化有關。

大絕唱

大絕唱

1 如歌的行板

大約在幾千年前，不知是山的靈動，還是神的點化，終年積雪的天山上，湧出一股冰清玉潔的泉水。

淙淙的泉水從萬仞山峰上奔瀉下來，帶著鮮活的生趣，帶著不懈的熱情，一路上，溶解著皚皚白雪，裹挾著瑩瑩冰凌，長途跋涉，一往無前，終於在到達山腳的時候，變成了一道湍急的清澈小溪。

匆匆的小溪在山腳下打了個滾，便拓出一泓深潭來，然後又繼續朝前流淌，憑了艱苦卓絕的努力，憑了前仆後繼的進取，一路上，沖刷著千年的黃土，撞擊著萬年的石壁，左衝右突，鍥而不捨，終於在經過了九道彎曲之後，變成了一條浩浩淼淼的大河。

年復一年，彎彎曲曲的九曲河時而寬、時而窄、時而緩、時而急，滋潤著兩岸大大小小的河灘地。於是有了茸茸的小草、茂密的灌木、參天的大樹。

年復一年，鬱鬱蔥蔥的原始林一片高、一片矮、一片密、一片疏，涵養著大大小小的生靈。於是，有了水中的游魚、空中的飛禽、林中的走獸。

大約幾百年前，也許是風的召喚，也許是雨的指引，河狸香團子的祖先，不遠千里萬里來到了九曲河畔，在這裏安營紮寨，在這裏休養生息。

年復一年，牠們在九曲河清淺平緩的河段築起了一道又一道的攔河壩，把川流不息的河流，變成了一個又一個綠波蕩漾的湖泊。於是，牠們在岸邊開掘的地洞，因爲有了水的屏障而變得安樂溫馨。

年復一年，牠們在九曲河疏疏密密的樹林裏擷取著自己的食物：不論是鮮嫩的樹枝，還是厚實的樹皮，都會被牠們鋒利的牙齒切割成段，咀嚼得津津有味。有趣的是，不論是楊樹還是柳枝，被牠們啃食之後，非但不會死亡，反而會在根部一變十、十變百地萌發出一蓬蓬的新枝。於是，取之不盡的食物又給牠們的生活帶來了無憂無慮的輕鬆閒適。

年復一年，一代又一代的河狸在這裏繁衍生息，在這裏玩耍嬉戲。於是，長達幾十公里的九曲河沿岸，就成了幾十個家族，幾百隻河狸的天堂和樂園。

這是一個春天的下午，正在地洞中睡覺的雌狸香團子忽然被一陣奇怪的響聲驚醒。牠睜圓了亮晶晶的小眼睛，豎起了圓溜溜的短耳朵，警覺地傾聽著。

斷斷續續的聲音似乎是從岸上傳來的。有咚咚的敲擊聲，還有嘰哩哇啦的叫喊聲。這是九曲河畔從來沒有過的劇烈響聲，也是雌狸香團子從來沒有聽到過的叫喊聲。

雌狸香團子推醒了正在身邊酣睡的雄狸大拇指，眼神裏布滿了驚恐。

雄狸大拇指也睜圓了眼睛豎起了耳朵。聽了一陣之後，卻又閉上了眼睛，墜入了夢鄉。

也許是那陣陣的響聲離著牠們的地洞還有相當的距離？也許是雄狸比雌狸更沈得住氣？

雌狸香團子仍然警覺地傾聽著。那聲音既不似山洪暴發的驚天動地，也不似狂風暴雨的鋪天蓋地，更不似野獸被殺戮時的慘叫悲鳴。

那是一些特殊的聲音，斷斷續續，不大不小，卻始終不停。

雌狸香團子終於決定出去看個究竟。牠朝沈睡中的雄狸大拇指叫了兩聲，算是打個招呼，接著，便離開寬敞的臥室，順著狹長的洞道，來到了被河水遮蔽著的洞口。

洞口離河面還有一米左右的高度，雌狸香團子沿著河岸潛游出好長一段距離，這才小心翼翼地在水面露出了一個頭頂和兩隻眼睛。

那奇怪的聲音突然變大了，雌狸香團子立刻將頭部沈進水裏，靜靜地聽了一會兒，似乎沒有什麼威脅，這才重新抬起了頭。

那聲音來自河的對岸。河對岸的樹林裏，有幾個九曲河畔從來沒有過的動物，長長的兩條腿，靈活的兩條臂，圓圓的一個頭，而且直立著行走。

這些奇怪的動物正在全神貫注地砍伐樹木建造房屋，似乎並不在乎周圍發生的事情，自然就更不會發現平靜的水面上，那雙怯怯地轉動著的眼睛。

漸漸地，雌狸香團子的膽子大了起來，牠把整個脊背都浮上水面，照自己的習慣待得更舒適一些，因此也能看得更真切些。

對岸那些兩條腿的動物仍然在互相叫喊著，互相幫助著，架著粗大的房樑。

慢慢地，雌狸香團子朝著九曲河的中央游去。或許是想看清楚那些兩條腿的動物長得什麼模樣，或許是想看看那個比小島還要大的房屋是個什麼形狀。

對岸，那個個子最高腿最長的動物走了過來，手裏還拎著一隻碩大的木桶。

雌狸香團子立即潛入水底，一邊朝著自己的洞口游去，一邊警覺地傾聽。

但是，在一陣嘩啦啦的水聲響過之後，河水又復歸平靜，一切的響聲和叫聲又都攏在了河南岸的房屋四周。

當雌狸香團子正準備鑽進地洞，回到自己的臥室裏去睡大覺的時候，從河的對岸又傳來了一陣尖尖的脆脆的甜甜的歌聲。

那歌聲在樹林裏縈繞著，在水面上迴旋著，比鳥兒的歡唱更動聽，比魚兒的暢游更舒心。

雌狸香團子從來沒有聽過這樣美妙的聲音。爲了聽得更真切，牠再次把頭探出水面，浮在水面上，瞪著小眼睛，豎著圓耳朵，專心地聽。

很久很久，當歌聲終於消失的時候，雌狸香團子的睡意也完全消失了。牠索性爬上岸，躲進一叢白柳的樹蔭裏。

雌狸香團子用粗壯的後腿將身子支撐起來，騰出兩隻短小的前腿，眉毛鬍子一把抓地抹掉

臉上和脖子上的水滴，順便又抓了幾下肚皮。然後，渾身一陣抖動，甩出一圈飛濺的水珠。立刻，牠全身的針毛就都立了起來，變得乾爽舒適。

這是一隻三歲的雌狸，肥嘟嘟的身子已經有了身孕。黃棕色的針毛又光滑又明亮，像是一襲名貴蓑衣。只有尾巴是一個又扁又平的橢圓形，光禿禿的，不長毛卻覆蓋著閃光的鱗片。

雌狸香團子慢慢地在白柳叢中移動著，長長的扁扁的尾巴拖在身後，微微地翹起，像是在平衡著蹣跚的腳步。

雌狸香團子的身上，有一股淡淡的香氣，隨著一陣陣的春風，慢慢地向著白柳叢，向著河面飄散而去。這是雌狸香團子的驕傲。因爲儘管所有的河狸都有香氣，但牠們卻被牢牢地濃縮在香腺裏，變成了臭氣。而只有牠香團子，只要身子沾了水，那香氣就會一點一點地釋放出來，吸引著無數崇拜和追求牠的雄狸。

不過，這驕傲也常常會成爲牠的煩惱。因爲就在牠的香氣吸引雄性同類的同時，也會招來河狸的天敵。假如說別的河狸還能屏住呼吸、躲在樹叢中不動的話，牠卻只有跳進水中才能消除香氣的四溢。所以，雌狸香團子就顯得特別靈敏機警。哪怕一點點風吹草動，牠都會「撲通」一聲跳進河裏，迅速游回自己的地洞。

但是現在，雌狸香團子似乎被河對岸那陣美妙的歌聲迷住了。一會兒癡癡地望著河對岸，似乎在等待那歌聲再次響起；一會兒又在樹蔭下移動著腳步，似乎耐不住白日的光線。

遠遠的，河面上又有了輕微的水聲，一團黃棕色的物體迅速地從上游移過來，在牠的身後，水波靜靜地張開一個「八」字形。

雌狸香團子緊張地盯著那團由遠至近的物體，當牠終於變成一個活物，並濕淋淋地爬上岸時，雌狸香團子就忍不住歡快地叫了起來。

那是雌狸香團子的母親，六歲的雌狸大粗腿。雖然沒有四溢的香氣，卻有一雙肥壯健美的後腿。所以，牠走起路來就不像別的河狸那樣步態蹣跚。當年，要不是雄狸黃鬍子用一蓬茂密美麗的鬍鬚迷亂了牠的心志，牠就會嫁給一個步態比牠更健壯的雄狸。

雌狸大粗腿和雄狸黃鬍子的家住在上游一處寬闊的河面，和牠們住在一起的，還有剛滿一歲的雌狸呲牙和雄狸扇風耳。

不過，雌狸大粗腿的家可不像雌狸香團子那樣安在岸邊的地洞中。雌狸大粗腿的健壯和雄狸黃鬍子的愛美以及河面的寬闊，決定了牠們在大河的中間壘起一座樹枝的小島，又在小島的心臟開掘出自己的地洞。

那是一個十分安寧溫馨的家。四面環水，微波蕩漾，少了許多天敵的干擾；洞系發達，自成一體，又多了幾分親情的來往。在肅殺的冬天，當厚厚的冰層封凍了河面，樹林也變得死寂時，樹枝小島的頂端會升起一縷縷的蒸汽，顯示出小島的深處正有著一個生趣盎然的的家庭。在萬物復甦的春天，當兩歲的雌狸香團子和雄狸禿尾巴必須離開小島去自立門戶時，又是雌狸

呲牙和雄狸扇風耳出生的歡叫爲牠們送行。如今，當雌狸香團子即將當上母親時，又見到了自己的母親雌狸大粗腿，牠能不歡呼、能不高興？

顯然，雌狸大粗腿也是被河對岸的響聲和歌聲吸引過來的。牠和雌狸香團子經過短暫的寒暄之後，立刻也把圓溜溜的眼睛對準了河對岸的房屋。

那是一個和牠們的樹枝小島完全不同的房屋，那是幾個和九曲河畔的土著完全不同的動物。牠們會砍樹，不是用牙啃，而是用板斧。牠們會爬樹，比猴子還靈活，比老虎更勇猛。牠們又跑又跳又喊又叫，似乎根本不懂得懼怕，似乎天底下就沒有能夠傷害牠們的動物。

牠們究竟是什麼樣的動物？雌狸香團子不知道，雌狸大粗腿也不知道。當牠們瞪著圓圓的小眼睛終於看得又累又餓時，牠們就各自咬下一根細嫩的白柳枝，放到嘴裏，一邊慢慢地啃著，一邊細細地看著。

男人長腿正坐在房樑上釘椽子，兩條長長的腿悠閒地晃動著，煞是自得。女人胖子說，要不是他長了這雙長腿，也不至於帶著全家長途跋涉走了這麼遠的路程。男人長腿卻說，正是他的長腿肯在前面探路，才發現了美麗安寧得像天堂一樣的九曲河。

男人長腿一家是從一個叫沙田的村子裏遷出來的。沙田村住著幾十戶人家，是女人胖子祖祖輩輩生長的地方，女人還真有些捨不得。但是，男人長腿說，沙河的水一年比一年少了，田裏的收成一年比一年薄了，沙田的風沙也一年比一年大了。天下這樣大，總會有比沙田更好生活的地方。

男人長腿是個聰明能幹的人，地裏的活家裏的事，他總是拿得起放得下，女人胖子很信服他。只是，那一年，女孩尖嗓子只有五歲，男孩大眼睛才三歲。她想等孩子大些了再說。

但是，男人長腿又說，等孩子大了，自己也就老了，想走也走不動了。再說，要是能找到一個地肥水美的地方，孩子們不是也會生活得更快樂？

女人胖子從來不肯違拗男人長腿的意志。經過幾天的準備之後，一家人便打點上路了。

男人長腿挑了一副特製的柳條筐，一頭裝著行李和糧食，另一頭坐著女孩尖嗓子和男孩大眼睛。

女人胖子抱著一隻半歲的小花狗，那是她的父母送來的。說是出門在外，有隻狗也多雙看家護院的眼睛。

那一年男人長腿二十七歲，女人胖子二十五歲。沙田村的老人們都搖頭說，年輕人不知道天高地厚，闖闖去吧，吃吃苦頭，磨掉了稜角也就回來了，也就安分了。

男人長腿一家伴著烈日、頂著風沙走過很多地方，有沙漠，有戈壁，也有小小的綠洲。

他們在沙丘上的一棵古老粗壯的胡楊樹下支過帳篷。男人長腿說，這棵大樹能活我們就能活。

男人長腿在大樹旁鑿了一眼井，清冽的井水給一家人帶來了生活的歡樂。男人長腿又在大樹的周圍種下許多麥子，麥苗的青綠又給一家人帶來了豐收的憧憬。

但是，在一陣陣的烈日曝曬之後，清冽的井水已不足以澆灌發黃發枯的麥苗。在一陣陣的風沙吞食之後，男人再能幹也無法救出被掩埋的生命。

一家人失望了，打點起行裝，告別了那棵獨立蒼穹的老胡楊，繼續漂泊。

他們在戈壁灘上一片茂盛的紅柳樹叢中，發現了一汪水池。倒映在池水中的藍天白雲和搖曳的樹影，又給了一家人喜悅和信心。

男人長腿又一次支起了帳篷，並且在帳篷頂上鋪了一層紅柳枝，抵抗炎炎的酷熱。

女人胖子又一次支起了石頭灶火，裊裊的炊煙給一家人帶來了安定祥和。

但是，要不了多久，一家人又陷入了失望之中。儘管有足夠的池水澆灌，種進地裏的麥子卻連芽都沒有出。泛著白花的鹽鹼地儘管長得出茂盛的紅柳，卻長不出麥苗。

失望的一家人再次打點行裝，繼續漂泊。

女人胖子豐腴的身體變得又乾又瘦，沒有了突出的臀，也沒有了鼓起的胸。男人長腿的臉上露出了憂愁說，不找了，咱回吧。女人胖子卻搖頭說，只要你還不死心，我就甘心跟著你走。

女孩尖嗓子白嫩的臉蛋變得像泥土一樣焦黃，像砂粒一樣粗糙，又尖又脆又甜的歌聲也變得又乾又澀又苦。男人長腿的眼裏露出了內疚說，不找了，咱回吧。女孩尖嗓子卻噘起嘴說，我不回，我想要個有青山綠水還有好多樹林子的新家。

一陣風沙吹過來，男人長腿迷眼了，流淚了。

男人長腿說，沙田村方圓幾十里的平川他們都走遍了，看遍了，惟一沒有去過的是沙田村背後的那座天山。可是，祖祖輩輩的沙田人都沒有上過天山，世世代代的沙田人都傳說天山上有吃人的惡魔，他們一家拖兒帶女的，上得去嗎？

望著罩在雲裏霧裏的天山，男人長腿又說，要不就由他一個人先去探探路。要是僥倖翻得過天山，找得到土肥水美的地方，他就回來接女人和孩子。要是不幸丟了性命，就讓女人把孩子拉拔大，續上他家的香火。

女人胖子拼命地搖頭說，既然要上天山，就一家人一起上，連小花狗也得帶著。就算碰上惡魔，也多個人多把力氣。

女孩尖嗓子也抓住男人長腿的衣襟不放說，要是嫌她太重挑不動，她可以下來自己走；要是嫌男孩大眼睛太重挑不動，她可以背著弟弟爬著走。

又一陣風沙吹過來，男人長腿又迷眼了，又流淚了。

男人長腿依然挑著那對碩大的柳條筐，一頭是全部家當，另一頭是女孩尖嗓子和男孩大眼睛。

女人胖子依然抱著那隻小花狗，亦步亦趨地跟在男人長腿後頭。

遇到山路崎嶇的地方，男人長腿就會收了扁擔，把柳條筐扛在肩頭，一截一截地往前挪著走。

遇到男人長腿歇腳的時候，女人胖子就下到路邊的小溪旁，打來清涼的溪水，給男人長腿洗洗臉，潤潤喉嚨。

遇到男人長腿汗流浹背的時候，女孩尖嗓子就會唱起尖尖的脆脆的甜甜的歌。她還會撓撓抱在懷裏的男孩大眼睛的腳板心，讓他發出銀鈴般的笑聲。

剛剛爬過雪線，女孩尖嗓子的手就凍得又紅又腫，像兩個發麵的血饅頭，卻還要把男孩大眼睛緊緊地摟在懷裏頭。

男人長腿的眼裏又一次露出了內疚。一邊給女孩包紮，一邊問她疼不疼。女孩尖嗓子搖搖頭說，只要不碰上吃人的惡魔，就是手凍掉了也不疼。

剛剛繞過第一座冰峰，女人胖子的腳就被雪崩砸傷了，走起路來一瘸一拐的，緊緊皺著眉頭。

男人長腿的臉上又一次露出了憂愁。一邊給女人包紮，一邊問她還走不走得動。女人胖子笑了說，放心吧，你站著我就不會躺下，你朝前走我就不會站著不動。

男人長腿又迷眼了，又流淚了，不是因爲風沙，是睫毛上凝聚的水霧。

經過三天三夜的艱苦跋涉，男人長腿一家終於活著翻過了天山。當他們把濃濃的雲霧甩在身後時，遠遠的，山腳下，竟奇蹟般地出現了好大一片綠洲。

彎彎曲曲的河流折射出明媚的天光，茂密的樹林搖曳著綠色的波浪，似乎還有小鳥在飛，似乎還有野獸在吼。

男人長腿不相信自己的眼睛說，多誘人的海市蜃樓！

女人胖子也不相信自己的眼睛說，可惜是海市蜃樓！

只有女孩尖嗓子說那是真的，那就是我們的新家！說完就從柳條筐裏跳出來，撒開雙腿，在前面跑啊跑啊，一直把全家人帶到了九曲河畔。

九曲河的水又清涼又溫柔，女孩尖嗓子把一雙凍得又紅又腫的手放進去泡了泡，立刻就不再疼痛。

九曲河的水又清甜又爽口，女人胖子美美地喝了好幾碗，那受了傷的腳頓時變得行走自如。

男人長腿帶著一家人來到九曲河的中游，岸邊有一片寬闊的河谷，林中有許多古老粗壯的大樹。

面對著奔流不息的河水，面對著望不到頭的森林，多少天來，男人長腿第一次露出了舒心的笑容。他伸出長長的雙臂摟住一棵筆直通天的大樹說，他要蓋一間又高又大的木頭房屋，安

一個又舒適又溫暖的新家。

河對岸的叮噹聲一直不停，河對岸的歌聲卻不再響起。雌狸香團子和雌狸大粗腿啃了一陣樹枝之後，又陷入了昏昏欲睡的狀態，決定還是先回家去睡上一覺。

雌狸大粗腿的家是九曲河上最美麗的小島，坐落在九曲河最寬闊最平緩的水面上。當年，那只是河中間一個小小的淺灘，不知怎麼就被雌狸大粗腿和雄狸黃鬍子看中，當成了建造房屋的地基。

那一年，雌狸大粗腿和雄狸黃鬍子剛剛成年，渾身有使不完的力氣。

那一年，雌狸大粗腿和雄狸黃鬍子剛剛成親，正好想建築一個又寬敞又美麗的新家。

就在那一年，九曲河水既沒有因洪水而氾濫，也沒有因乾旱而斷流。而在那平靜舒緩的河中間，不知怎麼冒出了這個不大不小不高不矮的土丘。

那是一些十分辛勞的夜晚。每當西沈的太陽拖走最後一道日光，每當初升的太陽送來第一縷清輝，雄狸黃鬍子和雌狸大粗腿就雙雙出動，來到離河中土丘最近的一片白柳樹林。

那是一片很大的原始樹林，參差不齊，疏密相間。高的筆直通天，矮的蓬成一團，老的又粗又壯，小的細弱柔嫩。多少年來，它們就在這九曲河畔熱熱鬧鬧地生長著，一而十，十而百，百而千，誰也說不清它們究竟繁衍了多少株多少代。多少年來，它們就在這天地之間自由自在地生長著，憑了風的梳理，雨的澆灌，光的照射，土的調養。生也好，死也罷，豎也好，橫也罷，一切都聽憑自然。

如今，當兩隻河狸蹣跚著來到泛著銀光的樹林中時，似乎也完全是一種自然。

不用商量，也不用等待，雄狸黃鬍子面對一棵兩米高的白柳，就亮出一對鑿子般鋒利的門齒。

不用踮腳，也不用彎腰，雄狸黃鬍子歪著頭，對準白柳樹和自己一般高的部位「喀嚓」一口，就啃下了一片白色的樹皮。接著又是「喀嚓」一口，白柳樹幹便露出了堅硬的木質。

接下來的一切，似乎是一場富有節奏的表演。隨著「喀嚓」、「喀嚓」的伴奏聲，雄狸黃鬍子邁著均勻的步子，圍著樹幹轉起了圈子。而隨著圈數的增加，不知不覺地，白柳樹的腳下堆起了一圈細碎的木屑片。

大約幾分鐘後，「喀嚓」的伴奏聲停止了，雄狸黃鬍子的腳步也停止了。只見牠輕輕地用嘴一拱，那棵兩米高的白柳倒在了九曲河的水邊。

一切都是那樣輕鬆自如，訓練有素。只是誰也不知道，這是雄狸黃鬍子有生以來伐倒的第一棵樹。而且在此之前，牠甚至沒有見過有誰用這樣的方式伐樹。

一切都是從娘胎裏帶來的。就像那對鑿子一樣鋒利的門齒，就像那條不倫不類的尾巴，就像那種笨拙蹣跚的步態，就像那身快捷機敏的水性。

不用說，雌狸大粗腿也同樣有著從娘胎裏帶來的天賦。就在雄狸黃鬍子伐倒那棵白柳樹的同時，另一棵同樣大小的白柳，也倒在了雌狸大粗腿的面前。

夜靜悄悄的，只有白色的樹幹在月光下泛著銀光，只有晶亮的星星在九曲河底眨著眼睛。不時有魚兒躍出水面，濺起幾朵浪花，呼應著「喀嚓」、「喀嚓」的響聲。偶爾又有鳥兒在樹上挪動，發出幾聲夢囈，述說著夜的深沈。

誰也不清楚，河狸們爲什麼要顛倒黑白，放著白天的大好時光睡覺，反而在沈沈的黑夜裏忙於工作。難道是追求月光的溫柔、夜晚的寧靜？難道是躲避白日的嘈雜、天敵的威嚇？也許什麼都不是，只是因爲牠們無法改變祖先遺傳下來的那個生物時鐘。

月亮當空的時候，九曲河岸邊已經倒下了十幾棵白柳。稍作休整，兩隻辛勞的河狸便開始了牠們的第二道工序：切割樹木。

同樣是用那一對鑿子般鋒利的門牙，同樣伴隨著「喀嚓」、「喀嚓」的響聲，同樣是那樣輕鬆自如訓練有素，牠們先把白柳的枝椏一根根地切割下來，再把光溜溜的主幹切割成段。

同樣還是要不了多久，那十幾棵高矮不同七鉤八叉的白柳樹，就被牠們切割成了一堆長短適中便於運送的木材。

再次稍作休整，兩隻辛勞的河狸便開始了往返於河中土丘和岸邊的搬運工作。看上去，又是一場快慢有致的獨特表演。

月光下，兩個四肢著地尚且步履蹣跚的毛團，這時卻要直立起來，騰出兩隻前腿抓住樹枝，一步一搖兩步一晃地朝著河邊挪動。那笨拙，那遲緩，彷彿十天半月也甭想把這一堆木材搬完。

但是，當牠們終於挪到了水邊，終於把樹枝銜在口中的時候，那毛團，那樹枝，就立即合二爲一，成了一支離弦的箭，劈波斬浪，只一轉眼的工夫，就到了河中央的土丘。那迅速，那靈敏，又彷彿得了神助一般。

月亮偏西的時候，河邊的那堆白柳樹枝全部轉移到了河中的土丘上，橫的豎的長的短的粗的細的，穿插錯落，在粼粼的波光中隆起一堆黑影，顯示著雄狸黃鬍子和雌狸大粗腿一夜辛勞的成果。

日復一日，兩隻勤勞的河狸日出而息，日落而作。當天空的彎月變成圓月，圓月又變成彎月的時候，九曲河最寬闊最平緩的水面上，就赫然出現了一個三米高十米長五米寬、完全用樹枝壘起的小島。

當空中盤旋的飛鳥，停在河中的小島上，扇動著翅膀唱出一曲曲歡歌的時候，當岸上徘徊的走獸望著河中的小島發出一陣陣叫聲的時候，雄狸黃鬍子和雌狸大粗腿也正在水中圍著牠們的小島一圈又一圈地游著，表示出牠們的歡樂。

雄狸黃鬍子美麗的鬍子在辛勤的勞作中被樹枝卡掉了許多，夾短了許多，變得有些參差不

齊亂糟糟的。但是，這又有什麼關係呢？要不了多久，它們又會像岸邊被砍伐的白柳樹一樣，重新萌發，重新生長，重新變得整齊美麗。

雌狸大粗腿健壯的後腿在辛勤的勞作中被樹幹撞傷了好幾次，被樹樁割破了好幾處，顯得有些疲憊有些遲鈍。但是，這又有什麼了不起？傷口很快就會長好，疼痛也很快就會消失。就像九曲河川流不息的水流一樣，它們又會變得和原來一樣結實有力。

不過，還沒等到雄狸黃鬍子的鬍子長得齊整，還沒等到雌狸大粗腿的後腿消除疼痛，兩隻勤勞的河狸又開始了新的工程。

同樣是用一對鑿子般鋒利的門牙，同樣響著「喀嚓」、「喀嚓」的伴奏，雄狸黃鬍子在小島的東邊，由水下向上成三十度斜角朝小島的心臟掘進。

同樣是日出而息日落而作，同樣是兢兢業業，一刻不停，雌狸大粗腿在小島的西邊，由水下向上成三十度斜角，朝小島的心臟掘進。

當柔和的月光從小島的頂端瀉進來時，牠們努力地切割著，掘進著。渴了喝一口河裏的水，餓了啃幾口身邊的樹皮。門牙切割得累了，就用前爪捧了碎屑送出洞口。來往運送得累了，又再用門牙切割掘進。

當強烈的日光裹住了整個小島，當牠們的生物時鐘發出睡眠的信號時，掘進暫時停止，切割卻仍然繼續。只是爲了把暫時棲身的平臺拓得寬敞一些，只是爲了掘進路上的小憩舒適一些。甚至在昏昏沈沈的酣睡當中，牠們也會不自覺地啃上幾口，不知是因爲夢中的饑餓，還是因爲夢中的工作。不過，日後，這一個個記錄著牠們掘進速度的寬闊平臺，就成了牠們和後代玩耍停留或是進食美味的最佳場地。

當天空的彎月變成圓月的時候，雄狸黃鬍子和雌狸大粗腿終於在小島的心臟處會合了。與此同時，一條貫穿小島東西的地道也就誕生了。

似乎是爲了表示紀念，雄狸黃鬍子和雌狸大粗腿一起努力，把那個會合的地方，開拓成寬闊的平臺。隨後，兩隻勤勞的河狸又匆匆分手，開始了牠們新的工作。

同樣是廢寢忘食地努力，雄狸黃鬍子在小島的北邊，由水下向上成三十度斜角朝小島的心臟掘進。

同樣是不遺餘力地前進，雌狸大粗腿在小島的南邊，由水下向上成三十度斜角朝小島的心臟切割。

當天空的圓月變成彎月的時候，雄狸黃鬍子和雌狸大粗腿又在小島的心臟——那個牠們曾經拓寬的平臺上相遇了。而與此同時，一條通達四方的地道也就在小島的內部誕生了。

爲了表示慶賀，兩隻河狸再次一起努力，把已經很寬闊的平臺，拓得更加寬敞。因爲從今以後，這裏就是牠們安居樂業、生兒育女的房間了。

剩下的工作是內部裝修。也許是爲了抵擋冬天的寒冷，也許是爲遮擋日光的照射，兩隻辛

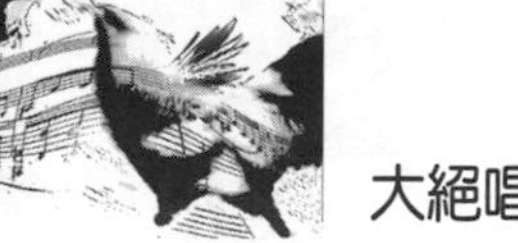

勞的河狸又從九曲河底挖來了稀軟的膠泥，一點一點地塗抹在房間的縫隙中。

要不了多久，一間四面透風的樹枝小屋，就被裝飾成了光滑結實的泥面小屋。只是在屋頂還保留了一塊枝枝杈杈的原樣。是為了換進新鮮的空氣，是為了看見天上的星星，還是為了聽見小島外面的聲響？

現在，當雌狸大粗腿終於回到自己舒適的小泥屋裏睡下時，迷迷糊糊地還能聽到河岸上那些兩條腿的動物的敲擊聲和叫喊聲。不過，牠們都在專心專意地做著自己的事情，既然美麗的樹枝小島和舒適的泥面小屋並沒有受到任何威脅，牠為什麼不能安安心心地做牠的白日夢呢？

能幹的男人長腿終於蓋好了他們的新家。房子只有一間，因為女孩尖嗓子和男孩大眼睛都還小，用不著分室而居。但是，房子卻蓋得很高很大，因為林子裏有的是筆直通天的大樹，只要把它們砍倒了，剃去枝杈，剝去樹皮，一根根地壘起來，蓋出的房子就比河中間雄狸黃鬍子牠們那座樹枝小島還要高大。

男人長腿又給全家人打製了三張木床，一張雙人床，兩張單人床。男孩大眼睛的那一張還在四周加了木框，防止他半夜掉在地上。

這一切都是男人長腿一個人完成的，雖說十分辛苦，可也十分高興。女人胖子幾次說要幫他幹點什麼，男人長腿都哈哈一笑說，算了吧，妳把孩子看好，把飯菜做好比幹什麼都強。

日子就像天山上冒出的清泉那樣汩汩地流淌。

男人長腿把林中的開闊地清理出來，種上了麥子。剩下的時間，他就揹上一支獵槍，去林子裏面轉悠。

林子裏大大小小的動物很多。有棕熊、野豬、狍子、馬鹿，還有啄木鳥、松雞、林蛙、松鼠。不過，男人長腿從來不打啄木鳥，他說那是吃害蟲的好鳥，要留著給林子治病。他也從來不惹棕熊，他說那傢伙記仇通人性，要是惹翻了牠，牠會趁自己不在的時候，對女人胖子和兩個孩子進行報復。

男人長腿常常帶回來的是松雞和林蛙，這些小東西繁殖得快，味道又鮮美。女人胖子愛吃，兩個孩子也愛吃。不過，要是偶爾打到一隻狍子或馬鹿，全家人就能美美地吃上好幾天。男人長腿也可以騰出時間去麥地裏拔拔草，去九曲河邊釣釣魚。

細心的女人胖子離開沙田村時，曾帶了一包菜籽，如今她就把它們撒在屋後鬆軟的土地上。經過千年落葉的滋養，這裏的土地十分肥沃。青菜、白菜、蘿蔔都長得格外肥厚鮮嫩。靈巧的女人胖子就用它們做出一餐又一餐香甜可口的飯菜。

當裊裊的炊煙帶著柴禾的清香和飯菜的濃香，久久地在林間盤繞飄蕩的時候，男人長腿就忘掉了一天的勞累，兩個孩子也發出了陣陣的笑聲。

除此之外，女人胖子還有很多事情要做。穿髒的衣服要洗要刷，穿破的衣服要縫要補。要

給一天天長大的小花狗餵食洗澡，還要給偌大的房屋擦抹清掃，還要去割來青草曬乾了鋪床，還要採來甘草晾乾了，留著將來去沙田村那邊換些油鹽醬醋和針線棉布。

男人長腿勸女人胖子說不必這樣忙碌，幾把甘草也值不了多少錢，到時候，他帶上幾張獸皮或是打上一隻馬鹿，到山那邊怎麼也是個稀罕物，還怕換不來吃的穿的？可女人胖子說，辛苦慣了，閒著反倒難過，積少成多，早晚總是用得著。

女孩尖嗓子雖然只有五歲，卻已經像父親一樣能幹，像母親一樣靈巧。她的工作是看護三歲的男孩大眼睛。有時候，她領著他在屋子周圍的草地上捉螞蚱逮蜻蜓，有時候，她又和他一起席地而坐，用小草給他編織小貓小狗小花籃。要是渴了，她會採來一捧鮮紅的野草莓；要是累了，她又會把他抱進吊在屋前那棵苦楊樹上的木搖籃裏睡覺。這時候，她就會一邊晃著搖籃一邊唱著歌曲；這時候，她就會望著川流不息的河水琢磨，這些河水一天到晚地流啊流的，到底要流到哪裡去呢？

有一天吃晚飯的時候，女孩尖嗓子忍不住提出了這個問題。女人胖子說，早年間就聽老人說過百川歸海，自然是流到大海裏去了。男人長腿卻搖頭說，九曲河和大海之間隔著一望無際的戈壁灘，那河水流著流著還不就被戈壁給吸乾了？

戈壁灘女孩尖嗓子見過很多，在沙田村的周圍就是望不到邊的戈壁灘。可是，她沒見過大海。假如說天下所有的河流都歸了大海的話，那大海一定會比戈壁灘還要遼闊無邊，比九曲河還要美麗清亮。

那是一個風和日麗的好天氣。男人長腿沒有去打獵，而是留在麥田裏鬆土。女人胖子也沒有去割草，而是留在菜地裏拔草。

起初，女孩尖嗓子和男孩大眼睛就坐在菜地邊上的樹蔭裏玩石子。後來，女孩尖嗓子離開了，說是要去林子裏採草莓。男孩大眼睛乖乖地坐在那裏，聽著女人胖子給他講故事。

太陽快當頂的時候，女孩尖嗓子還沒有回來。女人胖子拔了兩個蘿蔔，洗了手，抱起男孩大眼睛，回到屋子裏去準備午飯。

在河邊淘米洗菜的時候，女人胖子又朝著林子裏喊了幾聲。平時，女孩尖嗓子帶著男孩大眼睛去林子裏玩時，喊上幾聲就會回來。

但是，直到女人胖子做熟了午飯，男人長腿也從麥田裏回來之後，女孩尖嗓子還是沒有回來。

直到這時，女人胖子才慌了神。會不會在林子裏碰上棕熊和狼？會不會失足掉進九曲河裏？會不會……說著說著，女人胖子流下了眼淚。

男人長腿安慰女人胖子說，這附近的棕熊和狼早就嚇跑了，採草莓也不會跑到河邊去，說不定是在林子裏迷了路，我去找找就回來。

男人長腿飯也沒吃，背上獵槍就出去了。

女人胖子也沒吃飯，先是招呼男孩大眼睛吃了，又安排他在小木床上睡下，這才一個人站在門口，眼巴巴地等著。

太陽偏西的時候，男人長腿疲憊不堪地回來了，一屁股坐在門檻上說，附近的林子都找過了，不但沒有女孩尖嗓子的人影，甚至沒有她走過的痕跡。可是她不在林子裏又會到哪裡去呢？

女人胖子端來一碗涼開水，男人長腿咕嘟嘟地灌了下去，又站了起來說，要到河對面的林子裏去找。

女人胖子讓他吃了飯再走，他卻搖頭說，眼看著天就黑了，還是趕緊去找吧。

女人胖子轉身進了廚房，打算給他拿幾個飯糰邊吃邊走。可是，女人胖子卻在廚房裏叫了起來，說是掛在房樑上的籃子空了，裏面放著的兩個飯糰不見了。

男人長腿在廚房外面察看了一遍，沒有發現野獸的腳印。他又在廚房裏巡視了一番，終於發現門邊的方凳上，有一對女孩尖嗓子的腳印。

不用說，飯糰是女孩尖嗓子拿走的。不用說，女孩尖嗓子拿飯糰是打算走很遠的路。但是，她會到哪裡去呢？

這一次，連男人長腿也皺起了眉頭。這一次倒是女人胖子開了竅說，會不會去找大海了？這幾天她不是一直在打聽九曲河的盡頭還有多遠？

男人長腿笑了。女人胖子說孩子丟了你還笑！男人長腿說，這孩子像我，丟不了！

男人長腿背上獵槍，披著棉襖，裝好火把，又出發了。

臨走時，女人胖子追出門外，把幾個剛剛捏好的飯糰用乾淨的白布包了，裝進男人長腿的左棉襖兜裏，又把自家釀的野草莓酒用一個小瓶裝了，塞到男人長腿的右棉襖兜裏。

男人長腿走了幾步又回過頭來說，放心吧，五歲的小丫頭能走多遠？說不定天黑以前我們就回來了。

男人長腿沿著河岸朝九曲河的下游走去，一邊走還一邊呼喚著女孩尖嗓子的名字。天剛擦黑他就點起了火把，以便使自己更加醒目。

月亮當頂的時候，男人長腿點燃了第四支火把站在九曲河邊猶豫起來。他不相信一個五歲的小女孩能夠在一天之內，走出這麼遠的路程。說不定，他在哪裡錯過了她。

男人長腿決定折回頭去重新再找一遍。他朝著寂靜的夜空，朝著黑影幢幢的森林又最後叫了兩聲。

就在這時，男人長腿忽然聽到了女孩尖嗓子的回應。聲音很近，好像就在他的身後。聲音卻發悶，好像被什麼東西捂著。

男人長腿的身後是一棵鑽天的白楊，莫非女孩尖嗓子爬上了樹頂？他抬起頭來舉起火把，光溜溜的樹幹足有一米的直徑，而且高達兩米之上才有枝椏。不可能！小丫頭走得又累又餓，哪裡會有這樣的本領呢？男人長腿搖了搖頭。

就在這時，女孩尖嗓子的聲音又響了起來，不是在頭頂，而是來自腳下。與此同時，男人長腿還聽見「砰砰砰」的敲樹幹的響聲。

男人長腿一手握著獵槍一手舉著火把，繞到大樹的背後。只見那白楊的根部有一個樹洞，樹洞裏有一團黑影正在索索發抖。

借著火光，女孩尖嗓子看清了男人長腿的臉，隨即連哭帶喊地從樹洞裏爬了出來。男人長腿立刻滅了火把，放下獵槍，脫下棉衣裹住了凍得渾身冰涼的女孩。

月光很亮，幾乎看不出九曲河在流動。滿天的星星灑進河中，像是無數閃閃爍爍的碎銀。河邊的白楊林倒映在水中，更加靜謐美麗。

男人長腿從棉襖口袋裏取出那瓶家釀的野草莓酒，一點一點地啜著。女孩尖嗓子緊緊地裹著棉襖，偎在男人長腿的懷裏，一聲一聲地抽泣。

酒瓶空出一半的時候，女孩尖嗓子的抽泣也停止了。男人長腿把酒瓶子對準她的嘴。

女孩尖嗓子從來沒喝過酒，第一口喝得太急，嗆著了，臉憋得通紅。

等她止住了咳，男人長腿又讓她喝了第二口、第三口。這時候，她喝得上了癮，甚至還仰起臉來對男人長腿說，這酒真好喝。紅紅的小臉笑得像朵野薔薇。

男人長腿也笑了說，說說吧，妳今天都幹了些什麼？

女孩尖嗓子說，她只是想去看看九曲河的盡頭到底是大海還是沙漠。她拿了籃子裏的飯糰，以爲中午就能走到盡頭，下午就能趕回家。但是，日頭當頂的時候，九曲河不但沒有變窄，反而越走越寬了。她吃完兩個飯糰就開始沿著河岸朝前跑。可是，直到她跑得兩腿發軟，直到天空變成了黑色，她還是沒有看到九曲河的盡頭。這時，她覺得又累又冷又餓，還聽見野獸的叫聲。所以，她就躲進了樹洞。

男人長腿歎口氣說，算妳運氣好，知道嗎，棕熊也是在樹洞裏過夜的。

女孩尖嗓子說，要是看見樹洞裏有棕熊，我就走開，去找別的樹洞。

男人長腿說，要是棕熊看見妳霸佔牠的樹洞，牠可不會走開，也不會去找別的樹洞。

女孩尖嗓子說，那我會告訴牠，我是迷了路，不是要霸佔牠的樹洞。牠會明白的。

男人長腿搖搖頭，又從棉襖口袋裏掏出那包飯糰。飯糰裏面包著切碎的鹹菜丁和鹹肉丁。兩個人一邊啜著酒一邊吃著，香香甜甜的樣子，彷彿是一次愜意的野營。

男人說，想不到九曲河的下游還有這麼多的林子，就算沙田村的人全都搬來也夠住。女孩說，想不到九曲河有這麼長，不知道要走幾天才能走到頭。

男人說吃完飯就回家，將來等妳長大了，紮上一條木筏，咱爺倆一起漂到九曲河的盡頭，看看那兒到底是大海還是沙漠。女孩伸出右手的小拇指來和男人勾勾手，這才高高興興地跟著男人一起往回走。

雌狸香團子分娩的時候，雄狸大拇指就搬了出去。這是河狸家族的規矩。也許是爲了給雌狸和小狸騰出一個舒適的活動空間。

雌狸香團子沒有雌狸大粗腿那樣的好運氣。牠和絕大多數河狸一樣，把自己的家安在了河岸上的泥土層裏。那也是一個四通八達的洞系，那也是雌狸香團子和雄狸大拇指花費了很多的艱辛和時日才挖掘出來的。雖然比不上河中小島那樣風光，卻也有著另一番天地。

它有三個洞口，一個開在水下，頭頂是一棵古老的白柳。那又長又密的大樹根鬚，伸進水裏，像一幅美麗的門簾飄來蕩去，不但遮擋了天敵的視線，還給那幽深的洞系增添了許多神秘感。

另一個洞口開在十米之外的水下，頭頂仍然有一棵古老的白柳，那又長又密的大樹根鬚仍然伸進水裏，像一幅美麗的門簾飄來蕩去。

不過，還有一個洞口可是開在了離河邊十米左右的樹林當中。當然，那也不會是個仰面朝天的窟窿。一堆橫七豎八的樹枝，一層重重疊疊的樹葉，就足以把洞口遮掩得天衣無縫。不同的是，這個地面的洞口只有在應急的時候才會啓用。

地下的洞系是「U」字形，長達二十米的距離，足以讓雌狸香團子和雄狸大拇指來回跑動。

從水中的洞口進去不遠各有一個平臺小屋，那是牠們的起居室兼餐廳。每當牠們穿過在水中飄蕩的門簾游進自己的家時，這平臺小屋就是牠們小憩的地方。牠們會趴在早就備好的那個薄薄草墊子上，一邊啃食著鮮嫩的樹枝或樹皮，一邊等待著身上的水滴順著草墊，再順著洞壁一直流回洞外的九曲河中。

河狸是那種十分講究衛生的小動物。牠們從來不把濕淋淋的身子和食物的碎渣帶進洞系深處的臥室，也從來不在乾爽清潔的洞系中排泄廢物。

臥室有四個，大小不等，卻均勻地散佈在三個洞口之間。雌狸香團子和雄狸大拇指經常居住的自然是最大的一個。不過現在，雌狸香團子就要分娩的時候，雄狸大拇指就去選擇了其餘的三個。反正是在自己的家裏，反正還有許多的空間，牠在哪裡不能出入得自自在在，生活得快快活活？何況牠還要在雌狸香團子臨盆的這段時間，去爲牠尋覓更鮮嫩可口的食物呢。

雄狸大拇指是一隻貪睡的河狸。白天的睡眠自不用說，就算五雷轟頂，只要不擊穿了洞壁，牠就不會睜開眼睛。即使是在夜裏，牠也只用一半的時間出去活動，一半的時間回來睡覺。牠的生物時鐘不知道在哪裡出了毛病。

不過，雄狸大拇指可不是一隻懶惰的河狸。當初，河狸家族在九曲河上修補水壩的時候，身強力壯的老雄狸黃鬍子一次只能搬運一根樹枝，而剛滿兩歲的小雄狸大拇指卻能搬兩根。後來，在挖掘自家的洞系時，雌狸香團子要辛辛苦苦幹上一個夜晚的工作，雄狸大拇指卻能輕輕

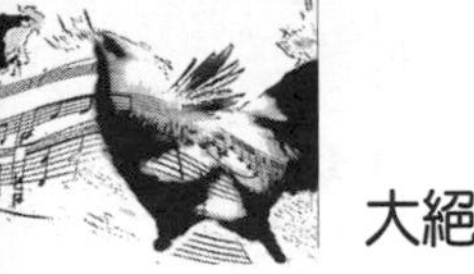

鬆鬆一轉眼就弄完了。

這裏面的奧秘就在牠的那兩隻手上。別的河狸每隻手上雖然都有五個手指，可牠們的大拇指卻都退化成了一個小豆豆，根本起不了手指的作用。但是，雄狸大拇指卻不同。牠的大拇指卻是實實在在的，強壯有力的，甚至比其他四個手指更靈活更俐落。

五比四，十比八，不僅是數量多，而且在配合使用上，雄狸大拇指都比其他河狸占了優勢。也就難怪牠幹起活來不費力，也就難怪牠睡起覺來心安又理得了。

雌狸香團子分娩是在白天。當兩個粉紅色的小肉蛋出生時，雄狸大拇指自然是在另一間臥室裏睡大覺。

夜幕降臨的時候，雄狸大拇指才睜開惺忪的睡眼。即使整整睡了一個白天連動都沒有動，牠還是感到了饑餓和進食的急迫。但是，當牠正準備順著地道出去覓食時，牠聞到了一股香氣。那是一種牠十分熟悉的香氣，只是更加濃烈，彌漫在整個地道之中。

雄狸大拇指掉轉頭直奔雌狸香團子獨自享用的大臥室，當牠看見兩個粉紅色的小肉蛋正閉著眼睛在吸吮著雌狸香團子的奶頭時，立即高興地叫了幾聲。

雌狸香團子顯得有些疲憊，分娩幾乎耗盡了牠的力量。但是，當兩隻小狸在牠懷裏拱動時，牠又露出了一副安詳的神情。

雌狸香團子也用叫聲回答了雄狸大拇指的慶賀。要不了多久，這長達二十米的洞系，這多達四間臥室和兩個餐廳的家裏，就會奔跑著兩隻小狸的身影，就會變得更加生氣盎然，妙趣橫生。

趁著雌狸香團子餵奶的工夫，雄狸大拇指游出了洞口。牠銜來了鮮嫩的白柳樹枝，剝來了可口的黑楊樹皮，甚至還採來了黃燦燦的野薔薇和紅通通的野草莓。當牠把這一堆豐盛美麗的犒賞運送到洞口內的小餐廳裏時，便得意地朝著洞內——那個有著勞苦功高的雌狸和生機勃勃的小狸的臥室連叫了好幾聲。

不一會兒，雌狸香團子蹣跚著來到了小餐廳。即使是勞苦功高，即使疲勞過度，河狸仍然保持著愛清潔的習慣，決不在臥室裏進食。不僅如此，雌狸香團子還順便帶來了墊在臥室裏供牠分娩用的碎木片，並且一直把它們送到洞口的門簾外邊，讓滔滔的河水把它們連同牠的排泄物一起沖得無影無蹤。

和貪睡的雄狸大拇指相反，雌狸香團子特別好動。即使是在分娩之後，即使是在極度虛弱之中，讓牠在洞裏待著不動牠也難受。所以，分娩後不幾天，牠又開始了和雄狸大拇指一起出雙入對，晝伏夜出的活動。

不論是在樹林裏採集食物，還是在河邊上大快朵頤，雌狸香團子總是會一次又一次地停下來，久久地望著對岸那座新蓋的木頭房屋。當月光黯淡，河水寧靜的時候，就能看到房子裏射出來的亮光，就能聽到屋子裏飄出來的笑聲。

不知道有多少個夜晚，雌狸香團子就這樣久久地企盼著，直到房子裏的亮光終於被黑夜吞沒，直到屋子裏的笑聲終於消失得無影無蹤，牠還是沒有聽到那個尖尖的脆脆的甜甜的歌聲。

日子一天天地過去，兩個粉紅色的小肉蛋變成了兩隻眉清目秀的小河狸。一隻是雌狸，頭頂圓圓的像個蘑菇頭。另一隻是雄狸，白白的爪子，特別地與眾不同。兩隻小狸會叫了也會跑了，雌狸香團子也就給牠們斷奶了。

夏天來了，茂盛的蘆葦在水中搖搖晃晃，肥厚的菖蒲在岸邊隨風蕩漾，還有林地上一片片脆生生綠茵茵的水蔥，還有灌木中一串串紅通通黃燦燦的漿果。在如此豐盛鮮美的食物面前，河狸們可以換換口味，暫時放棄了對樹枝和樹皮的咀嚼。在如此大好的時光裏，在洞口裏憋了許多天的雌狸香團子，即使在白天也常常因爲睡不著而出來活動。

那是一個風和日麗的中午，儘管太陽很毒，樹蔭裏卻還涼爽。睡了一個上午的雌狸香團子又一次悄悄地游出了洞口。牠走得並不很遠，只是在白柳樹莵處上了岸，因爲岸邊就有許許多多鮮美可口的食物。牠似乎並不太餓，只是切斷一根青翠的蘆葦，放在嘴裏漫不經心地咀嚼著。兩隻圓圓的亮亮的小眼睛，卻全神貫注地盯著河對岸那個龐大的木頭房屋。

突然，一個紮辮子的女孩和一個光著頭的男孩一前一後從屋子裏跑出來，一邊圍著房前那棵高大的苦楊樹繞圈子，一邊尖聲地叫著笑著。

雌狸香團子立刻扔下蘆葦跳進水中，隨時準備鑽進帶簾子的洞口。但就在這時，叫聲和笑聲又消失了。牠小心翼翼地從水面露出兩隻眼睛。苦楊樹下只剩下紮辮子的女孩，兩隻手扶著樹上吊著的木頭籃子，不停地搖啊搖的。

雌狸香團子壯起膽子，又一次爬上岸來，站在進退兩可的白柳樹蔸上，抹了一把臉和脖子，抖了一下身上的水珠。就在這時，牠企盼了多日的歌聲，那個尖尖的脆脆的甜甜的歌聲，從河對岸悠悠揚揚地傳了過來。

這一次，雌狸香團子總算知道了，這歌聲是從那個紮著辮子的女孩身上發出來的。只是因爲隔得太遠，河上的風把歌聲吹得斷斷續續的，河中的水又把歌聲吵得隱隱約約的，始終不能聽得很清楚。

雌狸香團子第二次跳進水裏，但不是回家睡覺，而是毫不猶豫地向河的對岸游去。對岸也有一棵大樹，但不是白柳而是白楊。白楊樹也有一蓬茂密的根鬚飄在水中，雖然沒有洞口，卻能夠暫時藏身。

躲在白楊樹飄蕩的根鬚中，瞪起兩隻圓圓的眼睛，豎起兩隻尖尖的耳朵，這一次，雌狸香團子不但看清了，而且聽清了。

那紮著辮子的女孩一邊慢慢地晃著吊籃，一邊輕輕地唱著歌。那尖尖的脆脆的甜甜的歌聲，在炎炎的天空中喚來一陣陣清涼的風，在緩緩的河面上激起一道道細碎的浪，在青青的草坪上搖曳著一朵朵絢麗的花朵，在密密的森林中流淌著無盡的靜謐和安寧。那尖尖的脆脆的甜

甜的歌聲使雌狸香團子忘記了害怕，忘記了警惕，也忘記了自己。

女孩尖嗓子是在聞到奇怪的香氣之後才停止唱歌的。那是一種她從未聞見過的香氣。不似饞人的飯菜香，也不似爽人的鮮花香。那是一種迷人的濃香，一陣陣地從河邊飄過來，攪得她心醉神迷，就像那天夜裏喝了家釀的草莓酒一樣，頭重腳輕，不能自已。

男孩大眼睛已經在木頭吊籃裏睡著了。女孩尖嗓子停止了搖動，一邊聳著鼻子，一邊盯著腳下的草叢，尋尋覓覓地朝河邊走去。

當女孩尖嗓子終於出現在河邊那棵白楊樹下，終於和藏在茂密的樹根中的那隻河狸四目相對時，已經聽歌聽得癡迷的雌狸香團子這才驚醒過來，便驚慌失措地跳進水中消失了身影。

從那以後，每天中午，當女孩尖嗓子一邊搖晃著吊籃哄男孩大眼睛睡覺，一邊自由自在地唱起歌時，總會聞到那一種迷人的濃香，一陣一陣地從河邊那棵白楊樹蔸下飄過來。她知道一定是那個身子毛茸茸眼睛亮晶晶的雌狸香團子在偷聽。所以，她就會把歌聲唱得更尖更脆更甜更動聽。

女孩尖嗓子喜歡那股濃濃的迷人的香氣，在那陣陣香氣的包裹中，她會生出許許多多的幻想來。有時好像在碧藍的天空中飛翔，有時又好像在湛清的河水中游泳。有時覺得自己是一陣飄忽不定的風，有時又覺得自己是一朵盛開怒放的花朵。

一天、兩天、三天、五天，雌狸香團子就那樣癡迷地偷聽著，散發出更濃更香的香氣。三天、五天、八天、十天，女孩尖嗓子就那樣癡迷地幻想著，唱出更美妙更動聽地歌聲。

不知道從哪一天開始，雌狸香團子就不由自主地離開了牠藏身的白楊樹蔸，一點一點地朝那棵有著吊籃的苦楊樹下移動，最後終於出現在女孩尖嗓子的面前，豎起一雙尖尖的耳朵，瞪著一雙圓圓的眼睛，聽著她的歌聲。

不知從哪一天起，女孩尖嗓子就和雌狸香團子成了好朋友。起初，她拿來一個飯糰餵牠，牠不吃。她又拿來狍子肉乾餵牠，牠還是不吃。最後，她割來一把鮮嫩的水蔥餵牠，牠卻吃得又香又甜，逗得女孩發出了歡快的笑聲。

就這樣，每天中午，女孩尖嗓子和雌狸香團子都有一個秘密的約會。男人長腿一早就上山去了，要到下午才回來。女人胖子裏裏外外整日忙碌，中午也要像男孩大眼睛那樣睡上一覺。而河狸家族卻有晝伏夜出的習慣，誰也不會大白天地跑出來閒遊亂逛。即使是森林裏那些大大小小的飛禽走獸，在這夏日炎炎的中午，也會懶得動彈。所以，女孩尖嗓子和雌狸香團子的約會，就因爲沒有任何人任何動物的打擾，而顯得格外溫馨快樂。

女孩尖嗓子每天都要給雌狸香團子換上一支新歌，等到她會唱的歌全部唱完了，就再從頭開始，也不管牠分不分得清。

女孩尖嗓子每天都要給雌狸香團子準備一把水蔥或一捆菖蒲，作爲約會的禮物。相比之

下，雌狸香團子卻既不會唱歌也沒有禮物。

不過，這也算不了什麼。只要雌狸香團子能按時來赴約會，能如癡如醉地聽歌，能香香甜甜地吃禮物，女孩尖嗓子就會感到非常高興和滿足，畢竟，牠給她單調的生活帶來了樂趣。何況，還有牠那濃濃的香氣給她帶來幻想呢。

可惜，好景不長。終於有一天，男人長腿的突然出現，結束了這段美麗的中午約會。

那一天，男人長腿帶著已經長成大花狗的小花狗上山打獵。他們的運氣很好，沒多久就打到了一隻馬鹿。馬鹿很重，男人長腿沒辦法背著牠到處轉。所以，就提前凱旋而歸。

在剛剛看到木頭房子的時候，大花狗突然一反常態，一邊狂吠著，一邊朝苦楊樹下的女孩尖嗓子撲去。

平時，大花狗只有見到獵物時才會這樣。難道牠不認識牠的小主人了?男人長腿生氣地吆喝一聲。大花狗卻只是猶豫了片刻，隨即又叫了起來，跑了起來。

剛聽到大花狗的叫聲，甚至還沒看到大花狗的身影，雌狸香團子就連滾帶爬地朝河邊跑去。只可惜牠蹣跚的步子太慢，牠肥胖的身子又太笨。所以，在草地上掙扎了很久，還是離河邊有很遠的路程。

起初，女孩尖嗓子只是發愣，不知道究竟發生了什麼事情。後來，當她看見大花狗瞪著兩隻凶狠的眼睛不是朝她，而是朝著雌狸香團子奔去時，她立刻明白了自己該怎樣做。

女孩尖嗓子衝上去，搶在大花狗到達之前把雌狸香團子抱了起來。她感覺到牠在自己的臂彎裏劇烈地顫抖。當大花狗圍在她的腳下狂吠時，她憤怒地呵斥了一聲，然後才把雌狸香團子抱到河邊放進水中。

在岸上步履蹣跚笨得要命的雌狸香團子，一落入水中就變得出奇地靈敏。只見牠一個猛子扎入水底，過了很久才見到牠在河中間露出毛茸茸的頭部，接著牠又潛入了水底，從此便再也不見了蹤影。

大花狗仍然不依不饒地站在河邊狂吠。女孩尖嗓子呵斥了牠一句，然後自顧自地回家去了。

男孩大眼睛醒了，正站在吊籃裏吵著鬧著要下地。男人長腿把馬鹿放到廚房裏，洗了手，把男孩從吊籃裏抱出來，這才問女孩尖嗓子到底發生了什麼事情。

女孩尖嗓子噘起嘴埋怨說，是大花狗把她的好朋友雌狸香團子給嚇跑了。男人長腿笑了說，看起來河狸是大花狗的美餐呢。女孩問爲什麼，男人說不爲什麼，就像我們愛吃豬肉、牛肉、羊肉一樣，大花狗愛吃河狸。

女孩尖嗓子立刻找到一根長繩，把大花狗牢牢地拴在了屋子後面的白柳樹上。

失去自由的大花狗立刻表示了抗議，牠昂起頭來朝著木頭房屋不停地叫著，似乎是在控訴女孩的虐待，呼喚男人的解救。

在大花狗的叫聲中，男人長腿和女孩尖嗓子談過一次。但是，沒有成功。吃晚飯的時候，女人胖子又替大花狗求情，還是沒有結果。不過，晚飯之後，女孩尖嗓子拿了一塊馬鹿肉去餵大花狗，一邊拍著牠的後背，一邊低聲地說著什麼。後來，大花狗就不叫了。

這天晚上，男人長腿和女人胖子點著燈，坐在桌子旁邊說話，一直說到了半夜。

男人說今年的麥子種得晚，長得不好，收不了多少。雖說山上的野燕麥還能填補一些，但是，明年的麥種怕是要回沙田村去取。再說，獵槍的火藥也快沒有了。

女人說她也一直想著去沙田村領一對小豬娃回來。雖說馬鹿、松雞、林蛙這些野味的肉很鮮，但終究不如豬肉吃著香。再說，廚房裏存的鹽巴也快吃完了。

不過，究竟由誰回沙田村去取這些東西，兩個人卻費了一番思量。

男人長腿腿長身體壯，翻天山到沙田，來回也不過三五天的工夫。但是，留下女人胖子和兩個孩子守著這麼大的屋子，守著神秘莫測的林子，萬一出點什麼事情就會呼天天不應，叫地地不靈。到時候，男人長腿恐怕得後悔一輩子。

全家人一起回沙田村，和家裏的老人敘敘舊，和村裏的鄉親說說話，消消停停地住上十天半個月再回來也不錯。只是往返都要上天山、越雪線、走冰川，兩個孩子又要吃苦、受累、挨凍。眼看著孩子們剛剛胖起來的身子和嫩起來的臉蛋，兩口子實在不忍心。

最後，女人胖子說讓她一個人回沙田村。一來她跟著男人長腿四處顛簸慣了，吃苦走路都不在話下，而且天山這條路她是一步一步走過來的，記得很清楚，決不會迷路。二來呢，有男人長腿照顧兩個孩子，她可以放放心心地在沙田村多住些日子，給沙田村的人們多講講九曲河的生活，說不定會有誰跟她一起來九曲河做客呢。

起初，男人長腿還是不放心。儘管女人胖子跟著他顛沛流離，如今離開他，一個人去翻天山，走冰川，她真的能行？女人胖子說，那就把大花狗帶上。當初，大花狗是和他們一起翻天山過來的，狗的記性好，肯定還認得路。再說，萬一路上有什麼變故，牠也會出一份力量。實在不行，牠還可以跑回來報信求救呢。

男人長腿和女人胖子一直說到深夜，女孩尖嗓子就直閉著眼睛聽。這時，她忽然插進話來對女人胖子說，趕緊把大花狗帶走吧，再也不要帶回來，省得牠吃我的朋友。

男人長腿和女人胖子都笑了，不明白聰明懂事的小丫頭怎麼就會迷上了那個毛茸茸的河狸，怎麼就會討厭自家的大花狗呢。

差點丟了性命的雌狸香團子一連幾天都待在地洞的臥室裏。白天不睡覺，夜裏不出去，甚至連現成的食物都不肯吃，只是瞪著眼睛左顧右盼驚魂不定。

不用說，在九曲河畔，河狸家族有許多相安無事的朋友。像林子裏飛來飛去的啄木鳥、

松雞，像河水中游來游去的青蛙和魚。牠們的存在，日日夜夜地豐富生動著河狸家族的生活環境。

不用說，在九曲河畔，河狸家族也有許多虎視眈眈的天敵，像晝伏夜出的猞猁、水獺，像笨重巨大的棕熊。牠們的存在又時時處處鍛煉著河狸家族的靈活機警。

但是，九曲河畔卻從來沒有出現過狗。憑著本能，河狸家族都知道，狗是比猞猁、水獺和棕熊更兇惡的天敵。何況，那隻花狗一露面就差點要了雌狸香團子的性命。

雌狸香團子喜歡聽女孩尖嗓子的歌聲，但是，牠更珍惜自己的性命。所以，當牠重新恢復了平靜時，便再也不敢在白天離開牠那安全的地洞。即使在夜裏出外覓食，牠也隨時對河對岸的那座木頭房屋保持著高度的警惕。

但是，這並不等於雌狸香團子完全忘記了女孩尖嗓子和她的歌聲。

白天，在地洞中睡眠時，牠常常會聽到那種歌聲。也不知道是女孩尖嗓子又在唱歌，還是牠又在做白日夢。

夜裏，在岸邊的林子裏採集食物時，牠又常常盯著河對岸那棵高大的苦楊，不知是出於對女孩尖嗓子的想念，還是出於對大花狗的恐懼。

日子就像山谷的小溪一樣匆匆地流淌。不論白天還是夜晚，雌狸香團子都不再聽到大花狗的叫聲，也不再見到大花狗的身影。這就使牠漸漸恢復了往日的從容和自信。

小雌狸蘑菇頭和小雄狸白爪子長得很快，不但像父母一樣有了毛茸茸、光溜溜的錦衣和像鑿子一樣鋒利的門牙，而且還各自繼承了父母的長處。

小雌狸每次從水中出來，總會散發出一股淡淡的香氣，儘管不如雌狸香團子那樣濃郁。小雄狸的兩副白爪子上的大拇指也很發達，儘管不如雄狸大拇指那樣健壯。

兩隻小狸都像雌狸香團子一樣好動，所以，天黑之後，必定是全家出洞，到河邊的林子裏去自食其力。兩隻小狸又都像雄狸大拇指一樣能幹，所以，每次修整洞系或是運送食物，牠們都幹得非常出色。也許這一切都是為了在接踵而來的災難中，具有與眾不同的應付能力。

最初的災難來自九曲河的洪水。儘管每年夏季九曲河多多少少總要漲水，但是，這一年的洪水卻來得又快又猛而且沒有任何預兆。也就是說，在雌狸香團子家族居住的河段，連一場小雨都沒有下，那洪水就像從地下冒出來的一般洶湧過來了。

那是一個白天的上午，雌狸香團子一家正在洞中的臥室裏睡得又香又甜，各自做著美夢。一切就在這香甜和美夢當中發生了。

首先驚叫起來的是兩隻小狸。因為牠們的臥室離水下洞口更近。節節上漲的九曲河水托著小餐廳裏的薄薄草墊子沖進了牠們的臥室，頭天夜裏才採集回來儲存在小餐廳裏的菖蒲、蘆葦和水蔥等精美食物，如今反成了洪水的急先鋒，兇神惡煞地衝擊過來，威脅著牠們的性命。

當兩隻驚慌失措的小狸跑到高處的大臥室時，雌狸香團子早就被牠們的叫聲驚醒了，只是

還沒弄清到底發生了什麼事情。

兩隻小狸濕漉漉的身子和驚恐的目光說明了一切。因爲牠們從來不會獨自出洞覓食，也因爲在牠們的身後，雌狸香團子看到了正在湧動的水波。

像以往碰到任何意外一樣，最後一個醒來的是雄狸大拇指。當牠被雌狸香團子推醒時，甚至還發出了抗議的嘟囔。

但是，當牠看到九曲河的清波已經變成了黃水，並且正在向牠們的臥室步步緊逼的時候，又是牠第一個做出了果斷的決定。

雄狸大拇指大叫了幾聲，不是驚叫，而是給全家下達的行動命令。然後，牠便率先向著地面上那個被樹枝和樹葉遮蔽的洞口跑去。

等到雌狸香團子和兩隻小狸踉踉蹌蹌地跟著跑到洞口時，雄狸大拇指已經亮出牠的那副鑿子一般鋒利的門牙，在洞口的那堆樹枝中開始工作了。

隨著「喀嚓」「喀嚓」的響聲，一片片的碎屑落在雄狸大拇指的腳下，而一點點的空間卻在牠的頭頂延伸。毫無疑問，只要牠堅持開掘下去，牠們在地下的洞系就會向著地上的樹枝堆中擴展。而一旦洪水淹沒了地下的臥室，牠們照樣可以在地上的臥室裏活動。

幸虧地面有一個樹枝堆積起來的小島，那是兩星期前雄狸大拇指帶領全家辛苦勞作的結果。林中的小島雖然比不上雌狸大粗腿的水中小島那樣壯觀，卻也有一米多高兩米多寬。就算九曲河水漫上了河岸，牠們也有了足夠的退路。

當然，在這樣緊急的時刻，雌狸香團子和兩隻小狸也不會閒著。牠們在雄狸大拇指的身邊，也開始了緊張的工作。隨著此起彼伏的「喀嚓」聲，隨著一堆堆的碎屑被運走，一個高於地面的洞系，兩個還算寬敞的臥室終於修整出來了。

倉促中修建的林中小屋顯得有些粗糙，洞面不算光滑，也沒有抹上膠泥。但是，雌狸香團子一家總算有了較為安全的新家。就算九曲河水淹沒了整個地洞，牠們也不必驚慌失措，流離失所了。

緊張辛苦的勞作之後，是安穩甜蜜的睡眠。當兩隻小狸也和愛睡的雄狸大拇指一樣，進入不分晝夜的沈沈夢鄉時，好動的雌狸香團子卻只是打了個盹又醒了。

雌狸香團子睜著亮晶晶的小眼睛，彷彿猶豫了好一陣，這才沿著林中小屋朝地洞跑去。河水已經淹沒了地洞中所有的臥室，混濁的河水在離地面洞口一米遠的地方湧動著，水面飄蕩著一層由綠色的菖蒲、水蔥和白色的樹枝碎屑組成的混合物，像是在阻擋著洪水的腳步。

大概是因為有了退路，雌狸香團子顯得十分鎮靜，先是在湧動的水面上撈起幾根水蔥來細細地嚼食了，這才投入水中，順著地洞，游出了垂掛著白柳樹根的洞口。

九曲河的流速比往日快了許多，一出洞口，雌狸香團子就被沖出幾米遠。幸虧牠抓住了岸邊的幾枝蘆葦，這才穩住了身子。

碧藍的天空上仍然是雪白的雲彩、炎炎的烈日，看不出一點下過雨或要下雨的跡象。林中的小鳥依然在飛來飛去，看不出有一點異樣。只是密林中走獸的吼聲卻聽不見了，代之以九曲河水的咆哮。

遠處的河面上，雌狸大粗腿和雄狸黃鬍子的樹枝小島仍高高地挺立著。那是一個經歷過許多次洪水的小島。在一次次波峰浪頭的衝擊下，它始終巍然不動，像是一座無堅不摧的分水嶺。

不過，這也並不意味著雌狸大粗腿和雄狸黃鬍子的辛勞可以一勞永逸。也就是說，當雌狸香團子一家忙著修築牠們的林中小屋時，雌狸大粗腿一家也加固了牠們的樹枝小島。不同的是，同樣是倉促緊張的工作，雌狸大粗腿和雄狸黃鬍子卻顯得更加有經驗也更加沈著。所以，牠們的樹枝小島就加固得更加仔細而且還抹上了膠泥。

當然，在這場突然暴發的洪水面前，也不是所有的河狸都像雌狸大粗腿一家那樣從容不迫應付自如，或者像雌狸香團子一家那樣有驚無險安然無恙。在幾十里長的九曲河面上，雖然是白天，還是能夠在這裏那裏看到一隻隻河狸的身影。有的是在睡夢中，糊裡糊塗就被沖出了地洞；有的是銜了樹枝去修地面的林中小屋，卻被洶湧的洪水沖到了下游。

面對著一個個滾滾而來的浪頭，面對著一個個被洪水裹脅而下的同類，雌狸香團子亮晶晶的小眼睛裏露出了驚恐，不自覺地抓緊了岸邊的蘆葦。

雄狸禿尾巴就是這時沒頭沒腦地撞在了雌狸香團子的身上，差點把牠嚇得丟了魂，差點把牠撞得失去平衡。

雄狸禿尾巴和雌狸香團子一母同胎，今年也是三歲。這是一隻憨厚的河狸，只是憨得有些過了頭。牠的尾巴就是因爲太憨丟掉的。

那是在牠一歲半的時候，雌狸大粗腿一家在岸邊採集食物時，遭到了雄水獺扁頭的偷襲。不知道是因爲整個家族中牠最遲鈍呢，還是因爲牠離雄水獺扁頭最近。總之，當別的河狸全部跳入水中逃之夭夭之後，牠卻被雄水獺扁頭一口咬住了尾巴。

不過，雄狸禿尾巴雖然憨笨，卻又有一股子倔強勁。儘管尾巴被雄水獺扁頭緊緊地咬住，牠卻沒有放棄拼命的掙扎；儘管面對兇惡的天敵，牠卻沒有忘記歇斯底里的叫喊。也許正是牠這憨頭憨腦的掙扎和叫喊，才使雄水獺扁頭有了片刻的愣怔，也才使雄狸禿尾巴丟了一條尾巴卻揀了一條性命。

從此，丟了尾巴的雄狸禿尾巴變得更加遲鈍笨拙。因爲河狸們之所以在水中變得靈活敏捷，完全是靠了那條扁扁平平能夠調節方向的尾巴。

既然在微波蕩漾的河水中，雄狸禿尾巴都無法把握自己的活動，如今，置身在洶湧澎湃的洪水中，牠又怎麼會不隨波逐流呢？

幸虧雌狸香團子用身體擋住了牠的失控，雄狸禿尾巴才停頓下來，趕緊抓住了岸邊的蘆葦，得以結束了無休無止的漂流。

被撞痛了的雌狸香團子尖叫了兩聲，等到看清對方是雄狸禿尾巴時，便不再尖叫，轉而輕聲地嘟囔起來。也許是原諒了牠的身不由己，也許是體諒了牠的憨直笨拙。

終於穩過神來的雄狸禿尾巴也在雌狸香團子的身邊嘟囔著，不知是在向牠道歉呢還是訴苦。

雄狸禿尾巴是從幾十米外的上游沖下來的，那裏有牠和雌狸雜毛的家——也是雌狸香團子那樣的地洞，也有兩隻剛剛長大的小狸。但是，遲鈍的雄狸禿尾巴和粗心的雌狸雜毛卻不如機靈的雌狸香團子和能幹的雄狸大拇指那樣走運。牠們是在睡夢中被湧進洞中的洪水沖醒的。除了帶著兩隻小狸朝著地面的洞口逃命之外，牠們甚至來不及做任何事情。

糟糕的是，雄狸禿尾巴地面的洞口也像牠的尾部一樣光禿禿的，只鋪著一層薄薄的樹枝，根本不足以支撐起一所林中小屋。所以，四個可憐巴巴的家庭成員只能在光天化日之下，趕著砍伐身邊的樹木。

當九曲河的洪水漲到幾乎與岸齊高的時候，一些從上游沖下來的樹枝，常常被岸邊的大樹根絆住。撿現成的當然比砍伐來得快來得輕鬆。雄狸禿尾巴好不容易才急中生智了一回。可當牠打撈第二根樹枝的時候，牠還是因為遲鈍和笨拙，連同那根樹枝一起，滾進了滔滔的洪流之中。

雄狸禿尾巴在雌狸香團子身邊嘟囔了一陣之後，就費力地爬上了河岸。牠的家還在上游很遠的地方，牠的家庭成員還在修建避難的林中小屋。儘管牠在洶湧的波濤中差點丟了性命，但是，只要牠還活著，不管是步履蹣跚也好，精疲力竭也罷，牠都要拼盡全力，儘快地回到牠上游的家和牠的家庭成員當中。

雄狸禿尾巴剛剛消失在茂盛的菖蒲叢中，雌狸香團子就聽到了那種熟悉的歌聲。

在滾滾滔滔的九曲河對岸，正是女孩尖嗓子站在岸邊。那對短短的翹在頭上的辮子，那身黑紅相間的花衣服，還有那陣陣隱隱傳來的尖尖的脆脆的甜甜的歌聲，雌狸香團子都非常熟悉。

只是這歌聲又與往日有些不同，似乎更細更長更柔，似乎充滿了牽掛、呼喚和思念之情。隔著呼嘯而去的河水，對岸的歌聲時斷時續，卻足以讓雌狸香團子意亂情迷，忘記了兇惡的花狗。

隔著搖來晃去的蘆葦，對岸的身影時隱時現，卻足以讓雌狸香團子心馳神往，忘記了洪水的威脅。

就在雌狸香團子身不由己地打算橫渡九曲河的洪流時，一個比女孩尖嗓子高許多的男人來到了她的身邊。他低下頭對她說著什麼，她也仰起頭對他說著什麼。然後，他把她抱起來，離

開河岸，走回那座木頭房屋。

當雌狸香團子重新回到自己的林中小屋時，雄狸大拇指和兩隻小狸都還在甜甜的夢鄉之中。當牠也像牠們一樣進入自己的睡夢之後，牠又聽到了那個尖尖的脆脆的甜甜的歌聲。

九曲河的洪水來得快去得也快。就在它們即將漫上河岸時，便開始緩緩地退去了。

自女人胖子翻天山回沙田村之後，男人長腿就不再出去打獵了。地裏的麥子已經熟透了，雖然長得不好，收穫也不多，但畢竟是自己的勞動成果，畢竟也是充饑的糧食，憑他一個人去收去打，還真得忙一陣子呢。

自女人胖子把大花狗帶走之後，女孩尖嗓子更加想念雌狸香團子了。每日裏只要有空，她就會站到河邊去唱歌，誰知唱來的竟是一場滾滾滔滔的洪水。

男人長腿還是像女孩尖嗓子這樣大的時候見過發洪水。那時候，沙河也像九曲河這樣彎彎曲曲碧波蕩漾，從沙田村的中間流過。那時候，沙河的兩岸也像九曲河的兩岸這樣長滿了鬱鬱蔥蔥的樹林，蔭庇著沙田村參差錯落的房屋，阻擋著戈壁灘上的風沙和炎熱。

不知道從什麼時候起，沙河兩岸的樹林少了起來，沙河的河水也淺了許多。最後，沙田村的房屋便漸漸暴露在風沙和烈日之中，沙河的碧波也漸漸變成了一股時斷時續的細流。

九曲河這場突如其來的洪水使男人長腿感到既親切又恐慌。假如洪水真的漫上了河岸，漫進了他的木頭房屋，他就得帶著兩個孩子去逃荒，而他剛剛從地裏收回來的麥子就得泡湯。

幸虧老天開眼，幸虧有驚無險。所以，當滾滾滔滔的洪水一節一節地降下去時，男人長腿就會既好奇又欣慰地帶著兩個孩子到河邊去久久地觀看。

當洪水終於退盡，九曲河重新變得輕風漣漪、碧波蕩漾的時候，男人長腿和女孩尖嗓子幾乎同時發現，在河岸與水面的交界處，幾乎每隔幾十米就有一個圓圓的洞口。起初，那些洞口還掩映在大樹的根鬚後面若隱若現。後來，樹根在烈日曝曬下乾縮起來，洞口也就赤裸裸地暴露出來。

女孩尖嗓子問這是什麼洞，男人長腿搖頭說不知道。女孩又說能不能挖開看看，男人又搖頭說不能。結果女孩只有一天到晚盯著那些黑洞，一邊看一邊想，說不定有一天，那裏面會跳出一條肥肥胖胖金光燦燦的大鯉魚來。

這天吃過晚飯，太陽已經下山了，晚霞還很絢爛。男孩大眼睛在苦楊樹下的吊床上睡著了，男人長腿在場院上用連枷打麥子，女孩尖嗓子又抽空跑到河邊，眼巴巴地看著河對岸的那個黑洞，同時唱起了她那尖尖的脆脆的甜甜的歌。

過了一會兒，那洞口處果然有了一團東西在蠕動。又過了一會兒，那團東西果真撲通一聲跳出來掉進了河水中。

女孩睜大眼睛去看，那東西不是一條肥胖胖金燦燦的大鯉魚，而是一隻毛茸茸胖乎乎的河狸，好像就是她日夜思念的那隻會散發香氣的河狸。

女孩高興得跳起來，一邊揮動著雙臂一邊尖聲地叫喊。眼見著那隻毛茸茸的河狸在河面上停留了片刻，卻並不朝著她，而是順流而下，漸漸地消失了身影。

女孩失望地噘起了嘴巴。就在這時，她又發現，從雌狸香團子跳出的洞口，從河兩岸無數個同樣的洞口，又陸陸續續地跳出來一隻又一隻的河狸，先先後後地都朝著九曲河的下游順水而去。

牠們要去哪裡？牠們去幹什麼？女孩尖嗓子實在忍不住要去看個究竟。

不過，這一次探險，女孩尖嗓子徵得了男人長腿的同意，並且男人長腿還決定和她一起去，因爲他自己也很好奇。

月上東山的時候，男人長腿和女孩尖嗓子出發了。當然還有男孩大眼睛，不過他是睡著了的，被男人長腿用布帶捆在了背上。

男人長腿牽著女孩尖嗓子的手，順著林中的小路朝九曲河的下游走去。男人長腿說，林子裏的路不如河邊開闊，卻便於隱蔽，一方面避免招惹夜行的野獸，另一方面也避免驚動水中的狸群。

在下游不遠的地方，有一條比河岸略低的攔河壩，橫在九曲河較爲狹窄的地方。男人長腿打獵時常常從這攔河壩上走過。如今一場洪水過後，大壩被沖出了幾個缺口，凹凹凸凸的，有的還突出在水面，有的已淹沒在水中。

男人長腿正在琢磨天亮之後應該設法把大壩修好時，就發現了大壩周圍，正有一團團黑魆魆的小動物在上上下下地活動。

女孩尖嗓子眼尖，肯定那些小動物就是河狸。男人長腿便帶著她躲在一棵粗大的白楊樹後，仔仔細細地觀看。

大壩周圍大約有二十幾隻河狸在忙碌著。有的「喀嚓」「喀嚓」地切割岸邊的樹枝，有的「咕咚」「咕咚」地潛入水底。

月亮朦朧，疏星黯淡。男人長腿和女孩尖嗓子看了好一陣子，卻不明白牠們到底想幹什麼。

又看了好一陣，男人長腿才恍然大悟說，原來，九曲河上那一道道的攔河壩，竟不是天地之作，鬼斧神工，而是這些小動物的同心協力之作。原來，那岸邊上一個個的洞口本是藏在水底下的，河狸們正在築高大壩，提高水位，以便重新遮住洞口。

女孩尖嗓子忍不住尖叫起來。想不到可愛的雌狸香團子和牠的夥伴這樣能幹！想不到這些不起眼的小動物會像人類一樣聰明！

男孩大眼睛被女孩尖嗓子的尖叫驚醒了，望著四周黑漆漆的森林和迷濛濛的星空，一邊叫喊著一邊哭了起來。男人長腿立刻把男孩大眼睛從背上解下來抱在懷裏，女孩尖嗓子也立刻湊上去百般哄逗。

當男孩大眼睛終於搞清楚身在何處，便停止了哭泣，並且打算和男人長腿、女孩尖嗓子一起，觀看「很多很多的小動物」怎樣修築大壩。可是河中的大壩周圍，那些忙忙碌碌的河狸卻早已跑得無影無蹤了。

女孩尖嗓子很後悔，不該尖叫，嚇跑了河狸。男人長腿卻說，沒關係，我們可以將功補過，幫牠們把大壩修好。

在朦朧的月光中，在黯淡的星光下，女孩尖嗓子坐在粗大的樹根上，哄著男孩大眼睛入睡。男人長腿則甩開長腿長胳膊，一個人在大壩的周圍忙忙碌碌。

當東邊的山丫吐出了絢麗的朝霞，當女孩尖嗓子也不知不覺地睡著之後，攔河壩終於修補好了。汩汩的河水不再從幾處缺口奪路而去，而是被完整的攔河壩留住了腳步。

勞碌了一夜的男人長腿用清涼的河水洗乾淨胳膊和長腿，也洗清醒了熬夜苦戰的頭腦。然後，才叫醒了裹在棉大衣裏沈沈入睡的女孩尖嗓子和男孩大眼睛。

看著山頂上繽紛的霞光，聽著林子裏百鳥的歡唱，男孩大眼睛高興地跑來跑去，說是在林子裏睡覺比在大屋子裏有趣得多。

看著橫亙在河面上的水壩，看著一點點升高的水位，女孩尖嗓子抬腿就要走過大壩，說是要去河對岸看看她的朋友。

男人長腿攔住了女孩尖嗓子，因爲用樹枝和膠泥築成的大壩，要經過幾天太陽的透曬，才能承得住人在上邊走。

女孩尖嗓子催著男人長腿趕緊往回走。因爲即使隔著九曲河，她還是想親眼看到河水是怎樣緩慢而又溫柔地重新遮住雌狸香團子的洞口，而雌狸香團子一家又是怎樣在那洞口附近自由自在地游泳。

可惜，女孩尖嗓子趕到的時候，河對面的那個洞口已經被升起的河水淹沒了。只有那棵老白柳的根鬚還在那裏飄呀蕩的，指示著洞口位置的準確無誤。

男人長腿說，回家吧，吃點東西，睡上一個好覺。女孩尖嗓子卻說，你們先回去，我要唱完一支歌才能走。

男人長腿抱著男孩大眼睛站在岸邊也沒有走。因爲他們也喜歡聽女孩尖嗓子唱歌，因爲他們也希望看到她的朋友。

女孩尖嗓子的歌只唱到一半就停住了，她說聞到了她朋友的香氣。果然，男人長腿和男孩大眼睛也聞到了一陣幽幽的香氣，真是讓人銷魂落魄呢。

就在這時，一個濕淋淋毛茸茸的小動物爬上岸來，用爪子抹了抹濕漉漉的臉和脖，又渾身一抖甩出一圈晶瑩的水珠。接著，就邁著蹒跚的腳步，拖著扁平的尾巴，朝女孩尖嗓子這邊走來。

真的是雌狸香團子！不過，這一次女孩尖嗓子忍住了尖叫，只是把聲音放得更輕更柔，唱

起了剛才沒有唱完的歌。

在輕柔甜美的歌聲中，那蹣跚的腳步似乎走出了節奏，那扁平的尾巴似乎打出了節拍，那幽幽的香氣也似乎越來越親近，越來越濃郁。

女孩尖嗓子說，這就是我的朋友。說完，她去採來一把鮮嫩的水蔥，高高興興地看著牠吃得又香又甜。

男孩大眼睛說，我也要這個朋友。說完，他也去採來一把水蔥，放在雌狸香團子的身邊。

男人長腿也蹲下來，仔仔細細地觀察著雌狸香團子。記得他像女孩尖嗓子一樣大時，在沙河岸邊也曾見過這樣的小動物。只是隨著沙河水的乾涸和樹林的消失，牠們也就消失了。

不過，即使是當年，男人長腿也從來沒有這樣親近地觀察過牠們，也從來沒有聞到過這樣的香氣。想不到，牠們竟是這樣可愛的小動物。

男人長腿還決定等女人胖子把大花狗帶回後，拴好看緊，不讓牠去危害女孩尖嗓子的朋友，其實也是他們全家的朋友。

就在男人長腿沈思的片刻，河邊又有一大兩小三隻毛茸茸濕淋淋的河狸爬上岸來。同樣是抹去臉上的水滴，甩乾身上的水珠，邁著蹣跚的腳步，拖著扁平的尾巴。雖然沒有香氣迷人，卻也可愛得讓人高興。

這些小動物來幹什麼呢？是感謝男人長腿幫忙修好了大壩，是分享雌狸香團子面前的水蔥，還是和男人長腿、女孩尖嗓子一家交朋友？

2 田園交響曲

和女人胖子一起回到九曲河畔的還有她的父親男人白頭。一來他是不放心女人胖子一個人背上那麼多的東西翻越天山，二來呢，他也是想看看九曲河的環境。

因爲男人白頭是沙田村最有智慧的男人，僅憑他腦門上的一道道皺紋，頭頂上銀光閃爍的頭髮，就足以讓大家肅然起敬。所以，當沙田村的人們聽說天山那邊有一片仙境似的水土時，就動了搬遷的念頭。但是，舉村遷徙可是一件天大的事情，所以，人們公推男人白頭先到九曲河看個究竟。

起初，男人白頭也半信半疑女人胖子的描述，懷疑她是過分渲染了男人長腿的追求和成功。但是，當他終於翻過了冰天雪地的天山，終於面對碧波蕩漾的九曲河水，置身鬱鬱蔥蔥的河畔森林時，男人白頭發出了由衷的感慨和歎息。

男人白頭像女孩尖嗓子一樣大的時候，沙河的水也像九曲河的水一樣浩蕩一樣清亮。沙田村的樹林也像九曲河畔的森林一樣茂密一樣陰涼。可是，到他像女人胖子一樣大的時候，沙河的水就變得斷斷續續，沙田村的樹林也變得稀稀落落，就連沙田天空的日頭也變得更加毒辣，沙田周圍的風沙也變得更加肆虐了。

在多少個寒風呼號的冬夜裏，男人白頭夢見過碧波蕩漾的河水鬱鬱蔥蔥的樹木。在多少個風沙肆虐的春日中，男人白頭祈禱過河水的碧波蕩漾、樹木的鬱鬱蔥蔥。但是，一切美好的記憶都成了永久的過去，沙田人只能日復一日地陷入了無奈的困境之中。

如今，九曲河的環境又一次喚醒了男人白頭兒時的記憶時，他立刻愛上了這片土地。

甚至不肯休息片刻，男人白頭就在九曲河的四周進行了考察。比男人長腿想得更多的是，他不僅看到了林子裏有飛禽走獸，可供人們消遣打獵，他更看重的是，寬闊的河套森林能夠爲沙田村的移民提供大興土木的地域和樹木。

除此之外，男人白頭還考察了河套森林以外的疏林地帶。比男人長腿看得更遠的是，他不僅把它們當作廣種薄收的開闊土地，而且還認定它們是可以通過九曲河水灌溉，從而獲得小麥高產的風水寶地。

男人長腿贊成男人白頭的主意，因爲當初他拖家帶口歷盡艱辛所追求的，不僅是自己一家的安樂生境，而是包括整個沙田村。

女人胖子也贊成男人白頭的決定，因爲她希望沙田村的人們也能夠享受九曲河的濕潤和美好，因爲她希望沙田人的遷徙能夠帶來親情和鄉情。

只有女孩尖嗓子很猶豫，她說沙田村的人搬來她當然高興，只是沙田村的狗來了會傷害她的朋友。

起初，男人白頭以爲是孩子的胡鬧，怎麼可以爲了山野的動物就拋棄了世世代代忠實於人類的狗呢？

但是，男人長腿解釋說，那些既能在土中掘洞，又會在河上築壩的河狸，不僅是女孩尖嗓子也是他們全家的朋友。那些看起來憨態可掬，走起來蹣跚笨拙的河狸家族確實經不起狗的進攻。

黃昏的時候，女孩尖嗓子和男孩大眼睛帶著男人白頭到九曲河邊去看他們的朋友。面對著碧波蕩漾的河水，面對著那棵古老的白柳，女孩尖嗓子唱出了尖尖的脆脆的甜甜的歌聲。

歌聲在河風的溫潤中飛旋，歌聲在河水的柔曼中流走。就在這殷殷的呼喚聲中，九曲河的水面，白柳樹的腳下，果然冒出來一雙亮晶晶的眼睛，一個毛茸茸的頭頂。接著便是一個矯健的身影箭一般地從水面上射了過來。而就在這個身影的背後，又跟上了一個又一個的身影。

幾乎聽不到水的喧嘩，甚至來不及看清楚身影，雌狸香團子就一身濕淋淋地爬上岸來。在牠的身後，還跟著雄狸大拇指和兩隻小狸白爪子和蘑菇頭。牠們一邊吃著水邊的菖蒲，一邊靜靜地聽著女孩的歌聲。

也許是到了該覓食的時候，雌狸香團子竟全家出動來赴約會。這情景實在讓女孩尖嗓子又高興又感動。

河狸們重複著同樣的動作，抹一抹臉上的水滴，抖一抖身上的水珠，然後，就在雌狸香團子的帶領下，搖晃著胖乎乎的身子，向女孩尖嗓子走來。

也許是發現了陌生的男人白頭，也許是聽見了屋後大花狗的叫聲，河狸們剛走了幾步就站住了，甚至瞪著疑惑的眼睛，打算掉過頭去重新回到水中。

女孩尖嗓子和男孩大眼睛迅速跑上去，一邊伸出早就準備好的鮮美的水蔥和菖蒲，一邊低聲地講述，男人白頭是他們的外公，也是牠們的朋友，屋後的大花狗被牢牢地拴著，不會跑過來傷害牠們。

在女孩尖嗓子煞有介事的述說裏，在男孩大眼睛親切友好的撫摸中，那幾隻驚恐不定的河狸，竟然安下心來，歡快地搶食著男孩手中的食物，甚至還笨拙地圍著女孩蹣跚腳步。

也許是被這其樂融融的情景所感動，也許是被那馨香襲人的氣味所迷惑，男人白頭立刻就喜歡上了這些可愛的小動物。記得當年沙河的水像九曲河一樣浩蕩，沙河岸邊的樹林也像九曲河畔一樣茂盛的時候，男人白頭也見過這樣的小動物。可是爲什麼當初他就從來不曾聞到過牠們的馨香，也從來不曾和牠們有過友情呢？

男人白頭很快返回了沙田村。因爲要遷徙整整一個村子可不是件簡單的事情。

村子裏有十幾戶人家，是不是家家都肯搬遷？是不是人人都肯離開故土？村子外有上百畝麥田，是不是都已收割完畢、都已經顆粒歸倉？

此外，家家都有許多罈罈罐罐，需要收拾取捨。人人都有許多穿戴鋪蓋，需要添置縫補。最重要的是，千頭萬緒的事情都需要在夏季的幾個月裏完成。因爲只有秋季遷到九曲河並開墾出土地種下麥子，第二年才會有好的收成。因爲只有冬季之前翻越終年積雪的天山，才能使老人孩子們少受一些冰凍。

男人白頭臨走的時候，囑咐男人長腿，有時間去林子裏轉轉，多選幾處適宜蓋房住人的地方備用。又囑咐女人胖子，多種些蘿蔔、白菜晾曬成乾菜，給搬遷的人們備著。最後，男人白頭也沒忘了對女孩尖嗓子許諾，他會告訴沙田村的人們，在遷入九曲河之前，要麼把狗拴起來，要麼不許帶狗。

秋天是九曲河畔最美麗的季節。大片大片的甘草依然是綠油油的，野薔薇的枝頭已結出了紅豔豔的小毬果。像小樹一樣高的鈴鐺刺掛滿了金黃色的小鈴鐺，風一吹就此起彼伏地唱歌。針葉樹綠得更加深沈凝重，等待著熬過嚴寒的冬日。闊葉樹卻變得五光十色，總要在落葉之前，留下最璀璨的笑容。

秋天是九曲河水最清亮的季節。它像一面流動的鏡子，讓藍天、白雲和紅日照出它們的清朗，也讓綠樹、紅果和秋葉照出它們的絢麗。而當秋風驟起，吹出一道道漣漪的時候，那天那雲那日那樹那果那闊葉就會在水面上笑得前仰後合，渾身發抖。

秋天也是河狸們最爲繁忙的季節。如果說春夏秋三季河狸們都能晝伏夜出，在河中在岸上自由活動的話，嚴寒的冬季卻會毫不留情地把牠們封鎖在自己的地洞裏和厚厚的冰層下。儘管牠們都穿著厚厚的毛皮，但不論老少雌雄，只要膽敢越雷池一步，都會被零下三十度的嚴寒凍成冰狸。

如果說河狸們春天的忙碌是爲了繁衍後代，夏天的忙碌是爲了修固房屋的話，牠們秋天的忙碌則是爲了整整一個漫長的冬天，都能得到足夠的食物。

每當明月升起夜幕降臨的時候，曲曲彎彎的九曲河畔就顯得格外熱鬧起來。水面上是一個個來往穿梭的身影，切割出一道道的水波。樹林裏回響著一陣陣「喀嚓」「喀嚓」的聲音，那是河狸們在砍伐細嫩的樹枝。特別是八月中秋，月亮又大又圓的時候，在幾十公里的九曲河上下，幾十個家族的河狸群，幾乎傾巢而出，彷彿是在融融的月光下，進行一年一度的光明洗禮，又彷彿是在繁忙的工作中，進行一年一次的生命禮贊。

和大河上下所有的河狸家族一樣，中秋節的夜晚，也是雌狸香團子一家全體出動的大好時光。

春天出生的兩隻小狸已經長大了，不但能夠在水中游在岸上走，而且還能用鋒利的門牙砍伐小樹，用結實的爪子搬運枝條。貪睡的雄狸大拇指似乎也在漫長的春日和悶熱的夏季裏睡足了覺、做夠了夢，而在這秋風颯颯，秋月朗朗的時候，變得格外精神抖擻。好動的雌狸香團子更不用說了，一年四季牠都難得在洞裏待得長久，又怎麼會怠慢這普天同慶的時刻呢？

和以往採食不同，雌狸香團子一家不再在河邊尋覓粗壯的菖蒲和蘆葦，也不再在林中採集翠綠的水蔥。因爲這些即採即食的植物雖然鮮美可口，卻無法讓牠們在離開了土地之後的日子裏不會變得萎黃乾枯。如果說像水蔥、菖蒲、蘆葦一類的草本植物，只是在夏季裏讓河狸們嘗一嘗新鮮，換一換胃口的話，那麼，像楊樹枝、柳樹枝一類九曲河兩岸四季常在，繁榮茂盛的木本植物，就是河狸們取之不盡用之不竭的看家食物。

因爲修建夏日的林中小屋，兩棵老白柳之間的楊樹和柳樹已經被雌狸香團子一家砍伐了許多。又因爲河狸們在岸上行動的笨拙和水中的靈活，牠們寧可逆流而上去採伐而不肯深入林中。所以，雌狸香團子一家四口便一邊逆流上游，一邊尋覓著離河水又近生長又茂盛的樹林。

在離老白柳大約四百米的上游，緊貼著河岸的一片茂密的白柳樹林掛住了雌狸香團子的眼睛，也攔住了雄狸大拇指的腳步。

那是一些十分奇特的白柳樹，牠們並不像下游岸邊那兩棵老白柳那樣筆直通天仰首挺立，在十幾米的高空中攬雲聚風，向浩浩的蒼穹述說著歲月的滄桑和自己的孤獨。牠們大多數只有四五米高，最高的也不過七八米。牠們沒有筆直通天的主幹，卻有幾十乃至幾百根分枝，像蒲公英一樣圍成團團圓圓的一簇。遠遠看去，彷彿一個個子孫興旺的家族聚在一起，在永無休止地敘說著親情。

雌狸香團子一家就在這裏停了下來，爬上岸邊。這實在是一個理想的食物採集地。因爲離河水近，伐下來的樹枝順勢就會倒進水中。因爲樹枝又濃密又低矮，省去了伐大樹的艱辛，甚至兩隻小狸也會大有用武之地。當然，還有更重要的一點，就是這些團團簇簇的樹枝又細又嫩，就算貯存整整一個冬天，也依然鮮美可口。

採集的工作雖然辛苦，卻也愜意。銀白色的柳樹沐浴在月光裏更加聖潔，倒映在河水中更加美麗。能幹的雄狸大拇指一如既往地賣力氣，忙著砍伐。兩隻小狸雖然不滿周歲卻已身手不凡，忙著搬運。好動的雌狸香團子更是一會兒砍伐，一會兒搬運，來來往往地忙個不停。

不過，雌狸香團子最主要的工作，還是將搬到水邊的樹枝運到四五米遠處的淺水灣去存放。那裏的水流緩慢又平靜，特別是那裏還有一蓬探進水中的蒼勁的白柳，像一道天然的籬笆，攏住了雌狸香團子運來的樹枝，讓牠們能夠安安穩穩地在這裏浸泡個透。

誰也不明白河狸們爲什麼不把新鮮的樹枝直接運回自己的洞口，而是要經過一個月的浸泡之後，再來二次返工。不過，既然是祖祖輩輩沿襲下來的習慣，雌狸香團子一家也就這樣做了，而且做得痛痛快快，怡然自得。

月上中天的時候，九曲河成了一幅銀色的畫，點綴著圓月、群星和樹影。白柳林成了一片銀色的海，輝映著月光、星光和水色。

說不清有幾次，雌狸香團子把月夜當成了白晝，竟遠遠地望著對岸那座大木屋發呆。也說不清有幾次，雌狸香團子還彷彿聽到了遠遠地傳來女孩尖嗓子尖尖的脆脆的甜甜的歌聲。

不過，在這恍如白晝的月夜裏，雌狸香團子和雄狸大拇指一邊加緊工作，一邊也加強了警覺。在這一年一度的中秋佳節裏，誰能保證狼和棕熊不會來一次月夜散步？誰又能保證水獺和猞猁不會來一次月夜偷襲呢？

當淺水灣的樹枝漸漸成堆的時候，警覺的雌狸香團子果然發現，遠遠的，在雄狸大拇指背後的一簇白柳樹中，一對晶亮的眼睛在窺探，一雙尖長的耳朵在聳動，一個灰棕色的身影在潛行。

雌狸香團子的尖叫就是逃命的警報。轉眼之間，兩大兩小四隻河狸立刻連滾帶爬地跳進水中，一個猛子潛入水底，拼命地朝著下游自己的洞口游去。

就在雌狸香團子一家終於安全抵達自己的家中時，遠遠地，就在牠們剛才工作過的那片白柳樹林中，傳來一陣淒厲的慘叫聲。不知道是哪隻倒楣的河狸，成了猞猁尖耳朵中秋佳節的食物。

秋天過了一半的時候，沙田村的人們終於翻越天山來到了九曲河畔。

人們拖家帶口，大包小裹，長呼短喚，低吟高哭，把靜謐的森林吵得搖搖晃晃，把平靜的河水攪得沸沸揚揚，把世世代代居住在九曲河畔的飛禽走獸嚇得東躲西藏。

在男人白頭的安排下，一半的人依照男人長腿幫忙選好的地方，砍樹伐木，建造房屋。另一半人則跟著男人白頭去森林以外的疏林地帶，斬荊燒荒，開墾土地。

也許是有心，男人長腿給沙田人選擇的蓋房地點，都在九曲河的南岸，沿著曲曲彎彎的河岸一行排下去，連成一串。

有人奇怪為什麼不去北岸，難道那邊是沼澤或者有吃人的怪物？男人長腿說，沒那麼嚴重，他只是為了讓大家住在河的一邊，走動起來方便。其實，只有女人胖子和女孩尖嗓子才明白，他是為了讓住在河對岸的雌狸香團子一家不受打擾和傷害。

也許是無意，當初男人白頭只考察了九曲河南岸的疏林地。因為那裏的大片土地已足夠全村人耕種。如此一來，沙田村人們的吵吵嚷嚷，翻天覆地，也就以河為界，隔在了河的南岸。如此一來，河南岸的飛禽就憑了豐滿的羽翼高飛過河，河南岸的走獸也借了河上的大壩遷徙過河，把九曲河的半壁江山讓給了從沙田村搬來的兩腳行走的人類。

惟一不曾遷徙的是九曲河南岸那一片鬱鬱蔥蔥的森林。也許是因為它們的根深深地扎在河南岸的土壤裏，子子孫孫都離不開那片養育它們的土地。也許是它們的生存就是為了奉獻，既然它們世世代代都把為飛鳥走獸提供蔭庇，甚至為像河狸一樣的動物提供食品，作為自己的天職，如今，當熙熙攘攘的人類來到時，它們也就一如既往地用濃濃的樹蔭和挺拔的身軀表示著歡迎。

九曲河優美舒適的環境令沙田人興奮不已。老人們說，只是在上輩人的口中才有這樣的仙境。孩子們問，能不能把這河這樹搬到沙田村去。年輕的人們什麼都不說，只是幹勁十足地砍伐最粗最壯的大樹，爲自家修建最高最大的房屋，只是不知疲倦地開墾沈睡了千年的沃土，爲獲取千年不遇的豐收。

像男人白頭一樣，沙田村的人家幾乎都把狗帶到了九曲河。大狗小狗老狗，白狗黑狗花狗。一來是沙田人習慣了養狗，沒有了狗的看守門戶，他們連覺都睡不踏實。二來是沙田村方圓幾十里都是荒無人煙的戈壁沙漠，假如不把牠們帶走，就等於要了牠們的性命。

不過，人們又都聽從了男人白頭的勸告，家家戶戶都用一條結結實實的繩子，把自家的狗拴在新家的房前屋後。即使有時候要帶著狗去串門或是在茂密的森林裏走動，人們也會把拴著狗的繩子抓得緊緊的，不讓牠們亂跑亂動。儘管人們並不十分清楚爲什麼一定要這樣做，單憑男人白頭爲他們找到了九曲河落腳謀生這一點，他們就心甘情願地服從。

當然啦，不情願的只有那些大狗小狗老狗和白狗黑狗花狗。當初，牠們在沙田村的時候是何等的自由。牠們可以三五成群地跑到戈壁灘上去打群架，可以肆無忌憚地躥上別家的牆頭，還可以在春暖花開的季節，去偷偷地約會，去公開地調情。但是，現在全完了。牠們的活動範圍只有以房前屋後的某棵大樹爲中心，以拴著牠們的繩子爲半徑這麼大。要麼就老老實實地趴在樹下，要麼就圍著大樹繞圈子。牠們只能遠遠地聽見同伴的叫聲，遠遠地看見同伴的身影，

沒有主人的幫助，牠們就休想能夠聚在一起。

起初，爲了抗議失去的自由，狗兒們沒完沒了地怒吼狂吠。不論白天還是夜晚，吵得人們睡不成覺做不成夢。但是，牠們惟一得到的結果就是主人的喝斥。時間長了，也許是吼得沒了力氣，也許是拴得沒了脾氣，那叫喊聲也就漸漸稀疏起來，溫順起來。只是在看到同伴的身影時發出幾聲呼喚，只是在聽到同伴的叫聲時發出幾聲回應。

秋末冬初的時候，九曲河的水變得冰冷，九曲河的風變得堅硬。而從沙田村搬來的人們也已經蓋好了新房，種好了莊稼，堆好了柴禾，準備在九曲河畔度過第一個寒冬。

也許是因爲人的活動稀少了，也許是狗的叫聲溫和了，早就應該準備越冬食物的河狸們，終於有了來往於九曲河上的活動。

多少天來，河狸們也像九曲河畔所有的飛禽走獸一樣，被岸上的人吵狗叫嚇得坐臥不安，日夜不寧。

白天，牠們躲在洞穴裏不敢出來。但是，即使是像雄狸大拇指那樣愛睡的河狸，也都得支楞著耳朵，收聽著那些沒完沒了的吵嚷聲，隨時準備應付突然飛來的橫禍。

到了夜晚，出洞上岸的覓食活動就變得更加膽戰心驚。即使是像雌狸香團子那樣喜歡到處活動的河狸，也都變得匆匆忙忙，只在洞口附近胡亂找點東西塡飽了肚皮就回洞。甚至有的河狸只是隨便拖上幾根樹枝，回到洞中的小餐廳才能安下心來慢慢地享用。不過，這樣一來，也就顧不上那食物鮮不鮮夠不夠可口不可口了。

幸虧人類的活動只是隔在九曲河的南岸。起初，還有幾個光著身子的男人想下河游泳，結果被冰冷的秋水凍得吱哇亂叫地跑走後，平靜的河面才就此得到安寧。

幸虧狗的叫聲也只是隔在河的南岸，至今爲止還沒有見過一條自由自在到處亂跑，或者來到河邊發出威脅的狗。所以，河的北岸便漸漸成了河狸們的避風港。即使是當初把洞系打在了河南岸的河狸，也只能從水中潛游到北岸後，才敢露出水面，才敢上岸覓食。

不過，比較起來，雌狸香團子似乎膽子要大一些，活動也多一些。也許是因爲女孩尖嗓子不時地在河邊唱著她的尖尖的脆脆的甜甜的歌，那一如既往的歌聲給了牠信心和膽量？也許是因爲河對岸的那些人都長得和女孩尖嗓子家的人一樣：高高的個子，圓圓的頭，細細的胳膊，長長的腿。既然女孩尖嗓子一家能夠和牠們和睦共處，這些後來的人又爲什麼不能？

不管怎樣，雌狸香團子一家是最先出來活動的。在牠們往來無恙的示範作用下，慜在洞系中乾著急的河狸們才開始壯起膽子，從洞中慢慢地游到水中，又從水下小心地浮出水面。

要是往年，每到十月中旬，河狸們就應該把存放在淺水灣的越冬食物運回洞口附近了。但是，今年已到了十一月初，假如牠們還不行動的話，凜冽的寒風很快就會把九曲河封凍。到時候，牠們就是想運也運不回來了。

假如說砍伐是一種辛苦的工作，那麼搬運則是一種繁雜的工作。雖說河狸們在水中的游動十分敏捷，可畢竟有著幾百米的路程。何況，即使像雄狸大拇指那樣能幹的河狸，一次也只能搬運兩根樹枝，所以，要把淺水灣那一堆樹枝全部運走，還不知道要來來往往多少次呢。

傍晚時分，落日還在樹枝上掛著，雌狸香團子一家就出動了。冬天的肅殺已經逼近，而搬運的工作才剛剛開始。牠們不得不打破晝伏夜出的規矩，不得不在天未黑盡之前出動，在天已大亮之後收工。

經過一個多月的浸泡，淺水灣處的樹枝都已變得脹鼓鼓胖乎乎的。雌狸香團子和雄狸大拇指先是選了幾根最粗最長的樹枝，運送到自家的兩個洞口之間的岸邊，以便入冬之後，無論從哪個洞口出來，都能就近得到食物。

這一帶雖然也有一些探進水中的灌木，卻不如淺水灣那邊的茂盛。況且，到了冬天，牠們也會變得乾枯。

這一帶的水面雖然也很平緩，卻不像淺水灣那樣彎進一條弧線。所以，要安全可靠地堆放足夠的樹枝，還真得想出特殊的辦法才行。

像牠們生來就會掘洞，生來就會砍伐樹木一樣，河狸們生來也就知道怎樣堆放這些樹枝。此時，雌狸香團子和雄狸大拇指正在把碗口粗的樹枝，一根一根地豎著插入河底的膠泥之中，橫著插入河岸的水下部分。

隨著一根根橫橫豎豎的穿插固定，一個類似籬笆又勝似籬笆的攔截框架，就從河的上游朝河的下游，從河的岸邊朝河的中心延伸，直至成為一個順勢而為的長方形，直至能夠包容所有淺水灣處的食物堆。

看上去，那真是些十分瀟灑的動作，何況又是體現在能幹的雄狸大拇指和靈活的雌狸香團子身上。只見牠們用兩隻前爪將一根一米多長的樹幹緊緊抓住，頭朝下一個猛子就扎入水中。兩三分鐘之後，當牠們重新在水面露出濕淋淋的頭部和亮晶晶的眼睛時，那根粗大的樹幹也就被牢牢地栽在了河底，筆直地豎立在牠們的身邊，只露出一個枝繁葉茂的樹頂。

隨著牠們一次次地潛入水底，又一次次地露出水面，一棵又一棵粗壯的樹幹，一個又一個枝繁葉茂的樹頂，就在牠們的身邊一行行地排開，那情景不像是在水中打樁，倒像是在水中種樹。

小雌狸蘑菇頭和小雄狸白爪子也在做著出入水面的種植運動，只是兩隻不滿周歲的小狸卻不像牠們的父母那樣瀟灑自如。一來牠們的爪子太小，抓不住太粗的樹幹；二來牠們的力氣也太小，栽種的深度也不夠。所以，牠們種下的樹幹多半是搖搖晃晃的，要麼就被水流沖走，要麼也只是斜躺在水中，露不出枝繁葉茂的樹頂。

對於兩隻小狸的手忙腳亂和勞而無功，兩隻大狸似乎視而不見或者根本就不在乎。牠們仍然醉心於自己的瀟灑自如，仍然潛心於自己的忙忙碌碌。至於兩隻小狸的笨拙嘛，根本用不著

管教，幹著幹著牠們就會幹了。至於被水流沖走的樹枝呢，也大可不必心疼，正好可以試一試牠們的框架是不是管用。

和雌狸香團子一家一樣，雌狸大粗腿一家也是全體出動，為準備越冬的食物而忙碌。不過，雌狸大粗腿一家可是熱熱鬧鬧的六口。比雌狸香團子小一歲的兩隻小狸還不滿兩歲，要等到明年開春才會出去自立門戶。至於今年春天出生的兩隻小狸，跟小雌狸蘑菇頭和小雄狸白爪子一般大小，更是離不了父母。所以，雌狸大粗腿的全家出動，就顯得頗有聲勢，頗為浩蕩。

雌狸大粗腿的家坐落在與眾不同的樹枝小島上，所以，牠們貯藏食物的方式也就與眾不同。當然啦，從林子裏砍伐下來的樹枝還是要先在淺水灣浸泡，但長期的就近貯藏可無法借助河岸的幫忙了。

小島自然有小島的特色和功能，既然牠能經得住洪水的沖刷，當然也能抗得住食物堆的附贅。所以，當雌狸大粗腿和雄狸黃鬍子也用瀟灑自如的動作出沒水面，也把一根根樹幹插入水底之後，橢圓形的小島上就長出了一個橢圓形的尾巴。遠遠看去，好像一隻趴在水中的巨大的河狸。

起初，河狸們的勞作並沒有引起沙田村人們的注意，因為女人們都在忙著縫製過冬的棉衣棉被，男人們都在忙著收拾獵槍調教獵狗，而孩子們又多半是在林子裏跑來跑去。

最先發現河狸們行動的是女孩尖嗓子。雖然隔著寬寬的九曲河，雖然只是一個露出水面的頭頂和一雙亮晶晶的眼睛，她還是能夠認出來，那是雌狸香團子一家正在河面上游來游去搬運著樹枝。

自從沙田村的人們搬來之後，雌狸香團子和牠的一家就再沒有到河的南岸來過。有時候，女孩尖嗓子也到河邊去唱歌，但那不過是她在惦念牠們。所以，儘管她一直沒有見到牠們的身影，她也知道，牠們一定會在洞裏聽著她的歌聲。

現在，當女孩尖嗓子又一次看見雌狸香團子的身影時，她又忍不住唱起了她的尖尖的脆脆的甜甜的歌。在這歡樂的歌聲裏，她看見，那些游來游去的身影也變得輕快起來。在這思念的歌聲中，她看見，那一雙亮晶晶的小眼睛也不時地朝著她閃爍。

女孩尖嗓子的歌聲也吸引了在林子裏玩耍的孩子們。當孩子們向河邊聚攏時，立刻發現了河面上來來往往運送樹枝的河狸們，立刻發出好奇和驚訝的歡呼。

孩子們的歡呼又吸引了木頭房子裏的男人和女人們，男人和女人們也跑到河邊來駐足觀望。河狸們繁忙的工作也就成了沙田人消閒和欣賞的風景。

那一個濕漉漉的頭頂，那一雙雙亮晶晶的眼睛，那一個個來來往往拖著長長波紋的身影，那一陣陣潛入潛出的栽樹行動，都讓沙田人看得眼花撩亂，都給沙田人帶來了無窮無盡的新奇和樂趣。所以，每當清晨和黃昏的時候，沙田村的人們就會扶老攜幼，到河邊去觀看河狸們的精彩表演；所以，每次出去觀看之前，沙田村的人們又會把自家的狗餵飽拴牢，免得牠們的叫

聲或出逃驚擾了河狸們的表演。

一天兩天，三天五天，在這新奇的觀賞中，那些活潑可愛靈動勤勞的小動物，漸漸得到了沙田人的喜愛。就像從沙田村帶來的狗一樣，牠們也成了他們生活中的一部分。

三天五天，十天八天，在這安然的被觀賞中，那些並無惡意的人類，也漸漸得到了河狸們的信任。就像接受了女孩尖嗓子一家那樣，河狸們不再驚慌失措，也不再躲躲藏藏，牠們重新開始了有規律的生活和工作。

冬天終於降臨了。九曲河的水已經結起了厚厚的冰，冰層的上面覆蓋著厚厚的雪。棕熊開始冬眠，候鳥早已南遷。白天幾乎見不到動物的身影，深夜偶爾聽到饑餓的狼嚎。在這攝氏零下三十度的冰天雪地裏，凡是有生命的活物都躲在自己的洞穴或窩巢中，能不出動就不出動。

在九曲河的兩岸，小草早已結束了它們短暫的一生，只是把不死的根深深地埋藏在凍土裏，等待著來年開春的又一輪再生。灌木也乾枯了，畏畏怯怯地縮成一團，被厚厚的積雪掩埋成一個個淒涼的墳塋。只有那些筆直通天的柳樹和楊樹，依然故我地傲立蒼穹，支撐著狂風呼嘯，支撐著大雪壓頂，支撐著九曲河畔一片寬闊的天空，幾百年如一日地爲居住在森林中的飛禽走獸，以及剛剛遷徙來的人類，提供著蔭庇和犧牲。

也多虧了樹們的犧牲，沙田村的人們才有了九曲河畔第一個溫馨安定的冬天。那些用筆直滾圓的樹幹壘成的牆壁，又結實又墩厚，擋住了肆虐的寒風；那些用又乾又硬的樹枝燒旺的火炕，又溫暖又舒服，趕走了徹骨的寒冷。

孩子們在火炕上打著滾，或是隔著窗縫看空中的飄飄大雪，河上的皚皚白雪，樹上的千奇百怪的冰凌。

女人們盤腿坐在炕上納著鞋底補著衣物，三五成群地話家常：沙田村的風沙，九曲河的樹林，麥田裏的莊稼，孩子們的淘氣和男人們的脾氣。當然啦，有時候，還會提起那些在河面上游來游去的活潑可愛的河狸。

惟一不肯在家裏過冬的是那些喜歡尋求刺激的男人們。以往，沙田村的冬天也有厚厚的積雪，卻是單調的一馬平川，沒有九曲河森林的變幻莫測。以往，沙田村的男人們也常常聽老人們講述打獵時的奇聞異趣，但都是些紙上談兵。現在，他們終於能夠身臨其境去驗證一番了。所以，入冬之前他們就已經躍躍欲試，大雪封林之後，就開始三五成群地出動了。

好在沙田村的男人們並不貪心，不管是松雞還是野兔，不管是滿載而歸還是空手而回，他們都會興高采烈心滿意足。畢竟，他們尋求刺激的天性被沙田村的單調生活壓抑得太久太久。畢竟，他們對九曲河的征服和佔領，要用自己的強悍來證明。

整整一個冬天河狸都不會露面了。既然牠們已經在洞口附近貯存了足夠的食物，既然牠們已經把林中小屋用膠泥塗抹得只留下一條縫，既然牠們已經把細長的洞道和寬敞的臥室都清理得乾乾淨淨，牠們還有什麼必要冒著被凍僵的嚴寒跑到冰天雪地裏去呢？

不過，活潑的河狸們畢竟是些好動的小動物。牠們用不著像棕熊那樣，把整整幾個月的大好時光浪費在冬眠裏。牠們不需要保存體能，牠們有的是越冬的食物。所以，牠們就會有著充沛的精力和活力；所以，牠們就會感到在那彎彎曲曲的洞系中憋得難受；所以，牠們就會嚮往著九曲河上的暢游。

然而，九曲河上早就鋪了厚厚的白雪，白雪的下面早就凍了厚厚的冰層。冰層下面的河水雖然保持了攝氏零度左右的溫度，但是，水與冰的嚴絲合縫，卻只能允許河狸們潛游幾分鐘去擷取食物，卻不能提供足夠的空氣，讓牠們去長時間地玩耍。畢竟，牠們沒有腮，不能魚翔淺底；畢竟，牠們只有肺，不能離開氧氣。

這似乎是一個無法實現的夢想：又要避開冰上的嚴寒，又要得到冰下的空間。但是，那些活潑可愛的河狸們卻做到了。不知是由於牠們與生俱來的天性，還是牠們的某一代受了某種智慧的點撥。總之，如今，世世代代的河狸們都懂得怎樣去做，就像秋末冬初的貯備食物一樣，做得從容不迫，做得得心應手。

大概是在九曲河上的冰層已經凍得很厚，像一個蓋子似的固定在河岸上之後，大概是在冰層下的河水幾乎停止了流動，彷彿已進入了冬眠之後，只有最細心的沙田人才會發現，橫在九曲河上的那些攔河壩前後的冰層，總會有三五十公分的落差。

但是，即使是最聰明的沙田人也想不到，正是這幾十公分的落差，竟會被那些不起眼的小動物所利用，而且還會利用得那樣巧奪天工。

那是剛剛入冬後一個難得的豔陽天，溫度也難得地升到了零度左右。雌狸香團子一家不失時機地離開了牠們溫暖的地洞，難得地從林中小屋鑽了出來。

陽光很好，灌木上的積雪漸漸地演化成冰凌，卻並沒融化。河面上的風徐徐地吹進森林，也並不刺骨。雌狸香團子一家似乎顧不上欣賞冰凌的晶瑩，也顧不得享受空氣的清新，而是急急忙忙地朝著下游那道橫在九曲河的堤壩蹣跚而去。

那是一道屬於雌狸大粗腿和雌狸香團子整個家族的堤壩。誰也不知道它存在了多少年，也許十年、二十年，也許一百年、二百年。誰也不知道它最初建於哪一代，也許是雌狸大粗腿的十代、二十代前輩，也許是雌狸香團子的一百代、二百代祖先。

無論怎樣，那橫在河面的堤壩總是在兢兢業業地為世世代代的雌狸大粗腿們服務：水流清淺時，為牠們攔出一泓湖泊；洪水暴發時，又為牠們放走喧囂的濁流。

無論怎樣，世世代代的雌狸香團子們也總是在盡心盡力地維護著那道橫截河面的堤壩，如同維護著牠們安身立命的地洞。不僅洪水過後要來及時修補，就是一年四季也不忘常來加固。

不過，在這個初冬的豔陽天裏，雌狸香團子一家急急忙忙地奔往家族的堤壩，既不是為了

修補，也不是爲了加固，而是爲了一個巧妙的工程。

在家族的堤壩上，雌狸大粗腿一家用親熱的叫聲歡迎著家族成員的到來。不過，牠們可不是像雌狸香團子一家那樣，冒著危險，冒著寒冷，從岸上蹣跚著到來的。牠們是從水中小島的水下一口氣潛水過來，又敲碎了堤壩旁的一層薄冰鑽出來的。但是，牠們又是怎樣知道恰好那裏有一層薄冰，又恰好能夠被牠們敲碎呢？天知道。

相形之下，姍姍來遲的雄狸禿尾巴一家就顯得格外地狼狽和辛苦。牠們的家不幸建立在河的南岸，即使是寒冬季節，因爲狗吠因爲人走，牠們也不敢像往年一樣貿然地鑽出牠們的林中小屋，在岸上行走。

起初，牠們全家是在冰下橫游到河的對面，企圖撞破冰層上岸行走。但是，不論是一身憨勁的雄狸禿尾巴，還是賣盡力氣的雌狸雜毛，直到把頭頂撞得生疼，直到幾乎憋死在水裏頭，還是一無所獲，只好勞而無功地潛回自己的洞中。

在地洞中氣急敗壞地轉了一陣之後，雄狸禿尾巴一家只能壯起膽子從牠們的林中小屋鑽出來，但不是沿著南岸的雪地行走，而是一個個地滾到了九曲河封凍的河面。

可憐的雄狸禿尾巴一家，平時在柔軟的草坪上尚且步履艱難，如今在溜滑的冰雪上又怎麼能不摔跟頭？

一個跟頭接著一個跟頭，要不了多久，四個棕色的毛球變成了四個白色的雪球。

但是，這並不意味著四隻河狸會就此罷休。雄狸禿尾巴有一股子憨勁，當初在猞猁的口中，命在旦夕尚且要掙扎到底，何況現在只是多摔幾個跟頭。雌狸雜毛由於粗心，就顯得大意，只要能朝前挪動，只要能達到目的，不管是摔跤還是打滾，牠都不會在乎。只可憐兩隻憨頭憨腦的小狸，雖然摔得吱哇亂叫渾身疼痛，牠們卻一刻也不敢停留。大概牠們以爲，河狸家族的小狸們都是經過這樣的摔打才長大的。

當雄狸禿尾巴一家終於摔到了家族的堤壩上時，雌狸大粗腿家族的成員們早就開始了牠們的工程。當雄狸禿尾巴一家顧不上抖掉身上的雪粒，就要跳下堤壩，去助上一臂之力的時候，雌狸大粗腿家族的成員們卻一齊叫喊著，迅速從冰面爬上了堤壩，同時宣告了工程的完成。

說時遲那時快，還沒等到河狸們在堤壩上站穩，一股清洌的河水從堤壩上的一個十公分直徑的圓洞中噴湧而出。

不過，那個圓洞可不是被洪水沖開的缺口，而是生生地被幾十隻河狸交替著用鋒利的牙齒開掘出來的工程。

圓洞的上沿比堤壩上方的冰層低二十公分，圓洞的下沿貼著堤壩下方的冰層。上下三十公分的落差，足以導致上游的河水順著圓洞瀉出來，並迅速地順著冰面朝著下游滾滾而去。

雌狸大粗腿家族的成員在堤壩上跳著叫著，慶賀自己的成功，直到堤壩上游的水面終於降到了和下游的水面持平，直到那個圓圓的洞口不再有河水流出，而是囫圇個兒地露出了原形。

這時候，在冰天雪地裏凍了大半日的河狸們，便連滾帶爬地跳下堤壩，又爭先恐後地鑽進了圓洞。

簡直不可思議，在穿過圓洞之後，在堤壩的上游，那厚厚的冰層和平靜的河水之間，竟出現了一個三十公分高的空間。

這是小小的河狸們創造的空間。在這廣闊的空間裏，雌狸大粗腿家族的成員們可以盡情地戲耍，盡情地暢游，盡情地度過一個活活潑潑的寒冬。

當然，除了河狸之外，任何人或任何動物都是不會發現這個工程的。所以，當沙田村的男人們打獵歸來走近堤壩時，才感到奇怪，堤壩的下方怎麼會有一團新鮮的樹枝，堵著一個十公分的圓洞。所以，當沙田村的女人們坐在熱炕上談論起河狸時，才會忍不住地歎息，那些活潑可愛的小動物，要在狹窄的地洞裏窩上整整一個冬天，該有多難受！

冬天雖然漫長，但畢竟有個盡頭。當皚皚的白雪化作了潤濕的風，當厚厚的冰層融成了湧動的水，當光禿禿的樹枝發出了嫩綠的芽，當林中的小鳥和走獸開始了歡唱和走動的時候，春天也就來臨了。

春天的九曲河是一個美麗的夢。奼紫嫣紅的鮮花今天這裏明天那裏裝點著綠色的森林，綠色的森林一片深綠一片淺綠鑲嵌著清亮的河水，清亮的水面上又左一陣雲右一陣霧地飄蕩著撲朔迷離。

在積雪的森林裏遊蕩了一個冬天的男人們，或多或少地過足了打獵的癮，如今收起獵槍，收拾農具，準備著春耕。

在溫暖的木頭房子裏憋了一個冬天的女人們，把身邊的話題不知重複了多少遍之後，如今也打開門窗，清掃房屋，準備著菜籽，物色著菜地。

至於沙田村的孩子們，早就在屋子裏待膩了。儘管到處是厚厚的殘雪，儘管還穿著厚笨的棉衣，可他們已經衝破了大人的阻擋，跑到房前屋後去捉迷藏，跑到林子裏去掏鳥蛋，甚至還會提著桶拎著網跑到淺水灣去撈魚蝦。

不過，最令沙田人興奮不已的還是去年秋天搶種下的那幾十畝麥地。那才真是個讓沙田人看也看不夠的地方，說也說不完的話題呢。

地裏的麥苗冒出來了，鮮嫩嫩的，一株挨一株，在朗朗的春風中搖晃著，抖動著，就像一隻隻稚嫩的小手，惹得沙田人的心癢癢的甜甜的。

地裏的麥子長高了，綠汪汪的，一片連一片，在明晃晃的陽光下蕩漾著，起伏著，就像一個個希望的波浪，勾得沙田人在睡夢裏也笑醒了。

和所有的沙田男人一樣，男人白頭也要天天去麥地裏轉悠，鬆鬆土，鋤鋤草，扶扶苗。即使什麼都不幹，坐在麥壟邊的樹蔭裏看著，也是一種說不出的享受和幸福。

不過，和其他沙田男人不同的是，男人白頭不論是在麥地裏走著，還是在樹蔭裏坐著，他眼睛裏看的，腦子裏想的卻不完全是夏日的一片金黃和九曲河的第一個豐收。男人白頭看得更遠，想得更多。不然，他就不會是智慧的男人白頭，也就不會得到沙田人的信任和擁護了。

男人白頭在麥田裏走動的時候，會不停地抬起頭來看著天空。他在等待著開春後的第一場春雨。但是，直到麥苗長到一尺多高時，吸吮的仍然是融化在地裏的冬雪。瓦藍的天空始終是晴朗朗的，甚至連一片烏雲一聲驚雷都沒有。男人白頭開始懷疑，說不定九曲河的下雨天也像沙田村一樣稀有，而麥子到了灌漿的時候也未必指望得上雨水的幫助。

男人白頭在樹蔭下靜坐的時候，又會長久地看著森林和麥地的分界處進行琢磨。爲什麼靠近九曲河的是高大的森林，遠離九曲河的是低矮的疏林？爲什麼同樣的土壤和氣候，那森林就會鬱鬱蔥蔥，那疏林就會稀稀落落？看起來，那九曲河的水雖然浩浩蕩蕩川流不息，它滋潤的地域終究有個限度。看起來，得設法把九曲河的滋潤延伸到森林以外，地裏的莊稼才不會像當初的疏林那樣活得半饑半渴。

道理想透了，辦法也就有了。像當初商量搬遷的事情那樣，男人白頭又召集了沙田村所有的人家，說是要趕在麥子灌漿之前，修一條水渠，引來九曲河的水澆田灌溉。

從九曲河到麥地有一里多路遠，中間還要穿過密密的森林，有許多盤根錯節的樹根絆著。但是，既然是智慧的男人白頭要求這樣做，就有這樣做的必要。既然是爲了搬遷後的第一個大豐收，就算辛苦些也值得。

起初，人們只是在農耕之餘，閒暇之時，才三五成群地去開挖水渠。但是，隨著夏季的臨近，麥子拔節，隨著林中地段的困難重重，隨著開春以來一直是朗朗晴空滴水沒有，男人白頭不得不再次和沙田村的人們商量，是否應該把全村的勞動力集中起來，是否應該加上幾個夜班，讓水渠儘早完工儘早使用。

男人白頭的想法總是對的，水渠早日完工也是應該的。所以，那些日子裏，人們一吃過晚飯就全體出動。男人扛著鐵鍬鎬頭，女人背著火把水壺，孩子們則是跑前跑後一路歡呼。

這是沙田人從來沒有過的舉動。當初，沙河的水時斷時續時有時無，哪裡還有多餘的水流進水渠流到麥田？當初，沙田的麥子長得半死不活又黃又瘦，哪裡還有興致爲它們大興工程連日加班？

但是，九曲河的水卻是滾滾滔滔浩浩蕩蕩，似乎取之不盡用之不竭，不用也是白不用。九曲河畔的麥子可是長得油汪汪的又高又壯，招得人又喜歡又心疼，就算吃苦受累，也苦得情願累得高興。

這也是九曲河畔從未有過的景象。一個個熊熊燃燒的火把遊來蕩去，時密時疏，照得九曲河的南岸火光沖天如同白晝。一陣陣的叫喊歡笑聲，甚至還有此起彼伏的歌聲，攪得九曲河的兩岸都沸沸揚揚不得安寧。

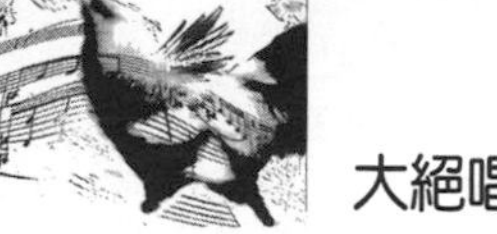

特別是夜間在北岸覓食的河狸們，更是瞪圓了眼睛豎直了耳朵，不知道河對岸那些新出現的動物又在折騰什麼；也不知道在那火光沖天的南岸森林裏究竟發生了什麼事情。

如果說河狸們也像九曲河畔其他的土著一樣漸漸適應了人類白日的喧鬧的話，這一次，那些能夠把夜晚變成白晝的火把，又一次使牠們驚慌失措誠惶誠恐。因爲除了天上的月亮和星星之外，九曲河的黑夜從來不曾被任何東西照明。因爲除了千百年不遇的天火之外，九曲河畔的任何一種動物，都不曾製造出哪怕一點點火星。

如果說九曲河的洪水只會給河狸們帶來忙碌的話，河對岸的火光卻給河狸們帶來了本能的恐怖。

但是，正當雌狸香團子一家像所有河狸家族的成員一樣惶惶不可終日的時候，從九曲河的對岸，從火光沖天的森林中，從嘈雜的叫喊聲裡，傳來了一陣尖尖的脆脆的甜甜的歌聲。

那是女孩尖嗓子的歌聲。它還是那樣歡快，像鳥兒的飛翔，像魚兒的暢游；它還是那樣空靈，像雲的飄逸，像風的追逐；它還是那樣無拘無束，像流逝的時光，像搖曳的樹影。

那歌聲彷彿在講述著一個平平常常的故事。那喧囂的人聲，那熊熊的火把，都是故事中的一個部分，就像河狸們修築堤壩需要月光和星光，就像棕熊散步時也常常發出吼聲。

那歌聲彷彿又在講述著一個與眾不同的故事。人類在做自己的事情，人類的事情又和九曲河的土著所做的事情都不同。

像九曲河沿岸所有的河狸一樣，雌狸香團子一家也從那熟悉的歌聲裏，得到了慰藉和安撫。既然人類在做自己的事情，既然人類的事情和牠們並不相干，牠們又何必大驚小怪，又何必不一如既往地去做自己的事情呢？

直到夏初的一個夜晚，雌狸香團子一家照常出外覓食的時候才發覺，經歷了那些個喧囂不已火光沖天的夜晚之後，九曲河還真的有了變化。也就是說，當初那些人類做下的事情，還確實不是和牠們毫不相干的。

其實，三天前九曲河的水位就開始緩慢地下降了。但是，粗心的河狸們都沒有察覺，因為水漲水落，本是九曲河常有的現象。

其實，一天前水下的洞口就已經露出來了。但是，匆忙的河狸們還是沒有在意，因為濃密的柳樹鬍鬚，仍然在洞口飄飄蕩蕩。

直到這一天夜晚，水下的洞口不僅完全露出了水面，連白柳樹的根鬚也乾縮了起來，河狸們才感到了事態的嚴重。

雌狸香團子一家趕到下游家族的堤壩時，看見雌狸大粗腿一家、雄狸禿尾巴一家以及其他所有家族的成員幾乎都來了。

毫無疑問，大家都是因爲九曲河水位的降低，自家洞口的暴露而到來的。但是，十幾隻河

狸圍著家族的堤壩，水上水下地察看了無數次，卻既沒有找到水下的裂縫，也沒有發現水上的缺口。

九曲河的水究竟流到哪裡去了？不要說雌狸香團子和雄狸大拇指，就是雌狸大粗腿和雄狸黃鬍子以及比牠們年長得多的老河狸們，也是一無所知。

最後，不知道是誰想到了去上游的堤壩，說不定是住在上游的河狸家族的堤壩出了問題。於是，浩浩蕩蕩的幾十隻河狸又一齊逆流而上，竟然顧不得是否會招來天敵。

上游堤壩的水上水下也是完好無損的。只是，像所有的堤壩一樣，堤壩上方和下方的水位要相差幾十公分。所以，儘管雌狸大粗腿家族的洞口已經完全暴露，上游的河狸家族的洞口卻仍然藏在水中。

不知道河狸們是不是懂得懷疑，難道是上游的河狸家族攔截了牠們的河水？不知道河狸們是不是懂得報復，既然你們不仁，我們也就不義。但是，河狸們肯定懂得，只有在上游河狸家族的堤壩上扒個缺口，上游的水才會流過來，而牠們的洞口才會因爲水位的上升而重新得到掩護。

反正不管怎樣，雌狸大粗腿家族的成員們甚至顧不上吃飽肚子，毫不猶豫地開始在上游的堤壩上開掘缺口。

整整一個夜晚過去了。當天邊出現曙光，當上游的河水汩汩地通過缺口向下游流去時，幾十隻辛苦勞作的河狸才各自游回家，高高興興地看著漸漸漲升的河水，重新灌進了自己的地洞。

可惜，好景不長。就在第二天夜裏，九曲河的水位又下降了，雌狸大粗腿家族的洞口又一次暴露無遺。

幾十隻河狸又經過一陣忙忙碌碌的檢查之後，牠們發現，自己家族的堤壩依然完好無損，上游家族堤壩的缺口也還沒有來得及修補。那麼，九曲河的水到底流到哪裡去了？難道就在這兩個堤壩之間，會陷下去一個無底洞？

幾十隻河狸分散開來，在九曲河的中段水上水下地翻動，在兩個家族的堤壩之間來來回回地察看。終於，順著水流的漩渦，牠們找到了南岸的那個缺口。

原來，九曲河的水正在順著那個缺口源源不斷一刻不停地流走。原來，那缺口之外就有一個灌不滿填不夠的無底洞。

不知道河狸們懂不懂那缺口就是人類挖掘的水渠，也不知道河狸們懂不懂那無底洞就是幾十畝正在灌漿的小麥。但是，河狸們肯定懂得，只有把這個缺口堵住，九曲河的水位才會上升，牠們的洞口才會重新進入水中。

又是整整一個夜晚的忙碌，幾十隻河狸又一次顧不上進食也顧不上休息，終於在河南岸的缺口處修起一個小小的堤壩，攔住了九曲河失落的水流。

幸虧那缺口不算寬也不算深，幸虧那水流不算大也不算急。所以，當曙光初照的時候，那缺口已被堵得嚴絲合縫。當日出東方時，河狸又都各自回家，等待著九曲河水位的再一次漲升。

沙田村的人們是在十天後才發現九曲河南岸水渠口那個小堤壩的。因爲經過幾天酣暢淋漓的澆灌之後，幾十畝麥地已經喝得足足的，綠浪似的麥子已經脹得飽飽的。還因爲恰好是在河狸們築了堤壩的第二天清早，人們也在水渠的另一頭築上了堤壩。所以，水渠裏的水雖然沒有了來源，卻也沒有了去處，便一直蓄在那裏，蕩漾著高天流雲，蕩漾著婆娑樹影。所以，來來往往的沙田人就誰也沒有發現河狸們的傑作。

十天之後，當炎炎的夏日曬裂了麥田的表層，當男人白頭帶著人扒開了地頭水渠口的堤壩時，這才忽然發現，那蕩漾的清波流了沒有多久，居然就會斷了流。

順著乾涸的水渠，穿過密密的森林，一直來到九曲河的南岸，人們才明白，原來，是水渠的這一頭也被堵住了。

男人白頭把全村的男人都叫來打聽，是誰做了這件事情。全村的男人都搖頭說，這是男人白頭沒有吩咐的事，他們怎麼會去做？況且，水渠的那頭已經堵住了，誰又會多此一舉呢？

男人白頭又仔細察看了堤壩的結構，以往男人們築壩，總是用大塊的石頭和岸上的黃土。

但是，這個小小堤壩用的卻是樹枝，而且還用河底的膠泥抹得十分光溜，像是力氣不大，卻頗有耐性的人做的。

男人白頭又把全村的女人和孩子都叫來打聽，是誰家的孩子鬧著玩，做了這件事情。但是，全村的孩子也都擺手說，就算鬧著玩，他們也只會去林子裏爬高下低，去河水裏撈魚游泳，誰會辛辛苦苦去做大人才做的事情？

這時，男人白頭發脾氣了，像這樣一件小事，他又沒有追究誰的責任，只不過想弄個清楚，居然就沒有人肯承認。沙田村的人真是變壞了！

這時，男人長腿在仔仔細細地看了一陣堤壩之後，對男人白頭說，這是河狸修的。

男人白頭連連搖頭，這怎麼可能，河狸怎麼會像人一樣聰明？

這時，女孩尖嗓子也說，不要說這個小小的堤壩，就是九曲河上那一道道又長又寬的攔河堤壩，也都是河狸修的。這是她和男人長腿親眼看見的。

全村的男人都表示懷疑，河狸雖然活潑可愛，又怎麼會做人類才會做的事情？

但是，沙田村的女人們卻寧可相信。因爲這樣一來，男人白頭就不會沒完沒了地追查她們的男人和孩子了。

如此一來，男人白頭也不好再說什麼。既然沒有人說是自己幹的，既然有人說是河狸幹的，若是還要強加於人，顯得他太不近人情。

不過，這並不等於男人白頭已經善罷干休。在扒掉了岸邊渠口的堤壩之後，男人白頭讓大家都回去，該幹什麼的去幹什麼。而他自己卻在渠口周圍轉了好半天，直到打定了一個主意之後，才順著水渠往麥地裏走。

男人白頭畢竟是個有智慧的男人，任何事情他都要弄個水落石出，任何人都別想逃過他的眼睛。

這天後半夜，九曲河南岸沙田人家養的狗突然一起狂吠起來，此起彼伏，一聲更比一聲激烈。沙田人被吵得心驚肉跳，全都跑出屋子，互相打聽發生了什麼事情。

天將亮的時候，人們才一傳十、十傳百地說，是男人白頭家的老花狗跑到河邊上去拼命地叫，這才引來了村裏所有狗的應和。

可是，男人白頭家的老花狗不是像所有人家的狗一樣都牢牢地拴著嗎？怎麼會跑到河邊去叫呢？

天大亮的時候，男女老少一起聚到河邊的渠口處才發現，男人白頭家的老花狗正心滿意足地坐在那裏，美滋滋地舔著嘴邊的血跡。牠身邊的草地上，有一片扁扁平平的橢圓形的尾巴和一堆雜亂的棕色的毛骨。

原來，是男人白頭家的老花狗半夜跑出來吃了一隻河狸，怪不得牠叫得那樣歡快那樣高興。

人們開始議論，當初是男人白頭強迫大家把狗拴在屋裏頭，怎麼他又帶頭放出狗來咬河狸呢？

男人白頭正在渠口站著。在河床和渠口的交界處，昨日扒掉的堤壩又築起了一半。

男人白頭指著那半堵堤壩對人們說，他是爲了看護渠口才把老花狗放出來的，而老花狗又是爲了恪盡職守嚇走築堤的河狸才不停地狂叫的。只是他沒有想到會發生這樣的悲劇，他的心裏也很難過。

男人們搖搖頭走了。女人們歎著氣走了。只有孩子們不肯走，甚至在女孩尖嗓子的帶領下一齊哭了起來。

草地上的那片尾巴和那堆毛骨沒有香氣，顯然不是雌狸香團子。但不管是誰，孩子們都會傷心。因爲在這幾個月的時間裏，全村的孩子和全九曲河的河狸都交上了朋友。

男人白頭哄了很久，孩子們才停止抽泣，只是提出許多條件要他答應：不許把狗放出來，不許讓狗吃河狸，不許拆掉河狸修的堤壩，不許……

孩子終歸是孩子，前頭說了後頭就忘了。所以，男人白頭就統統答應下來再說。而渠口上築了一半的堤壩也就讓它這麼待著吧，好歹還有一半缺口進著水呢。

但是，過了一個平靜的夜晚之後，男人白頭去麥地察看的時候，不但渠口沒有河水流出，連水渠也成了一條乾溝。

男人白頭循著水渠走到河邊的渠口，這才發現，一夜之間，那留下一半的缺口也被堵塞了，一道完完整整的堤壩赫然在目。

男人白頭震驚了，想不到，這河狸竟是些不怕死的動物。男人白頭憤怒了，他不信，這人還能讓河狸治住？

可是，當男人白頭對準堤壩舉起鍬頭時，他又猶豫起來。畢竟他是答應過孩子們的。現在，他必須對自己的諾言負責，還是對麥田裏的莊稼負責進行選擇。

俗話說，天有不測風雲。就在男人白頭左右爲難的時候，驚雷四起，大雨傾盆。九曲河上一場罕見的暴雨，既維護了男人白頭的承諾，又滿足了麥田裏莊稼的渴求。

這一年夏天，沙田人獲得了從未見過的麥子大豐收。當地裏的麥子全部收回，場上的麥子顆粒歸倉之後，男人長腿就在自家的場院上點起了篝火，沙田村的人們都聚到篝火邊載歌載舞表示慶賀。

在九曲河北岸的樹林中，晝伏夜出的河狸們正在採食進餐。經過幾個月的歷練，對於人類的喧囂叫喊，對於火光沖天的情景，牠們已經不再驚慌失措誠惶誠恐，仍然能夠安安穩穩地採食，仍然能夠消消停停地進餐，甚至還會瞪起圓圓的小眼睛，豎起尖尖的小耳朵，去看上一會兒，聽上一陣兒。似乎人類的活動也像啄木鳥和松雞的飛來飛去，像青蛙和魚的游來游去一樣，與牠們相安無事，甚至還能給牠們帶來豐富多彩的生活。

特別是當女孩尖嗓子唱起尖尖的脆脆的甜甜的歌的時候，特別是全沙田村的孩子一起唱起雖然不那麼尖那麼脆那麼甜，但卻更加洪亮更加有氣勢的歌的時候，不僅是雌狸香團子一家，包括所有九曲河兩岸的河狸家族，都會聽得癡迷聽得感動。似乎那從天而降的人類給九曲河帶來的只有友情，似乎那美麗動聽的歌聲許諾的是永久的和平和安寧。

遺憾的是，這些能幹的河狸們，雖然打得穿幾十米的地洞，卻看不穿風和日麗中孕育的閃電雷鳴。這些聰明的河狸們，雖然築得起攔截河水的堤壩，卻抵擋不住接踵而來的天災人禍。

3 命運交響曲

日子像九曲河水一樣浩浩蕩蕩地流逝，轉眼之間，沙田村的人們已經在九曲河畔住了三年。女孩尖嗓子已經八歲，依然紮著兩根辮子，卻更加能幹了。男孩大眼睛已經六歲，不但不要人照顧，還能跑前跑後地幫忙了。

老花狗死了，大花狗老了，大花狗的後代小花狗也長大了。牠們和全村的狗們一樣，始終被繩子拴著或是牽著，如今也習慣了，而且還長得又肥又壯了。

男人白頭的頭髮更白了，與此同時，他在沙田人心目中的威望也更高了。假如不是他動員大家搬遷，沙田人怎麼會來到九曲河？假如不是他帶領大家耕種，沙田人又怎麼會過上富裕的

生活？

連續三年的風調雨順，連續三年的麥子豐收，把沙田人的心情調理得順順暢暢，把沙田人的糧倉塡充得滿滿當當。如果說當年在沙田村，人們的日子是掰著手指頭過來的話，如今的日子卻像九曲河的水一樣，隨它去流隨它去淌。如果說當年沙田地裏的麥子，只夠緊緊巴巴地吃到第二年夏收的話，如今的收成卻是盛不下吃不完，甚至還可以拿出多餘的糧食去餵牛餵馬餵豬。

三年下來，曾經像沙田的麥子一樣乾瘦的沙田人，被九曲河的河水養胖了。長期被戈壁灘風沙磨粗了皮膚的沙田人，被九曲河畔的森林潤細了。

三年下來，沙田村的人們習慣了九曲河的美麗富饒，也習慣了生活的自在輕鬆，漸漸地忘卻了沙田村的乾旱，忘卻了戈壁灘的風沙，也忘卻了當年過日子的艱難。好像他們天生就屬於九曲河，好像九曲河就是爲他們預備的。

三年下來，沙田人又在九曲河的南岸蓋起了許多木頭房屋，又在南岸開墾出大片的麥田和棉田。反正，九曲河畔的森林裏有砍伐不完的大樹，有開墾不完的土地。況且，三年來，幾乎家家都增了人口。房子總是住得越寬越好，糧食總是收得越多越高興。如此一來，沙田人的居住和活動，從九曲河的中游擴展到了上游。

也許是因爲習慣，沙田人的擴展始終局限在河的南岸。所以，三年來，沙田人和九曲河的土著們也維持了一種和諧的共處。當然啦，在冬季裏，沙田人也會到河的北岸去打獵。但是，由於連年的風調雨順，九曲河的飛禽走獸們也像沙田人的麥田一樣，一年比一年高產。所以，犧牲個把老弱病殘，未必影響牠們的興旺昌盛。

大概是為了當年的承諾，沙田人對九曲河的河狸們更是另眼相待。三年當中，人們不但始終把自家的狗看得緊緊的，不讓牠們去傷害河狸，而且，每到春末夏初，需要引水灌溉的時候，他們也特別留意，不要讓水位降得太低，不要露出岸邊河狸的洞口。好在九曲河的水總是那樣浩浩蕩蕩，川流不息。人類也好，河狸也罷，只要稍微兼顧，總是能夠兩全其美，其樂融融。

但是，第四年春天的大旱卻是沙田人始料不及的。儘管高高的藍天上仍然飄著白雲，天山上的融雪卻不再匯成滾滾滔滔的洪流。儘管南岸的渠口還沒來得及扒開，九曲河的水位卻在一點一點地降落。要不了多久，河水幾乎降到了渠底以下，讓人們的引水灌溉成了泡影。

眼看著近百畝的麥地開始乾涸開裂，眼看著豐收在望的麥子開始枯萎焦黃，沙田人慌了手腳，慨歎著九曲河的好景不長，擔憂著沙河斷流的悲劇重演，他們一起圍著男人白頭，希望討出個主意來。

毋庸置疑，男人白頭是沙田人中最有智慧的男人，男人白頭總是能夠急中生智，讓沙田人轉危為安，絕路逢生。所以，男人白頭在經過幾天的考察和幾夜的思謀之後，終於想出了切實

可行的辦法。

男人白頭把全村的人都召集起來商量說，如今要澆灌麥田和棉田指望不上老天，還得靠九曲河水，為了引水進渠則有兩個辦法可行。一個是利益均霑，把渠底挖到與河底持平，這樣就能做到大河有水水渠滿。但是，一旦上游斷了流，也就只能大河無水水渠乾了。

沙田村的人們聽了，一半點頭說，有水總比沒水強；另一半卻搖頭說，這辦法救得了一時，救不了長久。

於是，男人白頭又說，還有一個辦法是釜底抽薪。把下游的堤壩加高加固，讓上游流下來的河水到此為止，蓄起一個水庫。這樣就能做到上游水多自然滿，上游水少也夠用。但是，這樣一來，九曲河的下游就會乾涸，住在下游的沙田人吃水用水都要到中游來擔，增加了許多勞苦。

這一回，沙田村的人們全部點了頭。特別是住在下游的人們一致表示說，只要能保住地裏的莊稼，只要能保住今年的豐收，他們累點苦點也算不了什麼。

離水渠口不遠的下游，正好有一道用樹枝和膠泥築成的攔河壩，那是雌狸大粗腿家族世世代代維修下來的堤壩。如今，便成了沙田人攔河蓄水造大壩的基礎。

在男人白頭的帶領下，沙田人搬來了大大小小的石頭，只用了一天的工夫，就壘起了九曲河上的第一座人工大壩。

毫無疑問，人類的力量和智慧總是比河狸要強得多。如果說，雌狸大粗腿家族的堤壩只是

一條常常被踩塌的田埂小路的話，沙田人的攔河大壩就是一條十分堅固的康莊大道。如果說，雌狸大粗腿家族的堤壩還能讓少量的河水漫過的話，沙田人的攔河大壩卻已做到了滴水不漏。

眼看著九曲河的水位沿著沙田人的堤壩一點點地爬升，眼看著九曲河的河水一點點地灌進了渠口流進了麥田，沙田人的臉上又露出了自得的笑容。

三年的時光對於人類也許只是短暫的一瞬，但是，對於壽命只有十到十五歲的河狸來說，卻是一段寶貴的時光。

年富力強的雌狸大粗腿老了，牠的兩條後腿已不再那麼結實有力，修堤也好，掘洞也罷，常常顯得力不從心。勤於修飾的雄狸黃鬍子也老了，茂盛美麗的大鬍子變得稀稀落落，所以，洞裏洞外，水上水下，也不再顯得那樣神氣十足。只有湖中小島還是那樣巍然聳立，戲著春風，弄著倒影。只有小島的洞系還是那樣四通八達，送走一批又一批小狸，去擴大領地，去自立門戶。

也許是因爲老邁的遲鈍吧，就連九曲河上從未有過的大旱，兩隻老狸居然也沒有察覺。直到有一天傍晚，牠們誕生出來又放養出去的兒孫們，一撥又一撥地聚到湖中小島的周圍時，牠們才意識到似乎發生了什麼重大的事情。

最先到來的是雌狸香團子一家。六歲的雌狸香團子長得更加豐滿健壯，也更加機敏老練，

從九曲河水降落的頭一天起，牠就有所警覺。牠曾經察看過上游的堤壩和家族的堤壩，兩處都完好無損。牠又察看了水渠口的堤壩，仍然是嚴絲合縫。所以，牠也只能照常地晝伏夜出，照常地飲食起居。只是在飯前睡後，把對九曲河水的擔憂在雄狸大拇指的身邊嘮叨幾聲。

雄狸大拇指變得更加能幹了，但與此同時，牠也變得更加愛睡。九曲河的水一年到頭都是漲漲落落，只要不漲到淹了臥室被迫轉移，只要不落到暴露洞口引來天敵，天底下還有什麼比睡覺更重要的事情？假如不是雌狸蘑菇頭和雄狸白爪子潛進洞來，朝著牠不停地尖叫，牠恐怕還是難得離開夢鄉呢。

雄狸白爪子早已自立門戶，出落得英姿勃勃，那樣子活像當年的雄狸大拇指，雌狸蘑菇頭不僅自立了門戶，還像當年的雌狸香團子一樣，一開春就懷上了自己的後代，圓頭圓腿再配上圓滾滾的肚皮，顯得十分憨態可掬。

鬼使神差的是，雌狸香團子的這兩個後代，居然把自己的家安在了家族堤壩的下游。不知是因爲嫌棄家族的領地，還是爲了拓展家族的領地。

因爲隔著家族的堤壩，雌狸蘑菇頭和雄狸白爪子很難碰到雌狸大粗腿家族的成員，只有在修補家族堤壩的時候，牠們才會不失時機地趕來。一方面是盡家族成員的天職，另一方面也是和家族成員團聚。

所以，當雄狸大拇指突然在自己的洞系，自己的臥室，特別是自己的睡夢中，聽到雄狸白爪子和雌狸蘑菇頭的尖叫聲時，便立刻離開夢鄉，立刻變得清醒。

雄狸白爪子和雌狸蘑菇頭是來告急的。因爲牠們在下游的洞口已經完全露出了水面，因爲牠們在洞口的附近發現了水獺和猞猁的身影。

不用說，爲了提高下游的水位，只能扒開家族的堤壩。但是，直到雄狸大拇指矯健地游出自家的洞時才發現，自家的洞口也有一半露出了水面。

看起來，九曲河的日見清淺已不再是雌狸香團子的多慮，而如何避免洞口的暴露，也就不再只是住在下游的雌狸蘑菇頭和雄狸白爪子、不再只是住在下游的雌狸蘑菇頭和雄狸白爪子的當務之急。

正像沙田人依賴智慧的男人白頭一樣，雌狸大粗腿和雄狸黃鬍子也對自己的家族成員，有著一種冥冥的感召力。所以，雌狸香團子和雄狸大拇指便帶領著牠們已經自立門戶的後代，以及尚未成年的後代，當然也包括尚未出生的後代一起，前呼後擁地來到了湖中小島的旁邊，用牠們此起彼伏的尖叫聲和你來我往的戲水聲，呼喚著雌狸大粗腿和雄狸黃鬍子的出現。

等到雖然尚未老態龍鍾，卻已反應遲鈍行動緩慢的雌狸大粗腿和雄狸黃鬍子鑽出洞口浮上水面時，等待牠們的就不僅是雌狸香團子一家，而是整整一個家族的上百隻河狸了。毫無疑問，正是雌狸香團子一家的呼喚，給整個家族的成員拉響了警報，讓整個家族的成員都感到了潛在的危險。

上百隻老老少少的河狸圍著湖中小島久久地游動著，尖叫著。牠們用叫聲和碰撞交換傳遞著各自的訊息和決定。直到天色大黑，河狸們才終於安靜下來，並且聚成黑壓壓的一片，烏雲壓頂一般，迅疾地朝著九曲河的下游挺進。

雌狸蘑菇頭和雄狸白爪子緊跟在雌狸香團子身後。儘管牠們已經明白，家族的決定完全違背了牠們的初衷。也就是說，全體家族成員的出動，不是爲了拆除家族的堤壩，讓河水流到下游，去遮蔽牠們的洞口。恰恰相反，而是去加高加固家族的堤壩，讓所剩不多的九曲河水全部截留在中游。

雌狸蘑菇頭和雄狸白爪子畢竟是雌狸大粗腿家族的成員，並且已置身於家族的成員當中。所以，牠們也就毫不猶豫地加入了浩浩蕩蕩的拆壩隊伍。似乎牠們最初的行動不是爲了求救，似乎牠們下游的洞系也不會因此而陷入絕境。

這是一個沒有月亮也沒有星光的夜晚。風淒淒，水粼粼。兩岸的森林像陰沈沈的大山壓向河面，遠處的堤壩像天邊的地平線一樣遙不可及。但是，雌狸大粗腿家族的一片烏雲卻視而不見，以一種銳不可擋的氣勢順流挺進。

無獨有偶，像是對中游那片烏雲的呼應，住在堤壩下游的上百隻河狸家族的成員，也組成了一片逆流挺進的烏雲。顯然，牠們和中游的同類有著同樣的目的：改造堤壩，求得生存。但是，牠們又和上游的同類有著相反的手段：是拆壩而不是築堤。

毫無疑問，當兩片氣勢洶洶的烏雲終於在堤壩上會合的時候，立刻放出了雷閃雷鳴。

沒有指揮，沒有命令，兩個家族的老少雌雄幾乎一起尖叫起來。

沒有章法，沒有規定，所有的尖叫聲都表示威脅、恐嚇以及堅定不移。

終於，當聲威不足以取勝時，肉搏也就開始了。

在漆黑的夜空裏，在狹窄的堤壩上，無數對黑影扭在一起不停地滾動，無數對利齒切割著同類的皮肉，無數個身體掉進水中又爬上堤岸，無數聲尖叫變成了慘烈的哀鳴。

在這沈沈的夜幕裏，誰能相信，平時那樣活潑可愛，那樣憨態可掬的河狸，竟會變得如此殘忍兇狠？

在這沈沈的夜幕裏，又有誰能相信，幾百隻混戰一場的河狸，竟能分得清敵我親疏？

風在消遁，水在黯淡，堤壩在顫抖，森林避之惟恐不及。只有堤壩上的廝殺越來越激烈。或者兩個家族的成員都忘記了自己的目的？或者只有殺出個我高你低才能夠達到目的？

天快亮的時候，男人白頭牽著花狗查看堤壩，遠遠的一聲狗叫，竟像魔術一般，瞬間便化解了堤壩上扭在一起的黑影。只聽見一陣「撲通、撲通」的響聲，只看見一片唏哩嘩啦的水花，轉眼之間，堤壩上的幾百個黑影便消失得無影無蹤。

男人白頭走上堤壩時，只看見兩隻死去的河狸和幾處棕毛、血跡。

智慧的男人白頭雖然不清楚爲什麼會發生這樣的事情，但他懂得怎樣處理，才能夠大事化

小小事化無。

他把一隻死狸扔給花狗，堵住牠貪婪的叫聲。又把另一隻死狸扔進下游，讓牠順水漂走。最後，他還沒有忘記將散亂在堤壩上的棕毛和血跡用泥土埋了個乾乾淨淨，這才安安心心地坐在堤壩上，等待著沙田村的男人們來築堤。

當太陽升起又落下，當勤勞的沙田人爲九曲河上第一座人工大壩的落成而歡欣鼓舞時，除了守口如瓶的男人白頭之外，沒有任何人知道埋在這大堤下邊的，不僅有河狸家族世代維護的堤壩，還有河狸家族自相殘殺的戰場。

每年的春夏之交都是沙田人最愜意的季節。田裏的麥子長高了，長壯了，只等著灌漿後的成熟。地裏的青菜、蘿蔔種好了，澆足了，只等著收穫。欄裏的小豬也出生了，會跑了，只等著長胖養肥。至於那些被滿地的麥粒和毛蟲養得滿臉通紅的母雞，則會把一個個滾圓的雞蛋下得到處都是，讓人一天到晚，房前屋後，撿來撿去也撿不完。

每年的春夏之交也是沙田人最甜蜜的季節。春光瀲灩，不再有料峭的寒意。夏日融融，還沒有逼人的暑氣。大膽的年輕人會出雙入對躲進日漸蔥蘢的樹林中，卿卿我我，摟摟抱抱。靦腆的年輕人會隔著牆頭暗送秋波，眉目傳情。就連那些並不年輕的老夫老妻也常常會日上三竿還纏綿著不肯起床。

但是，這一年的春夏之交卻有不同。倒不是因爲修了九曲河上那座人工大壩，那才花了多少工夫？而是因爲智慧的男人白頭經過幾年的觀察和思謀之後，又對沙田人的生存發展有了新的打算。

男人白頭說，三年來，沙田村的嬰兒出生了，孩子長大了，年輕人結婚了，人口幾乎翻了一倍，沙田人的房子卻沒有增加多少。三年後，新的嬰兒還會出生，新的孩子還會長大，新的年輕人還會結婚，人口還會翻上一倍，沙田人的房子就會顯得太少了。

男人白頭說，三年來，沙田人在南岸的下游也蓋了一些房屋，但卻稀稀落落零零散散，聯絡起來很不方便。三年後，要是繼續順流而下去蓋新房，沙田人的聚合就會變得更加麻煩。

所以，男人白頭才有了新的打算，讓沙田人到九曲河的對岸去蓋一片新房，建一批新家。

男人白頭說，他曾在北岸的森林和森林以外的疏林地考察了很多次，那邊的環境也像這邊一樣的溫馨，一樣的開闊，一樣的適用。

男人白頭說，過去，九曲河上只有河狸們用樹枝和膠泥修的田埂小壩，來來往往確實不太方便。如今，人類修起的石頭大壩，不但可以跑馬，而且還能駕車。你來我往，總比下游近了許多。特別是眼前，石頭大壩截斷了中游的河水，下游的河床幾乎成了河灘。假如下游的人們肯搬到河的對岸，假如河的對岸又能生出一個沙田村來，兩邊的沙田人不但可以共飲一河水，共享千般甜，還可以朝夕相望，雞犬相聞，那才真正是天上人間。

不用問，男人白頭的主意總是對的。不用說，沙田的男女老少也都盼望著有這麼一天。所以，不但住在下游的人們積極響應身體力行，就連住在中游的人們也都跑到對岸去幫著砍樹伐木蓋新房，燒荒斬岜開良田。

但是，當沙田人幹勁十足地建設家園，興高采烈地憧憬未來時，他們卻未必也無暇注意到，那些在九曲河兩岸世世代代居住了千百年的動物們，又一次陷入了更加恐懼的慌亂之中。

如果說三年前，九曲河南岸的土著尙可投奔北岸，守得一方平安的話，這一次，卻是南岸和北岸的土著一起，開始了走投無路的大逃亡。

起初，牠們一窩蜂地逃往北岸的上游。但是，要不了多久，原本寬闊靜謐的上游森林就變得擁擠不堪，甚至造成了山羊與雪豹同穴，松雞與蒼鷹同棲的混亂局面。

於是，那些翅膀更長，腿腳更勤的土著又掉過頭來，逃向九曲河的下游。但是，仍然過不了多久，原本寬闊靜謐的下游森林，也開始變得擁擠不堪。最終也出現了野鹿與棕熊爲伍，雪兔與惡狼爲伴的混亂局面。

於是，那些走投無路的土著，又會昏頭昏腦地越過九曲河，回到牠們曾經逃離過的南岸，企圖得到一塊安身之地。

說來也怪，同樣是天和地養育出來的生靈，爲什麼九曲河畔的土著們，不論飛禽走獸，不論強大弱小，都能夠世世代代千年萬年地相廝相守，卻惟獨不肯與人類爲鄰？

說來也不公平，同樣是造物主製造的種群，爲什麼九曲河畔的土著們，小如毛蟲，大如棕熊，靈巧如伶鼬，兇猛如羚牛，都有天敵與牠們相生相剋，卻惟獨人類沒有天敵也不受制約呢？

當然啦，九曲河畔的沙田人想不了這麼多，也管不了這麼多。這些只能由天地和造物主去回答的問題，似乎與他們毫無關係。他們只要把房子造得越高越大，把麥子種得越多越好，把孩子養得越白越胖，把日子過得越富越火，他們就會整天整夜地高高興興，什麼都不想，什麼都不愁。

和森林裏東逃西竄的土著們相比，住在地洞裏的河狸們倒是顯得特別安心。一來是牠們的家在地下，洞口開在水中，起碼目前沙田人的房子還是蓋在地上，所以，對牠們的干擾也就不大。二來呢，沙田人是日出而作，日落而息，河狸們則是晝伏夜出，只要稍加注意，就可以互不相干。當然，還有很重要的一條，就是三年來，沙田人和九曲河畔的河狸們似乎已經有了一種默契，一種友情，所以，哪怕地面上的土著鬧得沸沸揚揚，地面下的河狸們仍然睡得又甜又香。

不過，這也是僅限於住在中游和上游的河狸，而住在下游的河狸們可就沒有這麼輕鬆了。

自從那個漆黑的夜晚，那場兩個河狸家族不分勝負的惡戰之後，沙田人便築起了堅不可摧

的石頭大壩，將命運的天平重重地壓向雌狸大粗腿家族，也將九曲河的流水牢牢地封閉在堤壩的上游。

從那一天起，本已清淺的九曲河下游越來越清淺，很快就乾涸成一片河灘。而河狸們本已暴露出來的洞口也越來越醒目，最後，乾脆連白柳樹根鬚的門簾也完全捲了上去。

起初，河狸們從岸上砍伐搬運了樹枝，堆在自家的洞口。但是，那一堆堆同樣暴露在河灘地上的樹枝，反倒成了天敵襲擊的標記。

在一個接一個家族的成員遭到殺害之後，下游的河狸家族忍無可忍，又一次組織起浩浩蕩蕩的隊伍，又一次向著中游的堤壩出擊。儘管這一次的行進不再是水面上的疾馳，而是河灘上的蹣跚；儘管這一次的堤壩，不再是能夠啃嚙的樹枝，而是堅硬無比的石塊，但是，浩浩蕩蕩的河狸隊伍，仍然是氣勢洶洶，沒有半點膽怯，也沒有一絲猶豫。

雌狸蘑菇頭和雄狸白爪子走在隊伍的最前面。幾天前，在那場家族的廝殺中牠們都受了傷。雌狸蘑菇頭的腦袋是傷痕累累，雄狸白爪子的右前爪扭錯了位。天知道牠們是被哪個家族打傷的，因為也只有天才知道當時牠們是在為哪個家族拚命助威。

無論怎樣，惡戰之後，雌狸蘑菇頭和雄狸白爪子還是隨著下游家族的隊伍，回到了自己的家中。如今，當牠們格外精神抖擻地走在隊伍的前列，一心一意只想著摧毀堤壩時，不知是出於對九曲河水的渴求，還是出於對自己家族的思念。

當浩浩蕩蕩的隊伍終於登上石頭大壩時，上百隻河狸全部愣住了。雖然牠們個個都有無比鋒利的門齒，卻無論怎樣也切割不了石頭，哪怕只是啃出一個缺口；雖然牠們個個都有十分靈巧的爪子，卻無論如何也搬不動巨大的石頭，哪怕只是挪出一道裂縫。

但是，這並不意味著牠們會善罷干休。只愣了片刻，牠們便迅速分散開來。一對對鋒利的門齒不顧一切地啃著咬著，一雙雙靈動的腳爪不顧一切地抓著推著，也不管是否奏效，也不管是否有用。

慘澹的月光瀉下來，撫慰著忙忙碌碌的身影。清冷的夜風吹過來，歎息著勞而無功的生靈，只有九曲河兩岸那些活了千年百年的老樹，始終默默無語，不動聲色。

雌狸蘑菇頭到底是繼承了雌狸香團子的機靈，牠並不像別的河狸那樣沒頭沒腦地瞎忙乎。牠在大壩上來來回回地尋覓，終於在大壩和河岸銜接的地方，找到了一塊不算太大卻已經鬆動的石頭。

雌狸蘑菇頭叫來了雄狸白爪子，兩隻河狸同心協力去對付那塊鬆動的石頭。一個是頭上有傷，就用了前腿去抱；另一個是前腿有傷，就用了後腿去蹬。隨著那石頭一點點的晃動，兩隻河狸發出一陣陣的尖叫聲。最後，當那塊石頭終於成爲大壩的第一個叛逆者而掉在河灘上時，兩隻拼盡全力的河狸也跟著摔了下去。

雄狸白爪子清醒過來的時候，周圍是一片寂靜。寬闊乾涸的河床上，沒有一隻河狸也沒有

一個生命。牠挪了挪身子，站起來，又趴下去，除了原來扭傷的右前爪之外，沒添別的毛病，牠又尖起嗓子叫了一聲又一聲，叫來的卻是風的呼應和夜的沈寂。

雄狸蘑菇頭哪裡去了？莫非牠早已爬上了大壩，正在尋覓著另一塊鬆動的石頭？

當雄狸白爪子也準備爬上大壩時，牠聽到了一絲微弱的呻吟。一塊靜臥在河灘上的巨石，壓住了雌狸蘑菇頭，只露出了牠的頭部。

雄狸白爪子尖叫一聲，用受傷的前腿去推，用粗壯的後腿去蹬，用鋒利的牙齒去啃。但是，那塊曾經在大壩上鬆動過的石頭，在河灘上卻變得堅如磐石。直到雄狸白爪子用盡了全身的力氣，直到雌狸蘑菇頭吐出最後一絲氣息，那石頭居然沒有絲毫反應。

對著夜空，對著森林，對著大壩，雄狸白爪子發出了尖厲的哀鳴。但是，就在這絕望的哀鳴之後，牠忽然發現，就在那塊大石頭的旁邊，就在已經斃命的雌狸蘑菇頭頭部指向的地方，那道石頭大壩的底部，居然是樹枝和膠泥築成的。也就是說，當初，為人類的築壩提供了方便的河狸家族的堤壩，如今，又為河狸的拆壩提供了不可多得的機遇。

在雄狸白爪子尖厲的呼喚聲中，大壩上勞而無功的河狸們又連滾帶爬地聚集到乾涸的河床上。儘管早已是遍體鱗傷，精疲力盡，生的希望卻催促著牠們重新振作，拼盡全力。一對對鋒利的門齒不停地切割著，一雙雙靈活的腳爪不停地抓扒著，在一陣陣「喀嚓喀嚓」和「唏哩嘩啦」的伴奏聲中，一個個雖然弱小卻絕不退縮的生命，被絕處逢生激發出來的力量似乎無窮無盡。

應該說，在上百隻河狸的奮力開掘中，雄狸白爪子的速度是最快的。不知是雌狸香團子和雄狸大拇指的血脈給了牠與眾不同的能幹和機敏，還是雌狸蘑菇頭的慘死刺激了牠的不遺餘力。儘管牠的右前腿幾乎用不上力，但是，牠的利齒和另外三條腿卻因此而變得更加靈活更加鋒利。

月牙偏西的時候，雄狸白爪子第一個聞到了河水的氣息。於是，牠更加忘我更加奮進。曙光初現的時候，又是雄狸白爪子首先觸到了冰涼侵膚的水滴。於是，牠更加不顧一切地用前腿**（也包括那條扭傷的右前腿）**抓住洞頂一根樹枝，騰出兩隻強壯的後腿，照著堤壩的最後一道防線猛然踢去。

隨著一陣尖厲的叫聲，九曲河水像魔鬼一般從堤壩底部的地洞噴湧而出，把洞中的木屑和碎泥連同那些正在奮力開掘的河狸一起，沖出了地洞，沖到了河灘地。

隨著一團團黑影在河灘地上的翻滾掙扎，隨著一股股水流漸漸地漫過河床，隨著第一縷陽光射向人類的石頭堤壩，忙碌辛勞了整整一個夜晚的河狸們，開始大聲歡呼，開始盡情戲水，開始迅疾暢游而不是蹣跚步履回到自己的洞口，等待著汩汩而來漸漸升起的九曲河水，重新給牠們安寧和溫馨。

但是，這一切都將不再屬於雄狸白爪子。當第一股河水噴湧而出時，當身邊的夥伴被沖出

地洞時，牠的前腿（也包括那隻扭傷的右前腿）卻被牢牢地卡在了洞頂的樹枝上。所以，當河狸們在河灘上歡呼勝利的時候，牠正在地洞中進行最後的掙扎。而當河狸們在水中嬉戲時，牠已經在洶湧的水流中窒息斃命。

從此，被樹枝卡在壩底的雄狸白爪子，也像被巨石壓在河底的雌狸蘑菇頭一樣，永遠被牠們爲之奮鬥和渴求的河水浸泡下去。直到有一天，牠們的身體也像牠們的靈魂一樣化爲無形。直到有一天，牠們付出的慘痛代價最終成爲徒勞無益的犧牲。

像是生活的蹺蹺板，當沙田人歡天喜地蓋起了新房，又興致勃勃從下游的南岸遷到中游的北岸時，九曲河的中游，那個被石頭大壩截留下來的浩浩淼淼的大湖，卻一天天地清淺下去，而下游那片乾涸的河灘地上又重新漾起了水波。

那幾天，男人白頭正躺在家裏生病發燒，他就委託男人長腿去仔細察看一下，是不是那座石頭大壩有了裂縫。

八歲的女孩尖嗓子要求和男人長腿一起去看石頭大壩。她說她不光嗓子尖，眼睛也尖，她能幫助男人長腿找到裂縫。

天一亮，男人長腿和女孩尖嗓子上了大壩。兩個人並排走，低著頭，左顧右盼，從大壩的南頭走到北頭，又從北頭走到南頭，來來回回地一直走到太陽當頂。腿走乏了，腰彎疼了，眼睛瞪酸了，頭上出汗了，還是沒有找到一絲裂縫。

中午，女人胖子帶著男孩大眼睛來大壩上送水送飯，又幫著找了一圈，還是一無所獲。女人胖子說，找不到算了，反正中游的水還足夠人們用的，反正下游的動物也需要有水喝。

一句話倒是提醒了女孩尖嗓子，她指著下游岸邊那一個個露出半邊的洞口說，河狸的家門都快露在外頭了，下游的水不是太多而是太少了，應該在石頭大壩上穿個洞放水才行。

男人長腿是個很盡職的男人，既然是男人白頭交給他的工作，他就不能知難而退，更不能反其道而行。不過，女孩尖嗓子的話倒是提醒了他，搞不好，還真的是大壩底下穿了個洞呢。

趁著中午太陽大水溫高，男人長腿脫了衣服，一個猛子就扎進了水中。於是，過不了多久，他找到了那個被河狸家族開掘出來的地洞，而且還順手從地洞中抓到了那隻被樹枝卡住的死狸。

男人長腿拎著那隻死狸回到大壩上說，原來真的是河狸在大壩的底部鑿了個洞。現在，他首先要用石頭把洞口堵住。然後，再回到村子裏找些人來，把大壩的底部也用石頭壘住，以免日後還被河狸們鑿洞。

就在男人長腿搬運石頭的時候，女孩尖嗓子卻坐在大壩上哭了起來。她說那隻死去的河狸就是雄狸白爪子，也是她的好朋友。她說如果堵住了大壩底部的洞口，下游的河狸就會渴死餓死，就會永遠遮不住露在外面的洞口。

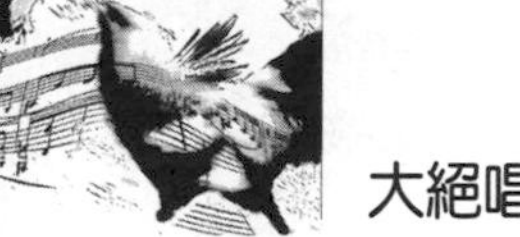

男人長腿最喜歡女孩尖嗓子的能幹，所以才肯帶著她到處走。沒想到，這一次帶來的幫手成了對手。

男人長腿最疼愛女孩尖嗓子的懂事，所以從來不肯違拗她的要求，凡事總要和她商量個明白清楚。

男人長腿放下手中的石頭，又讓女人胖子帶了男孩大眼睛先回家。自己卻和女孩尖嗓子面對面地坐在大壩上，一邊曬著太陽吹著風，一邊慢條斯理地講道理。

男人長腿說，要是讓中游的河水都流走了，流沒了，沙田村的老老少少就會渴死餓死。女孩尖嗓子卻說，當初沙河的水還沒有九曲河的多，也沒見沙田村的人渴死餓死。

男人長腿說，九曲河的下游還有很長很長，而中游的河水卻並不很多，要是讓河水這樣流失下去，河裏的水就不會流進水渠，水渠裏的水就不會流進麥地，麥地裏的麥子就會乾枯，今年的糧食就會顆粒無收，沙田村的老老少少靠什麼養活？女孩尖嗓子卻說，那就把上游的水放下來，讓天山上的水流下來，反正沙田人活命的辦法總是很多很多。

男人長腿說，河狸是些聰明能幹的動物，牠們會打洞會砍樹還會築壩，自然也會想出活命的辦法。既然下游已經斷水，牠們也會像下游的沙田人一樣，早就搬到了有水的中游或是上游。女孩尖嗓子卻不肯相信說，她一定要等到天黑，親眼看到下游的河狸真的搬走了才行。

男人長腿的口說乾了，話說盡了，只有陪著女孩尖嗓子坐在那裏，眼巴巴地等待日落。

暮色蒼茫的時候，女孩尖嗓子唱起了歌，那尖尖的脆脆的甜甜的歌聲裏，多了些親切的呼喚和深情的擔憂。

女孩尖嗓子的歌唱了一支又一支，蒼蒼茫茫的下游河面上，卻沒有一隻河狸的身影。

男人長腿說，看見了吧？下游的河狸早就搬走了。女孩尖嗓子還不放心，一定要等到月亮出來。

明月東升的時候，下游的水面上終於出現了兩隻河狸的身影。牠們一直朝著歌聲游來，卻只在大壩前停留了片刻，就一頭扎進了水底。

等到兩隻河狸從水中探出頭來時，牠們已經穿越大壩，到了九曲河的中游，並且頭也不回地朝著上游遠去了。

一連兩個晚上，男人長腿都陪著女孩尖嗓子去石頭大壩上唱歌。一連兩個晚上，下游的水面上都沒再出現河狸的身影。直到這時，女孩尖嗓子才肯相信，下游的河狸家族真的是已經搬走了。直到這時，男人長腿才在女孩尖嗓子的幫助下，堵住了大壩底部——那個用雌狸蘑菇頭和雄狸白爪子的鮮血和生命開鑿出來的地洞。

日子一天天地過去。九曲河的天空沒有一絲下雨的跡象，九曲河的水卻在一天天地減少。就在下游重新變成一片河灘地的時候，中游的水位也在下落，最終又暴露出了岸邊那些河狸們

賴以生存的地洞口。

像下游的河狸家族一樣，中游的河狸家族也開始失去了安寧。水獺和猞猁的窺探與侵害無處不在，河狸家族成員的逃亡和喪命隨時發生。所以，像下游的河狸家族一樣，中游的河狸家族，也開始了尋求活命的搬遷。

像當初岸上的土著們亂成一片一樣，如今，水中的河狸們也亂成了一團。原本只有幾個河狸家族居住的上游河岸，不得不容納下游、中游乃至整個九曲河的所有家族的成員；原本間隔一兩公里距離的家庭，不得不被新來的家庭密密麻麻地插入；原本安寧溫馨的洞系，說不定幾時就會被新來者的開掘打穿。何況還有河面上游來蕩去的無家可歸者正在尋覓著安身立命之處；何況還有來來往往的搬遷者難免磕磕碰碰，甚至爆發一場場惡戰。

好在正是大難當頭，命運多舛，不論是上游的地主，還是中、下游的來客，都沒有了往日舒適安寧的追求，只剩下但求無事的安分。所以，雖然忙忙碌碌，亂亂哄哄，甚至打打鬥鬥，最後，十幾個家族的近千隻河狸，總算是在九曲河的上游湊湊合合委屈求全地安定下來。

但是，這並不等於從中、下游搬遷過來的河狸們都能安下心來。特別是曾經在中游的湖中小島上風光神氣了大半輩子的雌狸大粗腿和雄狸黃鬍子，做夢也沒有想到過有這麼倒楣的一天。

在九曲河的上游，沒有寬闊的河面，也沒有舒緩的水流。所以，也不可能讓另一個湖中小島重現。況且，雌狸大粗腿和雄狸黃鬍子已經年邁體衰，不可能還有充沛的體力去重建一座令天下河狸都能仰慕的家園。兩隻老狸也就忍了，認了。但是，無法讓牠們心甘情願的是，如今，牠們要想退去尋找一個像樣的地方，開掘一個像樣的地洞的願望都不可能實現。

不用說，凡是有大柳樹的根鬚做門簾的地方，早已被上游的河狸家族佔領。也不用說，凡是有灌木遮掩，甚至連雖然光禿禿也還算水流充足的地方，也全部被捷足先登的下游搬遷者佔用。所以，當中游的河狸家族姍姍來遲時，剩下的地方除了淺灘還是淺灘。

不僅如此。當初，上游河狸家族的洞系間隔一兩公里，自然可以把自家的洞系修成長長的寬寬的舒舒服服的「U」字形。後來，下游河狸家族搬來了，插在牠們中間，雖然有些擁擠，間隔也還可以有上百米，所以，也還可以把自家的洞系修成較長較寬較舒服的「Y」字形。惟獨中游河狸家族遷來後，上游兩岸的洞系幾乎達到了飽和。牠們只能在夾縫處求生存，把自家的洞系修成直來直去的「丨」字形。而且，牠們只要有一點點疏忽大意，就會鑿穿別家的洞壁，就會落進別家的洞系，還會被當成破壞者受到迎頭痛擊。

如今，年邁的雌狸大粗腿和雄狸黃鬍子和牠們的後代一起，住在這樣一個「丨」字形的地洞中，你叫牠們怎麼能夠安心?

往日的風光已不再現，往日的舒適已成泡影。所以，當夜晚上岸覓食時，兩隻老狸總會不由自主地遠遠眺望中游那座曾經輝煌一時的湖中小島。所以，在那個月光黯淡，星光稀疏的夜晚，兩隻老狸才會在吃飽喝足之後，又糊裡糊塗地回到了中游那座依然巍然聳立、卻已暴露了

洞口的舊居。

在湖中小島寬敞舒適的臥室裏，兩隻老狸很快就睡著了。也許只是重溫往日的美夢，也許只是舒展自己的筋骨，也許什麼都不爲，只是一時糊塗，第二天就會清醒。

但是，就在第二天傍晚，兩隻老狸終於醒來，並且爬出洞口時，已在洞外恭候多時的猞猁尖耳朵立刻撲了上去。當牠垂涎欲滴地啃著雌狸大粗腿雖然老邁卻依然豐滿的大粗腿時，當牠毫不猶豫地吐出雄狸黃鬍子雖然稀疏可依然堅硬的黃鬍子時，兩隻老狸的筋骨便再也不需要舒展，兩隻老狸的美夢便再也不能夠延續，而兩隻老狸的一時糊塗，就這樣斷送了牠們的性命。

麥子灌漿的時候，九曲河的中段忽然刮起了昏天黑地的狂風，緊接著就是豆粒大的雨點砸在乾燥的土地上，冒出一股股煙塵；落在清淺的河水中，激起一根根水柱；敲在沙田人寬大的屋頂上，響起一片片叮噹聲。

久旱渴雨的沙田人喜出望外。正在地裏幹活的，既不避風也不躲雨，而是仰面朝天地祈禱著：下吧，下吧，下他七七四十九天，把九曲河的水灌滿，把田裏的莊稼餵飽，把沙田人的煩惱和擔憂全都沖走！而正在屋裏幹活的，更是忙不迭地跑到屋外，迎著狂風揮手，對著雨點歡呼，慶幸著九曲河畢竟不是沙河，九曲河的乾旱也畢竟不像沙河的乾旱那樣可怕，那樣長久。

就連正在發著高燒的男人白頭，也在床上躺不住了。一個人支撐著爬起來，拿個板凳坐在門口，看著門外的雨，聽著門外的風，臉上掛起了欣慰的笑容。

然而，彷彿是一場短暫的春夢，又彷彿是老天爺的一次捉弄，那陣突如其來的暴風驟雨，甚至來不及打濕地皮，就已經消失得無影無蹤。這裏只剩下沙田人的笑容僵在臉上，只剩下沙田人的歡呼懸在口中，只剩下炎炎的烈日和無盡無休的乾旱籠罩著九曲河，就像一切都不曾發生，也不會發生一樣。

九曲河下游的河床越來越乾燥，一陣輕風就能刮起一片沙塵。九曲河中游的河水越來越清淺，只能勉強夠沙田人洗刷飲用，卻再難有一滴水流進水渠到達麥田。

正在灌漿的麥子，既得不到天上的甘露，又吸不出地下的瓊漿，只是被炎炎的烈日烘烤著，被乾燥的焚風鞭打著，很快便乾癟了身子，焦黃了葉子。

眼看到手的豐收就要毀於一旦，眼看一年的辛勞就會付之東流，焦急的沙田人三五成群地來到男人白頭家中，希望能夠像以往一樣討出個主意，化險爲夷，絕路逢生。

男人白頭還在生病，斷斷續續的發燒已經持續了很久。但是，這並不意味著他對九曲河的乾旱就會少一點焦慮和擔憂，也絲毫不會影響他對沙田人的那份責任和忠誠。

在男人長腿的陪同下，男人白頭披上棉衣，一步一晃地從水渠的這頭走到那頭，又把地裏的麥穗放進嘴裏，一邊仔細地咀嚼，一邊痛苦地搖頭。

在男人長腿的陪同下，男人白頭拄著拐杖，三步一停五步一歇地從九曲河的中游走到九曲河的上游，甚至一直走到了天山腳下。

坐在九曲河源頭的石板上，男人白頭斷斷續續地對男人長腿說出了他的打算。

男人白頭說，九曲河的上游有好幾道攔河壩，顯然是幾個家族的河狸長年累月修築起來的。男人長腿點點頭。男人白頭又說，這每一道大壩上方和下方的水位總有十到二十公分的落差，顯然是大壩還在發揮著蓄水的作用。男人長腿又點點頭。最後，男人白頭才說，如今，只有把上游的這些大壩統統扒掉，讓所有的落差消失，讓所有的河水都蓄到中游，沙田人的水渠才會有水，沙田人的麥子才會有救。

這一次，男人長腿沒有點頭。因爲他馬上意識到，這樣一來，生活在上游的河狸，又會像中游和下游的河狸那樣，失去河水的保護，置身於天敵的圍剿當中。

但是，說完自己的決定，男人白頭又開始發起了高燒，嘴唇發紫，渾身顫抖。男人長腿只得立刻把他背上，甩開長腿，日夜兼程地趕回中游的家中。

躺在自家的床上，男人白頭只剩了最後一口氣。面對著痛哭流涕的家人，男人白頭的眼裏蒙上了水霧；面對著聞訊趕來的沙田人，男人白頭的臉上堆起了憂愁。

最後，男人白頭盯著男人長腿的眼睛，抬起手來，指了指家人和沙田人，又指了指九曲河的上游，隨後咽了氣，閉了眼睛。

在屋裏屋外哭成一片的時候，惟獨男人長腿沒有做聲。因爲他知道男人白頭想說什麼，因爲他知道從此以後，他肩上的責任有多沈重。

掩埋了男人白頭之後，男人長腿召集起沙田村的男女老少，傳達了男人白頭臨終的囑託，並且身體力行，帶領著沙田的男人們背著乾糧，逆流而上，扒掉了上游一座又一座的那些由河狸家族修築的大壩。

男人白頭的決定畢竟是智慧的決定。當沙田的男人們回到中游的家中時，人工大壩的水位已經開始爬升，河南岸的水渠已經有了清波，大田裏的麥子已經開始豐滿，沙田村的女人和孩子已經做好了豐盛的飯菜，等著給他們洗塵接風。

隨著九曲河上游和中游水位落差的消失，上游兩岸的河狸洞口，也一齊暴露出來。不論是久居上游者的「Ｕ」形洞，還是遷居上游者的「Ｙ」形洞和「｜」形洞，如今，都被置於天敵們無處不在的窺探和威脅之中。

如果說當初下游和中游的河狸們還可以逃到上游的話，如今，牠們都和上游的河狸們一起陷入了逃無可逃之中。

雖然天山上的融雪還在細水長流，但是，天山上的天寒地凍會迅速凍結牠們的性命。雖然九曲河的森林還很遼闊，但是，拋棄九曲河就等於拋棄自己的性命。

憑著築壩的本能，世世代代在九曲河上錘煉出來的河狸家族，幾乎個個都懂得，只有在上

游重新築起一道攔河的大壩，只有將天山上的長流細水重新截在上游，牠們的洞口才會重新隱入水中，牠們的安全才會重新得到保證。

那是一個十分壯觀的夜晚。九曲河上的十幾個河狸家族的上千個成員，一起聚集在九曲河的上游和中游的分界處。那裏曾經有一道攔河大壩，如今已被沙田人用鐵鍬和鋤頭鏟開扒平，只剩下幾根樹樁，被流水沖刷得東倒西歪，述說著自己的無能爲力和無盡哀愁。

但是，聚攏在河上河下，幾乎可以用自己的身體築起一道大壩的河狸們，既沒有時間也沒有心情，去憑弔往日的生境。當生的延續受到威脅，當死的陰影步步逼近的時候，牠們惟一能夠做的事情就是抗爭。

不用和誰商量，也不用讓誰領頭，家族之間的恩恩怨怨，早已經拋在腦後，個體之間的磕磕碰碰，也已經既往不咎。如今，聚在一起的十幾個家族正是千眾一心，擰成了一股繩。

在需要樹枝的時候，上千隻河狸，不分大小，不分雌雄，也不分家族，一窩蜂地湧進樹林，奏響了「喀嚓喀嚓」的伐木多重奏。

也許因爲這是一個生死攸關的工程，也許因爲領受了人類的氣魄，這一次，河狸們選中的樹木，不再是碗口粗的小樹，而是盆口粗的大樹。儘管砍伐起來格外費力，但是一隻河狸累倒了，立刻就會有另一隻河狸替補。儘管切割搬運更加費力，但是一棵大樹躺倒後，立刻就有數隻河狸提供幫助。在這場浩浩蕩蕩地大決戰中，上千隻河狸的默契配合，竟然像牠們天生就會打洞，就會築壩，就會游泳一樣的訓練有素。

在需要插樁的時候，上千隻河狸，還是不分大小，不分雌雄，不分家族，一陣暴雨似的扎進河裏，奏響了「撲通撲通」的跳水多重奏。

因爲河面太窄，因爲密度太大，在河狸們一撥接一撥的栽插中，背不住就會傷了誰的皮肉，背不住就會害了誰的性命。但是，在緊張忙碌的河面上，卻聽不到憤怒的尖叫，也看不到廝殺。也許牠們知道在這生死攸關的時刻，只能讓生依賴死，死仰仗生。

在需要膠泥的時候，上千隻河狸，仍然是不分大小，不分雌雄，不分家族，一起潛進水中，用自己完好的或者是傷殘的腳爪，在河底撈取著，在壩上塗抹著。面對著從樹枝間流走的河水，牠們沒有理由不分秒必爭。面對著用生命奠基的大壩，牠們更沒有理由去顧及自己的傷痛。

在九曲河上照耀了上萬年的明月更亮了，讓那些既弱小又頑強的生靈，把縫隙塗抹得更結實，把大壩修築得更堅固。

在九曲河中流淌了上千年的河水更緩了，讓那些雖然笨拙卻不低能的動物，把上游的水位抬得更高，把兩岸的洞口遮得更嚴。

在九曲河畔站立了上百年的老樹更沈默了，期待著和牠們相依相伴又相生相剋的河狸們，能夠像牠們一樣，經得住風雨，也抗得住乾旱，保得住生命，也付得起犧牲。

雄狸禿尾巴就是這無數犧牲中的一個。如果說雌狸大粗腿和雄狸黃鬍子的喪命是因爲牠們

失去了清醒的話，雄狸禿尾巴的喪命則完全是因為失去了尾巴。

當所有的河狸家族都湧進森林砍伐樹木的時候，雄狸禿尾巴決不因自己的步履維艱而動作遲緩，反而就近找到一棵大樹，憑了牠的憨勁，一刻不停地砍伐著，直到那棵樹「嘩啦啦」地倒在牠的身邊。幸虧牠命大，幸虧牠沒有尾巴，不然，那突然倒下的樹幹就算要不了牠的命，也會砸掉牠的尾巴。

但是，當所有的河狸家族都舉著尖利的樹枝扎進河中打樁的時候，雄狸禿尾巴就沒有這麼幸運了。

還是憑了牠的驍勇，雄狸禿尾巴是第一個把一根最粗最長的樹樁插入河底的河狸。但是，這一次卻是因為牠失去了尾巴找不到平衡，而延誤了從水中升起的時機。

當無數根尖利的樹樁像密集的雨點般落下來時，雄狸禿尾巴甚至沒有發出一聲尖叫，就和牠剛剛插下的樹樁一起，被牢牢地釘在了九曲河的底部，成了攔河大壩的奠基。

太陽升起的時候，一座蔚為壯觀、堪與人工媲美的攔河大壩終於落成了。它沒有石頭的剛硬，卻有樹木的堅韌。它沒有鐵鍬的拍痕，卻有河狸的齒痕。它沒有人類的智慧，卻飽含著無數個弱小生靈的犧牲。

像這樣一座鑄進了上百條生命又維繫著上千條生命的攔河大壩，又怎能不是九曲河上空前絕後的壯舉？

但是，面對著自己的壯舉，十幾個家族，近千隻河狸卻沒有發出歡呼，也沒有彈冠相慶，甚至沒有在大壩上過多地停留，就迅速地默默地游回了自己的家中。

這些驍勇善戰的鬥士，這些頑強不屈的生靈，到底是怎麼啦？是因爲傷亡慘重而悲哀，還是因爲前途未卜而擔憂？

自從男人白頭去世之後，沙田人就把男人長腿當成了男人白頭。儘管男人長腿並不像男人白頭那樣足智多謀，可他畢竟是第一個找到九曲河的男人。儘管男人長腿並不想當男人白頭那樣的頭領，可幾十家子上百口子沙田人總不能群龍無首。所以，當沙田人遇到麻煩時，男人長腿也只能盡心盡力恪盡職守。

但是，男人長腿畢竟又不是男人白頭。所以，當沙田人告訴他一夜之間在九曲河的上游竟冒出一座雄偉的攔河大壩時，他並沒在意，只說是好歹中游的水位還不算低，水渠的河水也還在流。而當沙田人又告訴他中游的水位已經太低，水渠的河水已經斷流時，他居然還不在乎，只說是麥田和棉田都已經喝了個夠，說不定明天後天就會有暴雨狂風。

男人長腿真是太不像男人白頭了，沙田人開始失望抱怨，甚至連女人胖子也責怪說他太不把沙田人的死活放在心上，說他辜負了男人白頭的臨終囑託。

其實，男人長腿並不遲鈍，他何嘗不知道水的寶貴？又何嘗不懂得拆除上游的大壩？只

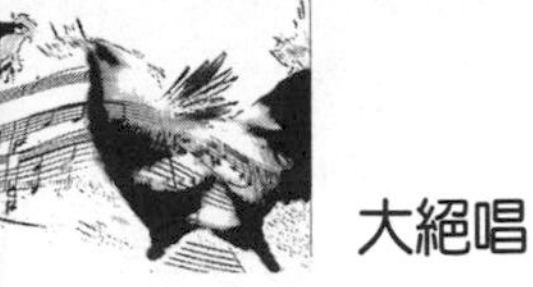

是，男人長腿的內心深處，還有一個聲音在對他說，上游的大壩是河狸修築的活命壩，不到萬不得已是不能碰的。

但是，男人長腿畢竟是人，而且是沙田人擁戴的頭領。所以，當豐收在望的麥子面臨枯死的危險，當九曲河的中游即將變成河灘的時候，他也只能下定決心了。

對於人類來說，拆除河狸的大壩，即使是九曲河上空前絕後的河狸大壩，也並不是件困難的事情，更何況，男人長腿還有自己的打算呢。所以，他只是叫了幾個年輕力壯的男人，並囑咐他們，只需在靠南岸處扒開一個缺口就行了。

跟著男人長腿去上游拆壩的還有女孩尖嗓子。她說自從中游的河狸搬到上游之後，她就再也沒見過雌狸香團子。她說她做夢都夢見九曲河的水又漲起來了，雌狸香團子一家又搬回來了。她還說要去上游看著，只要看見河狸的洞口露出水面，就不許男人長腿和沙田人去拆除大壩。

其實，男人長腿也正想帶上女孩尖嗓子。男人長腿自然也有自己的想法。所以，當他帶著沙田人站在大壩上準備動工時，就讓女孩尖嗓子對著九曲河的上游唱歌。

男人長腿對女孩尖嗓子說，今天的歌還是唱給河狸們聽，今天的歌詞卻要與往日不同。妳告訴牠們，中游的河水正在乾涸，中游的麥子正在乾枯，中游的沙田人正經受著乾旱的煎熬。所以，今天的拆壩也是萬般無奈迫不得已。妳告訴牠們，只要中游能夠有水，只要中游的麥子能夠成熟，只要中游的沙田人能夠活命，我們立刻就會把大壩的缺口重新堵住。

聰明的女孩尖嗓子很快就領會了男人長腿的心情。能幹的女孩尖嗓子很快編出了新的歌詞。

當男人長腿和沙田的年輕人開始拆壩的時候，女孩尖嗓子對著遼遠的九曲河上游，唱起了自編的歌。

那歌聲依然是尖尖的脆脆的甜甜的，卻不自覺地增加了頓挫。那歌聲依然飽含著親切的思念之情，也不自覺地夾雜了內疚。

女孩尖嗓子不停地唱啊唱啊，一遍又一遍總是同一首歌，又累又渴。

女孩尖嗓子專心地唱啊唱啊，兩滴眼淚不知不覺地流進嘴裏，又苦又澀。

終於，在上游的河面上冒出一個毛茸茸的頭頂和一雙亮晶晶的眼睛。即使隔著很遠的距離，即使隔著婆娑的淚水，女孩尖嗓子還是認出了那是雌狸香團子。

和以往不同，雌狸香團子並不向著歌聲游來，也不發出歡快的叫聲。牠只是久久地停在那裏，不知道是在專心地傾聽著久違的歌聲，還是在專注地看著正在拆壩的男人。

在雌狸香團子的背後和四周，漸漸地聚集起一個又一個的棕色頭頂，一雙又一雙的雪亮眼睛。牠們也像雌狸香團子一樣，既不尖叫也不游動，只是久久地浮在水面，久久地盯著大壩。像戈壁灘上的沙包一樣醞釀著風暴，似乎隨時都會拔地而起。像天山頂上的冰峰一樣閃爍著寒光，似乎隨時就會發生雪崩。

男人長腿的手發抖了，催促女孩尖嗓子更加用力地唱歌。女孩尖嗓子的歌聲也發抖了，眼

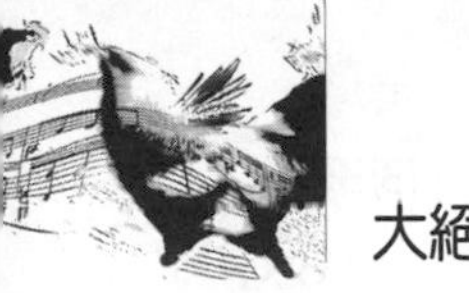

淚便順著臉蛋流進了九曲河。

當大壩終於拆出了一個缺口，當上游的河水終於流進了中游，男人長腿讓沙田村的年輕人回去吃飯，自己卻留了下來，和女孩尖嗓子一起，久久地凝望著遠處那一片毛茸茸的頭頂和亮晶晶的眼睛。

女孩尖嗓子的嗓子唱啞了，男人長腿的腿也站累了，兩個人一言不發地坐下來，各自想著心事。

太陽當頂的時候，女人胖子帶著男孩大眼睛來到上游的堤壩，叫男人長腿和女孩尖嗓子回家去吃午飯。這時候，他們才發現，上游的河面上，那一片毛茸茸的頭頂和亮晶晶的眼睛，不知幾時已經消失了。

女孩尖嗓子說，牠們聽懂了我的歌詞。男人長腿說，牠們明白了我的苦衷。男孩大眼睛說，水渠裏又有了河水。女人胖子說，沙田人又有了笑容。一邊說著，一家人就高高興興地往回走，但願從此能夠天下太平。

我們相信天和地之間的一切物種和種群都願意相安無事天下太平。我們肯定，天和地之間的一切物種和種群的最高準則，都是求得自己的生存。所以，當物種與物種之間，種群與種群之間，因爲生存而發生矛盾和抗爭時，它們也就不再相安，天下也就難以太平了。

就在男人長腿帶人在上游大壩上拆除缺口的當天夜裏，居住在上游的十幾個家族的河狸，又一次浩浩蕩蕩氣勢洶洶地來到了大壩前，又一次不遺餘力地開始了砍伐樹木，栽插樹椿和塗抹膠泥的重大工程。

不知道爲什麼，這個世世代代以膽小機警著稱的種群，一夜之間竟變得膽大包天。是牠們不懂人類的厲害，還是因爲牠們改變了天性？

顯然，修補大壩的工程雖然艱難，有限的空間卻容不下近千個家族成員。所以，除身強體壯者外，其餘的河狸便繼續把整個大壩修築得更高更寬。這些不自量力的河狸，難道還想顯示出比人類更聰明能幹？

在這些上上下下忙忙碌碌的河狸中，閃動著雄狸大拇指和雌狸香團子的身影。像中游所有的河狸一樣，牠們把自己的家也搬到了上游，住進了「一」字形的新洞。和上游許多河狸不同的是，牠們原本兒女成群的家庭，只剩下牠們倆孤苦伶仃。上一年出生的三隻兩歲的小狸，早已在河水下降時，飽了猞猁尖耳朵的口福。而今年出生的三隻半歲的幼狸，也在搬往上游的途中，被雄水獺扁頭強行劫走。

但是，從雌狸香團子和雄狸大拇指上上下下的忙忙碌碌中，幾乎看不出牠們有失子的悲痛。或者當無數個家庭付出了無數的犧牲之後，牠們已經不懂得悲痛？或者當整個種群都面臨著滅絕的時候，牠們已經顧不得悲痛？

毫無疑問，上游的大壩是九曲河所有河狸家族的生命之壩，上游的河水也是九曲河河狸種群的生命之水。假如不是天山上的冰天雪地會奪去牠們的生命，假如不是九曲河的周圍再也沒有第二條河流，這些曾經在九曲河畔經歷了上千年的風風雨雨，這個曾經和上千種動物相生相剋，卻依然生生不息的種群，也許會逃亡搬遷，也許會另謀生路。但是現在，除了死守上游的大壩之外，牠們別無選擇。

信不信由你。當曙光再一次出現的時候，九曲河的上游，一座比人工大壩更高更寬的河狸大壩終於建成了。毫無疑問的是，在剛剛逝去的這個夜晚，河狸家族的成員們又一次付出了慘重的犧牲。

與以往不同的是，這些勞苦功高的鬥士並不忙著回到自己的家中，而是黑壓壓地擠在種群的大壩上，一齊朝著天朝著地朝著九曲河發出了驚天地泣鬼神的尖叫聲。

這些頑強不屈的生靈，這些弱小低等的動物，到底在叫些什麼?是對天地的祈禱，是對亡靈的祭奠，是對九曲河的哀告，還是對擾亂了九曲河安寧的人類表示憤憤不平?

男人長腿整夜都在床上輾轉反側，攪得女人胖子也睡不成覺。男人長腿整夜都在念叨：要是男人白頭活著就好了。這樣，攪得女人胖子越聽越傷心，淚水都濕透了枕頭。

一連三個白天，男人長腿都帶著沙田村的男人們去拆除上游的大壩。頭一天拆一個小缺口，第二天拆一個大缺口，第三天幾乎拆掉了大壩的一半。

一連三個夜晚，上游的大壩都被河狸家族修補得完完整整。拆一點補一點，拆一片補一片，拆一半就補一半。總之，等到第二天清晨，那大壩總是完整無缺，把上游的河水攔截得滴水不漏。

沙田村的男人憤怒了，堂堂的人類還能讓河狸治住？沙田村的女人傷心了，要是男人白頭還活著就好了。

其實，男人長腿又何嘗不希望男人白頭還活著？也許只有足智多謀的男人白頭才能想出兩全其美的對策。但是現在，一邊是自己相依爲命的同胞，一邊是可愛可憐而又無辜無助的河狸，而九曲河的水卻只有那麼一點點，你讓男人長腿怎麼說怎麼做？

天快亮的時候，哭了一夜的女人胖子忽然坐了起來說，要是男人白頭還活著，他會讓自家的花狗去大壩上看著。愁了一夜的男人長腿也坐起來說，狗會把河狸全都咬死呢。女人胖子又說，你不會把狗拴住？

這天傍晚，男人長腿讓自家的花狗吃飽了喝足了，才把牠拴在上游大壩旁的一棵老柳樹上。

這天夜裏，沙田村的人一整夜都沒有睡著，一整夜都聽見花狗的叫聲。

第二天清晨，男人長腿發現，花狗的嗓子叫啞了，脖子被繩索磨破了皮，磨出了血。但是，大壩的缺口還是被完好無損地修補了，上游的河水還是被滴水不漏地攔截了。

這一次，就連男人長腿的心裏也生出了憤怒。這些膽大包天的河狸，真的要和人類過不去？這些不要命的畜牲，真的連狗都不怕了？

上午，當沙田村的男人又一次扒開大壩的缺口時，又一次懷念起男人白頭，又一次表示出擔憂，又一次說得男人長腿抬不起頭。

中午，當女人胖子給男人長腿盛飯的時候，又一次提起，要是男人白頭活著，就會把自家的花狗放了，白天黑夜地去叫著跑著，那河狸就再也不敢出來了。這一次，男人長腿長長地歎了一口氣，痛苦地點了一下頭，那樣子讓女人胖子看著都心痛。

但是，長痛不如短痛。趁著男人長腿睡午覺的工夫，女人胖子就給自家的花狗解了繩子。起初，那花狗還瞪著眼睛望著女人胖子一動不動。到底是拴了三四年了。女人胖子就拍拍牠的後背說，去吧，去吧，去河邊看著，別讓那些河狸亂跑亂動。

對沙田人來說，像當年的男人白頭一樣，男人長腿家的行爲也有示範作用，所以，當男人長腿一覺醒來的時候，沙田村所有人家的大狗小狗和老狗，白狗黑狗和花狗，就都全部獲得了自由。牠們在九曲河的南岸、北岸、上游、中游，成群結隊地跑著，此起彼伏地叫著，彷彿在感謝人類的恩典，彷彿在慶賀狗類的新生。

面對著眼前的景象，男人長腿的心裏就像打翻了五味瓶。他能夠預感到會發生什麼事情，他卻不能夠預防什麼事情。最後，他只能像別的沙田人那樣，扛著鋤頭去給大田的麥子鬆土。

整整一個下午，九曲河上游的河狸家族，不論老少，不論雌雄，幾乎沒有一個能睡著的。狗的叫聲已近在洞口，狗的身影已映在河中，狗的垂涎欲滴從來沒有像現在這樣迫不及待。

但是，這並不意味著上游的河狸家族就會從此縮在地洞中不再露面。當最初的恐懼過去之後，當夜幕又一次降臨九曲河時，這些不要命的河狸，居然又在狗群的咄咄威嚇下全體出動了。

經過一次次修壩，經過一次次犧牲，十幾個家族的成員，已經從上千隻銳減到四五百隻。但是，即使是這些倖存者的集合，也足以在河面上捲起一場棕色的風暴。

義無反顧，棕色的風暴直奔生命的大壩。天經地義，生命的大壩等著新的犧牲。只是，這新的犧牲不僅要填補大壩的缺口，還要填充狗群的血盆大口。所以，更顯得格外地血雨腥風。

毫無疑問，面對著大壩上狗群的狂吠，牠們猶豫過。面對著森林中狗群的狂奔，牠們恐懼過。但是，面對著被破壞的生命大壩，面對著正流走的生命之水，幾百個弱小而又頑強的倖存者，卻不再猶豫也不再恐懼。彷彿牠們生命的全部意義就在於能否堵住大壩的缺口。彷彿天地之間，不論人，不論狗，不論傷，不論死，已經沒有任何東西能夠讓牠們回頭。

所以，當牠們的同類在狗的追捕下淒厲地尖叫時，牠們仍然能夠艱苦卓絕地砍伐樹木。所以，當牠們的家族成員在狗的咬嚙下絕望地掙扎時，牠們仍然能夠奮不顧身地運送樹枝。甚

至，當牠們的一母同胞被狗咀嚼得血肉橫飛時，牠們還是能夠拚了性命地把樹樁插入河底。

這是一次數量充足的捕獵，幾百隻河狸供應幾十隻狗。這是一次不公平的遊戲，一方只能做另一方的食物。這是九曲河上最重大的犧牲，不是個體，不是家庭，也不是家族，而是整整一個種群的生命。

這一天，九曲河的朝霞特別鮮紅，就像河岸上下一片片一灘灘鮮紅的血跡。這一天，九曲河的晨風特別膻腥，就像河岸上下一堆堆一團團膻腥的棕毛和白骨。這一天，九曲河上游大壩的缺口還是被堵住了，不是被樹樁和膠泥，而是被堆積如山的河狸屍體！

4 安魂曲

麥收之後，九曲河上終於下起了滂沱大雨。綿延不斷的大雨，正像人們祈禱的那樣，足足下了七七四十九天。九曲河畔已經佝僂的大樹重新挺起了腰桿，九曲河裏幾乎乾涸的河床重新湧起了波濤。

氣勢磅礴的大水蕩平了上游那座殘缺不全的河狸大壩，沖垮了中游那座依然巍峨的人工大壩，似乎要還九曲河一個所向披靡暢通無阻。

浩浩蕩蕩的大水填滿了上游填滿了中游，也填滿了一望無際的下游，似乎宣告著乾旱的一去不返河水的滔滔不休。

第五十天的清晨，大雨終於停止了。天空開始燦爛，百鳥開始歡歌，森林開始葱蘢，鮮花開始綻放。那溫馨，那安寧，那無限的勃勃生機，又使沙田人想起了三年前的九曲河。

第五十天的傍晚，九曲河兩岸的沙田人又像三年前那樣，聚在男人長腿的場院上點起了熊熊的篝火。在屋子裏憋了七七四十九天的沙田人，需要慶賀的事情實在是太多太多：

沙田人發現了九曲河的仙境，

沙田人脫離了沙田村的苦難，

沙田人戰勝了百年不遇的乾旱，

沙田人獲得了連續四年的豐收，

沙田人經受了老天的考驗，

沙田人永遠無往而不勝，

……

沙田人喝著酒，吃著肉，往熊熊的篝火裏投放粗大的木頭。

沙田人唱著歌，跳著舞，向著蒼茫的天地發出狂熱的歡呼。

沙田人把男人長腿舉起來，一次又一次地拋向天空。說他沒有辜負沙田人的擁戴，說他是沙田人最出色的頭領。

沙田人把女人胖子圍起來，一杯又一杯地勸她喝酒。爲了她家的男人長腿，也爲了她家的男人白頭。

就在沙田人放蕩不羈狂歡豪飲的時候，幾乎沒有一個人想到，女孩尖嗓子和男孩大眼睛會悄悄地離開人群，遠遠地來到九曲河邊。

女孩尖嗓子唱起了尖尖的脆脆的甜甜的歌，男孩大眼睛睜大了黑黑的亮亮的圓圓的眼睛。天上的月亮把九曲河照得又明又亮，浩蕩的水面上卻始終沒有一隻河狸的身影。

女孩尖嗓子唱著唱著流下了眼淚，男孩大眼睛看著看著就發出了哭聲。他們不相信那些可憐的河狸會一個不剩，他們不甘心會永遠見不到可愛的朋友。

夜風吹來的時候，他們冷得索索發抖，兩個人抱在一起互相取暖，死活也不肯離開。

月亮偏西的時候，他們睏得睜不開眼睛，兩個人卻咬痛自己的手指，強打起精神守候。

當女孩尖嗓子終於快要睡著時，男孩大眼睛突然叫喊著掙脫了她的懷抱。

當女孩尖嗓子終於看清了河面上的雌狸香團子時，男孩大眼睛突然跳進了滾滾滔滔的河水中。

在女孩尖嗓子的哭訴中，男人長腿和女人胖子終於明白發生了什麼事情。在一片恐慌和哭喊聲中，沙田人載歌載舞的狂歡節終於宣告結束。

第二天清晨，沙田人在九曲河的下游找到了男孩大眼睛。同時撈起的，還有雌狸香團子。

男人長腿把那隻河狸和男孩大眼睛一起埋在了房前那棵高大的苦楊樹下，樹上的木頭吊籃在不停地晃動。

女人胖子整日坐在房前哭泣，鍋裏的飯燒糊了，地裏的菜荒了，家裏的狗瘦了。

女孩尖嗓子整日站在河邊唱歌，一時高一時低一時緩一時急，誰也聽不清她唱的什麼，只看見一陣大風從河上刮過。

沙田人看緊了自家的孩子，甚至把自家的狗也用繩子拴住。突然變得空空蕩蕩的河岸和樹林，只剩下男人長腿家的那隻花狗，孤苦伶仃地逛來逛去。

秋天不知不覺地過去了。

冬天無聲無息地過去了。

春暖花開的時候，男人長腿去林子裏砍來十幾棵粗壯的柳樹，紮成了一個巨大的木排。

男人長腿對女孩尖嗓子說，走吧，去尋找九曲河的盡頭。女孩點點頭。

男人長腿又對女人胖子說，走吧，去看看大海或是沙漠。女人也點點頭。

就像當年一樣，男人長腿又帶著全家開始了新的漂泊，只是留下了男孩大眼睛，只是忘記

了自家的花狗。

春天快要過去的時候，男人長腿家的花狗死了。沙田人把牠葬進了男孩大眼睛和雌狸香團子的墳塋。

有人說，每當夜深人靜的時候，就能聽見那墳塋裏傳出溫馨、祥和、安寧的歌聲。

・河狸（Castor fiber）

嚙齒目，河狸科。又名海狸。最大的嚙齒動物。體長七十至八十公分，尾長二十二至三十公分，體重十一至三十公斤。雌體略小。頭圓，眼小，耳短。尾大扁平，呈卵形，披以角質鱗片。四足黑色，具五趾，前足小而爪強，後肢粗大，後足具蹼。有一對香腺，位於肛門兩側。體毛緻密。幼體灰棕色，成體棕褐色。針毛黃棕色，頭部稍淡，頦下近黃色。

分佈於塞溫帶和亞寒帶森林河流，主要採食楊、柳樹皮、嫩樹葉等。性膽小機警，夜間活動，偶見於白天。陸上行走笨拙，善游泳潛水。年繁殖一次，孕期一百零五到一百零七天，每產二至四崽，哺乳期四十二天，三歲性成熟。天敵有熊、水獺、猞猁、家狗等。

善於掘洞或洞巢結合體居住。特別巧於修築攔河大壩，用以調整河流水位的高低，改善生活環境，並由世世代代的家族加以維護，可長達幾個世紀。河狸在美國蒙大拿州傑佛遜河上築的大壩長達七百米，並可在壩上騎馬行走。

風雲動物文學

美麗鬥雞：大絕唱

作　者　方敏
出版者　風雲時代出版股份有限公司
出版所　風雲時代出版股份有限公司
地　址　105台北市民生東路五段一七八號七樓之三
網　址　http://www.books.com.tw
電子信箱　h7560949@ms15.hinet.net
服務專線　（〇二）二七五六－〇九四九
傳　真　（〇二）二七六五－三七九九
郵撥帳號　一二〇四三二九一
執行主編　朱墨菲
封面設計　蕭麗恩
法律顧問　永然法律事務所　李永然律師
　　　　　北辰著作權事務所　蕭雄淋律師
版權授權　方敏
出版日期　二〇〇七年十二月初版
定價　新台幣二八〇元
總經銷　成信文化事業股份有限公司
地　址　台北縣新店市中正路四維巷二弄二號四樓
電　話　（〇二）二二一九－二〇八〇
行政院新聞局局版台業字第三五九五號
營利事業統一編號二二七五九九三五

國家圖書館出版品預行編目資料

美麗鬥雞：大絕唱／方敏 著 . -- 初版. -- 臺北市：
風雲時代, 2007.11
面；公分

ISBN-13: 978-986-146-418-3 (平裝)

857.63　　　　　　96020124

Beautiful Gamecock